The Wonder
by Emma Donoghue

聖なる証

エマ・ドナヒュー
吉田育未=訳

マグノリアブックス

The Wonder
by Emma Donoghue

This edition published by arrangement with Little,
Brown and Company, New York,
New York, USA through Tuttle-Mori Agency, Inc., Tokyo.

わたしたちの娘、ウナへ。古いアイルランドの祈りを。

Nár mille an sioc do chuid prátaí,
Go raibh duilleoga do chabáiste slán ó chnuimheanna.

あなたのジャガイモに、霜がおりませんように。
あなたのキャベツに、虫食いがありませんように。

主な登場人物

リブ（エリザベス）・ライト……主人公。英国人看護師で〝奇跡の少女〟の観察を任される
アナ・オドネル……断食を四カ月続けても元気な〝奇跡の少女〟
マクブレティ……アナの主治医
シスター・マイケル……リブと交代でアナの観察を担当する修道女
ロザリーン・オドネル……アナの母
マラキ・オドネル……アナの父
パット・オドネル……アナの兄
キティ……オドネル家の女中。アナのいとこ
ウィリアム・バーン……アイリッシュ・タイムズ紙ジャーナリスト
サデウス……教区の神父

目次

差別や偏見に基づく表現についても
原文から忠実に訳出しています。
また、本書は虐待の描写を含みます。

〔　〕は、訳者による註です。

聖なる証

第一章

Nurse

nurse《ナース》

赤子に乳をやる

子を育てる

病人を介抱する

やはり、骨の折れる旅路《たびじ》になった。リブはロンドンからリバプール行きの汽車にのり、ダブリンへは夜行汽船、そこからアスローンという西の町まで日曜日運行の鈍行列車で向かった。アスローンでは御者《ぎょしゃ》が待っていた。「ライト夫人？」

リブは多くのアイルランド人に会ったことがある。全員、兵士だった。だがそれももう、数年前のことだったので、御者の言葉を聞きとるのに苦労した。

御者はリブの旅行カバンを、アイルランド人が洒落《しゃれ》た車と呼ぶ一頭立て二輪馬車まで運んだ。このむき出しの馬車のどこが洒落ているというのだろう。リブは真ん中の列の、ひとりがけベンチに座った。革靴が、右車輪と思いのほか近い。リブは小雨に、鉄製フレームの傘を広げた。まあ、窮屈な汽車よりはいいだろう。

後方に座る御者の背中はひどく曲がっており、リブの背中に触れそうだ。彼はムチを鳴らし、「さあさ、出発！」と声を出した。

毛並みの粗いポニーが動いた。

アスローンの砕石舗装道の人通りはまばらだ。みな、青白い顔をしている。おそらく、うわさの通り、ジャガイモばかり食べているからだろうとリブは推察した。御者が歯抜けなのも、きっとそのせいだ。

御者が死について、言葉を発した。

「今、何と言いましたか？」

「ここいらは、死ぬほど真ん中なんです」

リブは身構えた。馬車がひどく揺れるようだ。

御者は下を指さして言う。「ここが、この国のど真ん中」

平坦な地形に暗い色の群葉が縞模様を描いていた。赤褐色の泥炭〔水中や湿地帯に生えた植物が枯死して堆積したもの。燃料や肥料などとして使用〕があちらこちらに見える。泥炭地は病を係留させると聞いたことがある。ところどころに見える灰色の小屋は、緑にのみこまれそうだ。リブの瞳に映っていたのは、絵画のような風景ではない。アイルランドの中央部《ミッドランズ》は、ただのくぼみ。まるで湿り気がたまるだけの、受け皿《ソーサー》の真ん中の小さな円のようだ。

馬車は角を曲がり、細い砂利道に入った。雨が一定のリズムで傘をたたく。窓のない小屋がぽつぽつと目に入り、リブは、家畜動物といっしょに雨を避けて身を寄せ合っている名もない家族を想像した。

しばらくすると小道が、継ぎはぎの屋根が並ぶ村のような場所へと変わった。村ではあるが、リブが目指している村ではない。それは明らかだ。あとどれくらいで到着するのか、尋ねるべきだったかもしれないが、御者にまだまだ先だと言われるのがいやで、口にしなかった。

リブが病院で看護婦長から聞いていたのは、腕利きの看護婦を二週間派遣してほしい旨の依頼が内密にあったということだけだった。アイルランドへの旅費と宿泊費は支払われ、日々の生活費も支給される。オドネル家のことは何も聞いていないが、階級が上の看護婦をわざわざイングランドから呼び寄せるほど洗練されているわけだから、かなり裕福な家庭なのだろう。なぜこの依頼が二週間きっかりで、それ以下でもそれ以上でもないと依頼主が判断できたのか、リブはそのときはじめて不思議に思った。もしかしたら、だれかの代理なのかもしれない。

どちらにしろ、苦役に対する報酬は申し分なく、目新しいことにも心引かれた。病院でリブの職歴は敬われもしたが、疎《うと》まれることも多かった。しかも課される仕事は基本的なことばかりで、看者に食事をとらせ、傷の手当てをし、ベッドを整えることの繰り返しだった。

リブは、外套《がいとう》から懐中時計を出そうと思って、やめた。見ても見なくても、時間は早くは進まないし、雨水で濡れたら故障してしまうかもしれない。

屋根のない小屋がもう一軒、小道にそっぽを向いて立っていた。妻壁《つまかべ》が空を突き刺しているように見える。この廃虚を覆い隠す仕事を、雑草ですら投げ出したみたいだ。ドアのまるい穴から、真っ黒な残骸が見えた。おそらく、つい最近の火事だろう(この湿り気の多い国で火の手などあがるのだろうか?)。黒焦げの梁《はり》はおろか、枠組みもそのままで、屋根をすげ替えようとする人などいないのだろう。アイルランド人が改善を忌み嫌うというのは、事実なのかもしれない。

薄汚れたフリルのついた縁《ふち》なし帽子をかぶった女性が柵に腰をかけ、その後ろには子供たちの姿が見えた。馬車のがたがたという音に、子供たちは身をのり出し、まるで雨水をすくうようにまるめた両手をリブに向けて差し出している。リブはばつが悪くて、目をそらした。

「腹が減る季節なんですよ」と御者が言った。

盛夏だというのに、食糧が足りないのはどうしてだろう？

リブの革靴に泥水が飛び散り、車輪が小石を吐き出す。薄汚い水たまりに馬車が入ると、かなりの深さがあり、ふり落とされないようにリブはベンチにしがみつかなければならなかった。

家々が続く。窓が三、四つある家。納屋、小屋。二階建ての農家、もう一軒、農家。ふたりの男が荷積みの手を止め、こちらを向き、ひとりの男がもう片方に何かを言った。リブは目を落とした。旅にふさわしくない格好だっただろうか？　もしかしたら、ここの住人たちは落ち着きがなく、見知らぬ人が通るたびに仕事中でも凝視せずにはいられないのかもしれない。

道の先に、光をたたえる真っ白な建物が見え、その尖塔《せんとう》には十字架があった。ローマカトリック教会の礼拝堂だ。御者が手綱で馬を御してはじめて、リブは村に着いたのだと気づいた。村といっても、イングランド人からすれば、みすぼらしい小屋の寄せ集めだ。

リブはやっと懐中時計を出した。もうすぐ九時だというのに、日はまだ沈んでいない。ポニーは、草を食《は》んでいる。ここは村唯一の通りのようだ。

「スピリット食料雑貨店がご夫人の宿ですよ」

「どこですか？」

「ライアンのところ」そう言って、御者は彼の左手にある看板もない建物に目をやり、うなずいた。

そんなはずがない。リブは長旅で体じゅうがこわばっていたので彼の手をとり、馬車からおりた。傘を少し体から離してふって水を切り、蝋《ろう》加工された傘布をまるめ、硬いボタンを留めた。そして外套の内側で手を拭き、薄暗い店に足を踏み入れた。

泥炭の燃える臭いがリブの鼻を刺す。巨大な煙突の下でくすぶる炎と、いくつかのランプだけで部屋は照らされていた。若い女性が、棚の高いところに缶を押し入れようとしている。

「こんばんは」とリブは女性に声をかけた。「ここでまちがいないでしょうか」

「あんた、イングランドの人でしょ」と大きすぎる声でその女性は返した。まるでリブの耳が聞こえないみたいな言い方だ。「奥に夕食が用意してあるよ」

リブはいら立ったが、こらえた。この村に宿がなく、雇った看護婦を泊まらせる用意すらオドネル家にないのであれば、文句を言ったところでどうにもならない。

リブが煙突のとなりのドアをくぐると、窓のない部屋に二台のテーブルが並んでいた。そのうちひとつには修道女がいて、彼女の顔はのりづけされたコイフの幾層ものヴェールに隠れ、ほとんど見えなかった。リブが彼女の姿にたじろいだのは、こんないでたちの修道女はもう何年も目にしていなかったからだ。イングランドの修道女たちは、反ローマカトリック感情を刺激しないよう、控えめな装いをする。「こんばんは」とリブは礼儀正しくあいさつした。

修道女は深い一礼で応えた。彼女の教派では、異教派の者と言葉を交わしてはいけない規則があるのだろうか？　それとも沈黙の誓い？

リブはもう一台のテーブルに、修道女に背中を向けて座り、待った。リブの腹が鳴る――だれにも聞こえませんように。かすかなかちかちという音が、修道女の黒い衣服の中から聞こえた。うわさに聞くロザリオだ。

やっと先ほどの女性がトレーを運んでくると、修道女は身をかがめて、食前の祈りをささやいた。年は四十代か五十代だろう、とリブは思った。大きな目に、ごつごつした農民の手。

奇妙な組み合わせの食事だ。オーツ麦のパン、キャベツ、種類は分からないけれど、魚。「ジャガイモが出てくるかと思っていました」とリブは女性に言った。

「来月まで待たなきゃないね」

ああ、だからアイルランドの空腹の季節は今なのだ――秋がジャガイモの収穫期。

何でも泥炭の味がしたけれど、リブはパンくずひとつ残さずたいらげた。スクタリでは、看護婦への配給も兵士と同じくらいに切り詰められた。それ以来、リブはけっして食事を残さなくなった。

店が騒がしくなり、四人組が食堂に入ってきた。「みなさんに神のご加護を」と最初に入ってきた男が言った。

リブはどう返答すればいいのか分からず、ただうなずいた。

「あなた方にも」と小声で言いながら修道女は、額、胸、左肩、右肩に触れて十字を切った。それからすぐに部屋を出ていった――ほんの少し食べただけで満腹になったのか、それとも四人組にテーブルを明け渡したかったのか、リブには判断がつきかねた。

騒々しい一団は、農夫とその妻たちだ。ここに来るまで、どこか別の場所で飲んでいたのだろう。日曜日の午後だというのに。スピリット食料雑貨店と、御者がこの場所を呼んだ理由が分かった。亡霊《スピリット》に呪われているわけではなくて、酒《スピリット》を出すからだ。

彼らはすごい奇跡について話しており、自分の目で確かに見たけれどいまだに信じられないと言っていたので、おそらく博覧会にでも行ったのだろうと、リブは考えた。

「後ろに大勢いてな」と口ひげの男が言った。妻から肘《ひじ》でけん制されても、彼は話を続けた。「手と足となって仕えておったよ！」

「ライト夫人ですか？」

その声にリブはふり返った。

ドアのそばに立つ男性が自分のチョッキを指さし、名乗った。「ドクター・マクブレティです」

オドネル家の主治医の名前だとリブは思い出す。彼女は立ちあがり、医師と握手した。ところどころに白い頬ひげがあり、頭髪はほとんどない。着古したジャケットの肩には、フケが散っている。グリップが球体のつえを手にしている。年は七十代、といったところだろうか。

農夫と妻たちは好奇の目でふたりを見ている。

「遠路はるばる、よくお越しくださいました」と、医師はまるでリブを雇い人としてではなく、客人として迎えるかのように声をかけた。「厳しい道のりでしたでしょう。早くお休みになりたいはずだ」そう言って彼は、リブに答える間も与えずに歩きだした。

リブが医師を追って店に入ると、先ほどの女性がランプを持ち、狭い階段から手招きしていた。

寝室は狭苦しく、リブの旅行カバンでほとんど床が埋まった。マクブレティ医師とここで密談しなければならないのだろうか。空き部屋がないのか、それともこの女はあまりにも世間知らずで、適切に物事を運ぶということを考えなかったのだろうか。

「ありがとう、マギー」と医師が女に声をかけた。「お父さんの咳《せき》はどう？」

「もうだいぶ、いいよ」

「それでは、ライト夫人」女がいなくなるとそう医師が言い、リブにイグサ編みの椅子に腰かけるよう促した。

リブはただ、しびんと洗面台のあるところに十分間でいいからひとりきりにしてほしかった。アイルランド人は細かいことに無頓着だと悪名高い。

医師はつえに重心をかけ、尋ねた。「差し支えなければ、あなたの年齢を教えてください」

いきなり面接開始だ。この仕事はすでに、リブに課されているというのに。「もうすぐ三十歳です」

「未亡人、でしたね？　ひとりで生きていかなければならなくなり、看護の仕事をするようになったと」

看護婦長はそんなことまでこの医師に伝えたのだろうか。リブはうなずき、答えた。「結婚して一年もたっていませんでした」

当時リブは、ある記事を読んだ。何千人もの兵士が銃創やコレラで苦しんでいるのに、世話をする人がだれもいないのだと書いてあった。クリミアにイングランド女性を看護婦として派遣するために、七千ポンドが集められたとタイムズ紙が報じていた。それなら、とリブは思った。恐れもあったけれど、勇気のようなものがわいた。そういうことなら、わたしが行こう。多くを失ったあとだったから、向こう見ずになれた。

だけど、リブはマクブレティに「二十五歳でした」とだけ答えた。

「そしてナイチンゲール！」と医師が感嘆の声をあげる。

ああ、看護婦長はそれを伝えることを忘れなかったんだ。リブはいつも、この偉大な女性の名前を口にすることをためらい、N女史によって訓練を受けた看護婦たちに輝かしい名前がつけられ、N女史と結びつけられることを忌み嫌った。まるで、彼女たちがナイチンゲールの英雄的性質を備えた粘土人形であるかのように感じたのだ。「はい、光栄にもスクタリにおいて、彼女のもとで従軍しました」

「高貴な仕事ですね」

いいえと答えれば変わり者で、はいと答えれば傲慢《ごうまん》だと思われるだろう。おそらくオドネル家がリブをわざわざアイリッシュ海の向こうから呼び寄せた理由は、ナイチンゲールの名だ。リブは、この年老いたアイルランド人が、ナイチンゲールの美しさ、厳しさ、その正しい教えを聞きたくてたまらずにいるのに気づいていたが、「看護婦人《レディナース》でした」とだけ答えた。

「篤志看護婦《ボランティア》だったのですか」

　ちゃんと説明するつもりが誤解され、リブは顔が熱くなるのを感じた。だけどなぜ、恥じる必要があるのだろう？　N女史だっていつも言っていた。給金をもらうことで善が減ることはないと。「ちがいます。わたしは教育を受けた看護婦として派遣されたのです。看護の訓練を受けた修道女ではなく。父が英国名望家《ジェントルマン》でしたので」と彼女は言った。裕福ではなかったけれど、それでも。

「おお、なるほど。では病院に勤めてどれくらいですか」

「次の九月で三年になります」そんなに続けただけでも、表彰ものだ。ほとんどの看護婦はほんの数カ月で辞めてしまう。昔話のギャンプ夫人のように無責任でずさんな女たち〔ヴィクトリア朝初期の看護婦のステレオタイプ。当時、看護婦は職業として確立しておらず下賤な女性のものだと考えられていた〕。麦酒《ポーター》の配給量が少ないと嘆くばかりではないか〔雇い主によっては看護労働と引き換えに酒を配給することも珍しくなかった〕。リブは病院で、重宝されていたわけではなかった。N女史の訓練を受けた看護婦はお高くとまっている、と看護婦長が言うのを聞いたこともある。「スクタリのあと、いくつかの家庭看護婦としても働き」とリブは言った。「病で倒れた両親も看取りました」

「子供の看護をしたことは？」

リブは面食らったが、すぐに気持ちを整えた。「基本的なことは大人と変わりがないと思いますが。患者は子供なのですか？」

「ええ、アナ・オドネルといいます」

「病状などは何も聞かされていません」

医師はため息をついた。

不治の病なのかもしれない、とリブは思う。進行が遅く、じわじわと死に近づいている。湿気が多い気候だから、肺結核といったところだろうか。

「あの子は、病気というわけではないのです。あなたの役目は見張ることです」

見張る、とは興味深い動詞だ。『ジェーン・エア』で狂人を屋根裏に隠し切るよう課されたあのひどい看護婦みたい。「警護のために、派遣されたということですか？」

「いいえ、ちがいます。ただ、観察してほしいのです」

だけど観察は、パズルの最初のピースにすぎない。看護婦は病が何を必要とし、どのような症状をもたらしているのか知るべく、注意深く観察することが肝要なのだと、N女史は言っていた。薬を与えることではない――それは医師の領域だ――でも、彼女が説いた回復に必要不可欠なものは、薬と同じくらい重要だ。光、新鮮な空気、温かさ、清潔さ、休息、心地よさ、栄養、そして会話。「分かりました、では――」

「まだお分かりにはならないでしょう。わたしの説明が悪いのです」と言ってマクブレティは洗面台に体重を預けた。自力では体を支えられないみたいに。

もし彼への侮辱にならないのであれば、自分の椅子を差し出したいとリブは思った。

「あなたを見くびっているわけではないのです」と彼は言う。「ですが、これからお話しすることは、今まで経験されたことのないケースだと思います。アナ・オドネルは――というより彼女の両親がですが――こう主張しています。十一歳の誕生日からずっと、食べ物を口にしていないと」

リブは眉をひそめた。「では、病気なのですね」

「こんな病気はだれも知らない。少なくとも、わたしは聞いたことがありません」とマクブレティは言い直した。「アナは一切、食べないのです」

「固形食を口にしないということですよね？」今どきの洗練された若い女性たちの間で、茹《ゆ》でたクズウコンと粉末牛汁《ビーフティー》のみを食することが流行していると聞いたことがある。

「いかなる形状の食べ物も口にしません」と医師がリブを正す。「真水以外、口に入れることができないのです」

できないはしたくない。そう子育てではよくいわれるけれど。それとも……「そのかわいそうな子は、腸がふさがっているのですか？」

「わたしの見たところ、そのような兆候はありません」

リブは状況がのみこめない。「激しい吐き気は？」妊娠した女性が食べ物を受けつけなくなる場合があることを、リブは知っていた。

医師が首を横にふる。

「気分の落ちこみがあるのですか？」

「そのようには見えません。静かで、信心深い子です」

ということは、信仰の熱によるものだろうか。医学的問題ではまったくないのかもしれない。

「ローマカトリック教ですか」

医師のさっと動かした手が、そのほかに何があるというのだと尋ねているように見えた。

ダブリンから遠く離れたこの土地に住む人々は、おそらく全員カトリック教徒なのだろう。医師もそうなのかもしれない。「断食の危険性については、話されているのですよね？」とリブが尋ねた。

「もちろん。はじめは両親も言って聞かせました。でもアナは心を変えないのです」

子供のいたずらのために、リブは海を越えて連れてこられたのだろうか。愛娘が朝食を拒絶し、大パニックに陥ったオドネル家はロンドンに向けて電報を送り、看護婦、それもただの看護婦ではなく、若くて非の打ちどころがない看護婦をよこしてくれと要求したにちがいない。ナイチンゲールの看護婦を！

「誕生日から今日で何日目ですか」とリブは尋ねた。

マクブレティィは頬ひげを引っぱりながら答える。「誕生日は四月でしたから、今日で四カ月になりますな！」

訓練を受けていなかったら、リブは大笑いしていたところだ。

「マクブレティィ先生、それならその子はもう亡くなっているはずです」リブはそう言って、医師がリブと同じようにばかばかしさを感じているサインを待った。したり顔のウインクでも、鼻先をとんとたたくのでもいい。

医師はうなずいて、「大いなる謎です」と言った。

リブの予想とはちがう返答だ。「彼女は……寝たきりなんですよね？」

彼は首を横にふる。「アナはふつうの少女と何も変わらず、歩き回っていますよ」

「やつれていますか」

「もともと華奢《きゃしゃ》な子でしてね。そうはいっても、いや、四月から体形はそんなに変わっていません」

医師は誠実そうだけれど、こんなの、ばかげている。冷たく湿った彼の両目は、ちゃんと見えているのだろうか？

「それに意識もしっかりとしています」とマクブレティィは言った。「すごい生命力なので、オドネル家はアナが食べ物なしでも生きることができると本気で思っています」

「何とまあ」とつい、リブの口を突いて出た。

「信じられないのも無理はありません。ライト夫人、わたしもはじめはそうでした」

でした？「先生は本気でわたしに――」

マクブレティは紙のように白く弱々しい手をあげ、リブを制止した。「まあ、でたらめだと言うのが、もっとも常識的な解釈でしょう」

「はい」とリブはほっとして返事をする。

「しかし、この子は……ちがうんですよ」

リブは続く言葉を待った。

「ライト夫人、わたしから教えられることは何もありません。疑問しかないのです。この四カ月間、少女に対する好奇心でじりじりしていました。今のあなたみたいに」

いや、ちがう。リブがじりじりしていたとすればそれは、面談を一刻も早く終わらせ、この男を部屋から追い出したくてたまらなかったからだ。「先生、人間は食べなければ生きていけないと科学が教えてくれています」

「しかし、新しいことが発見されるときは、不気味に見えたり、魔法のようだったりするものです」医師の声が興奮に少し震えている。「アルキメデスからニュートンまで、偉大なことを成し遂げた人たちは、偏見を滅して証拠を検証し続けることで大発見にたどり着いた。だから、あなたにお願いしているのは、明日アナ・オドネルに会うとき、まっさらな気持ちでいてほしいということです」

リブは下を向いた。マクブレティは何と落ちぶれた医師なのだろう。小さな子供のいたずらにまんまとだまされて、その結果、自分が偉大だと思いこむなんて。「この少女をおひとりで診《み》られているのですか？」リブはなるべく丁重な聞き方をしたが、もっとましな権威は関与していないのかを知りたかったのだ。

「そうです」とマクブレティが自信満々に答えた。「それに、この件を説明する文章を書き、アイリッシュ・タイムズ紙に送ったのも、わたしです」

リブはその名を聞いたことがない。「アイルランドの新聞ですか？」

「うむ、最近できた新聞なので、経営者たちが教派による偏見に目がくらんでいないことを期待したのですよ」まるで彼は、夢を見ているように言った。「新しくて驚くべきことに心を開き、何が起きても見届ける。もっと多くの人に知ってほしいと思ったのです。きっと説明してくれるだれかが現れるのではないかと」

「それで、どなたかいらっしゃいましたか？」

つらそうなため息。「何通か手紙が来て、アナは、あの子はきっと奇跡なのだと書いてありました。また、面白い説を唱える人もいて、磁力や香りといったものに含まれる未発見の栄養を摂取しているのではないかと」

香り？　リブは笑わないように、頬をすぼめた。

「大胆にも、アナが日光をエネルギーに換えているのだと言う人もいましたよ。植物のようにね。空気から栄養を得ていると主張する人もいます。これも植物がすることですがね」と彼は言い、しわだらけの顔を輝かせた。「難破船の乗組員たちがたばこだけで数カ月生き永らえた話を、覚えているでしょう」

リブは下を向いて、瞳の中の軽蔑が医師に見られないようにした。

マクブレティは話を戻す。「しかし、大多数の人たちから届いたのは辛辣《しんらつ》な悪口でした」

「子供へのですか？」

「子供、家族、そしてわたし自身に対する、ね。アイリッシュ・タイムズ紙だけでなく、イングランドの複数の新聞は、この件を皮肉めかして伝えたいだけのように見えますね」

やっとリブにも見えてきた。遠路はるばる、子守兼看守として雇用されたのだ。村医者の傷ついたプライドのためだけに。依頼を受ける前に、どうして看護婦長にもっとちゃんと仕事内容について尋ねなかったのだろう。

「便りのほとんどは、オドネル家が詐欺師だと思っている人からのものばかりで、娘に食べ物をこっそり与え、世界をあざ笑っているのだというんです」マクブレティの声色が高く、か細く響く。「この村の名は、だまされやすく、時代遅れなことの同義語になってしまいました。偉い先生方の中には国の名誉が——アイルランド全体の威信が——揺るがされていると考える人もいるのです」

この医師の暗愚さは熱病のようにお偉い先生方にもうつってしまったのだろうか？

「それで委員会が設置され、観察役をつけるよう決断がくだされたわけです」

ああ、ということは、リブを呼び寄せたのはオドネル家ではなかったのだ。「その子が何らかの尋常ではない方法で、生き続けていることを証明するための監視ですか？」リブはあざけりに聞こえるように、少し声色を変えた。

「いいえ、いいえ」とマクブレティが自信たっぷりに言う。「真実を突き止めるためです。その真実が何であれ。ふたりのきちょうめんな人物に二週間、交代で夜も朝もアナのそばにいてもらえばそれは可能です」

つまり、リブの手術や感染症患者対応の経験が買われたのではなく、彼女の職業の綿密さのみが求められたのだ。明らかにこの委員会は、若くきちょうめんな看護婦をひとり呼び入れることで、オドネル家の常軌を逸した物語を証明したいと願っているようだ。この退廃的な村の奇跡を、世界に知らしめるために。怒りに、リブは歯噛《が》みした。

この泥沼に引きずりこまれたもうひとりのお仲間にも、深く同情した。「もうひとりの看護婦はどなたでしょうか」

医師は困ったような顔をした。「シスター・マイケルとは、夕食をごいっしょなさいませんでしたか？」

あのすごく無口だった修道女だ。そうに決まっている。男性の聖人の名前をつけるなんておかしな話だ。まるで、女性であること自体を捨ててしまったみたい。でもなぜ、あの修道女はちゃんと名乗らなかったのだろう。あの深々とした一礼で伝えようとしていたのだろうか――彼女とイングランド夫人が渦中に巻きこまれていくことを。「彼女もクリミアで働いたのですか？」

「いえ、いいえ。彼女には、タラモアの慈悲修道女会《ハウス・オブ・マーシー》から来てもらいました」とマクブレティが言った。

歩く修道女たちのひとりだ。スクタリでリブは、彼女と同じ教派の者たちといっしょに従軍した。少なくとも、頼りになる働き手ではあった、とリブは自分に言い聞かせる。

「ふたりのうちひとりは、絶対に自分と同じでなければならないと少女の両親が言いましてね、そのつまり……」

ということは、オドネル家もローマカトリック教徒だ。「同教派ということですね」

「それから、国も」と医師は気を使うように言った。

「イングランド人はきっと嫌われているのでしょうね、この国では」と言って、リブはぎこちない笑みを浮かべた。

「それはやや、言いすぎですよ」とマクブレティは異を唱える。

リブが馬車で村の道を通ったとき、ふり向いて彼女を見ていたあの人たちの表情は、いったい何を意味したのだろう？　男たちが彼女のことを話していたのは、彼らが彼女の到着を知っていたからだということに、リブは今更、思い至った。ただのイングランドの婦人ではなく、郷士のお気に入りの番をするために送られた女だと、みんな知っていたのだ。

「シスター・マイケルがいるとあの子も少しほっとできる、ただそれだけのことです」とマクブレティが言った。

見張り番になるための必要条件、もしくは有益な性質が安心感だなんて。だけど、せめてひとりは、N女史の看護婦団から選ばれた。この監視が厳正だと示し、イングランドの新聞社のお眼鏡にもかなうように。

リブは冷たくこう言ってやりたかった。先生はわたしをここに呼び寄せ、偉大な女史とのかかわりをひけらかすことで惨憺《さんたん》たる詐欺事件に信用というメッキをかぶせる魂胆《こんたん》なのですね。わたしはご意向に沿うことはできません、と。明朝にたてば、二日もせずに病院の勤務に戻れるのだ。

けれど、そんな未来を思い描いただけでリブの心が重くなった。アイルランドでの仕事は道徳的に問題があったのだと説明しようとする自分を想像すると、鼻で笑う看護婦長が目に浮かんだ。

だからリブは気持ちを抑え、しばらくは、目の前のことに集中しようと決めた。マクブレティによると、ただ見張ればいいのだ。「もしも観察対象者が観察期間の途中で、少しでも何かを食べたいとほのめかした場合は――」とリブは尋ねた。

「そのときは、与えればいいでしょう」と答えた医師はうろたえているように見えた。「子供たちを飢えさせたいわけではないのですから」

リブはうなずいた。「わたしたち看護婦は、先生にご報告するのですよね、二週間後に？」

医師は首を横にふる。「わたしはアナの主治医で——しかも新聞で心ないことも書かれましたからね——この件の関係者だと思われているんです。だからあなた方は、宣誓の上、委員会で証言することになります」

リブはそのときを心待ちにした。

「あなたとシスター・マイケル、別々に」と節くれ立った指で上をさす。「口裏を合わせることなく、おふた方それぞれのお考えを聞きたいのです。まったく別々にね」

「分かりました。ただ、ひとつお尋ねしたいのですが、なぜこの観察は村の病院で行われないのですか？」それとも、ここは死ぬほど真ん中だから、病院すらないというのか。

「ああ、オドネル家がわが子を家から連れ出し、診療所に入院させることに強く反対したんです」

それを聞いてリブは確信した。父親とその妻は娘を家に置いて、食べ物をひそかに与えているのだろう。二週間を待たずに、尻尾《しっぽ》をつかめるはずだ。

リブは慎重に言葉を選んだ。医師は明らかに、小さなうそつきのことが気に入っているようだったからだ。「もし、途中でアナが隠れて食べ物を摂取している証拠をつかんだら、すぐに委員会に報告してよいのでしょうか」

まばらなひげの生えた頬が引きつる。「まあ、その場合、観察を続ければみなさんの時間と金を無駄にすることになりますからね」

数日でリブは帰ることができるかもしれない。その場合、奇妙な事件はリブの思惑通りの解決を迎えたということになる。

何より、イングランドじゅうの新聞社が看護婦エリ《リ》ザベ《ブ》ス・ライト〔リブはエリザベスの愛称〕が詐欺を暴《あば》いたとたたえれば、病院のスタッフたちだってリブに一目置くようになる。もうお高くとまっているなんて言わせない。悪い話ではないかもしれない。そうすれば、リブの能力に見合った昇進が決まるかもしれないし、面白いことになる。窮屈な人生が、少しだけ広がるかもしれない。

リブは手をぱっとあげ、こみあげてきたあくびを隠した。

「そろそろ失礼します」とマクブレティが言った。「十時を回るころでしょう」

リブは時計を腰の高さに出し、文字盤を上に向けた。「十時十八分です」

「ああ、ここは二十五分遅いんですよ。その時計はまだ、イングランド時間のままのようですね」

ひどい事態ではあったが、リブはそれなりに眠ることができた。

六時前に夜明け。しかしリブはその時刻にはすでに、病院の制服を着ていた。灰色のツイードのワンピースに梳毛《そもう》のジャケットをはおり、白帽をかぶっている(少なくともサイズはぴったりだ。スクタリで経験した屈辱のひとつに、衣服サイズの均一化があった。背の低い看護婦たちは裾を引きずって歩き回り、リブはまるで、体に合わなくなった服を着続ける乞食のように見えた)。

店裏の部屋でひとり、朝食をとった。新鮮な卵。太陽のような黄身だ。

ライアンの娘が——メアリー? メグ?——昨晩と同じ染みのついた前掛けをつけていた。皿をさげに来たとき、サデウスさんが待っていると言い、リブがそんな名前の人は知らないと答える前に部屋を出ていった。

リブは店に入った。そして「わたしに何かご用ですか」と立っていた男に声をかけた。もっと丁重な言葉遣いをするべきか、判断がつきかねた。

「おはよう、ライト夫人。よく眠れたかな」このサデウスさんという人物、古ぼけた上着から受ける印象とは裏腹にはきはきと話す。血色のよい顔、しし鼻、若くはない。帽子をとると、逆立った黒髪が現れた。「準備ができたら、オドネルさんのところに行こうかね」

「いつでも大丈夫です」

しかし、リブの声色で彼女が疑っていることに気づいたのか、彼はこう続けた。「先生がね、オドネル家の気の置けない友人といっしょのほうがいいのではないかと言ったんだよ」

リブには事態がのみこめなかった。「マクブレティ先生も、そのような間柄だとお見受けしましたが」

「まあね」とサデウスは答えた。「でも、オドネル家の神父への信頼はことさら厚い」

神父？　平服のこの男が？　「失礼いたしました。サデウス神父とお呼びすべきところを」

神父は肩をすくめる。「まあ、それが最近の作法のようだけど、このあたりではそんなことに頭を悩ませなくていいよ」

この気さくな人が村の悔悛者の告白を聞く秘密の保持者だなんて、信じられない。

「小幅の白襟《ローマンカラー》や――」リブは彼の胸のあたりを指したが、前ボタンつきの黒いローブの呼称が分からず口をつぐんだ。

「聖日のための衣服はちゃんと引き出しにあるよ、もちろん」とサデウス神父は笑みを浮かべる。

娘が慌てた様子で戻ってきて両手を拭き、「はい、たばこ」と言って紙袋の両端をねじってカウンターの上に差し出した。

「ありがとう、マギー。マッチも一箱もらえるかな。いるよね、シスター？」

神父はリブの背後を見ていた。リブがふり向くと、修道女がたたずんでいる。いったいいつからいたのだろう？

シスター・マイケルは神父、それからリブに向かってうなずいた。口元がぴくりと動いたのは、笑顔を作ろうとしたのかもしれない。恥ずかしがり屋でうまくいかないのかもしれない。

なぜマクブレティは、もうひとりの観察役もナイチンゲールの看護婦にしなかったのだろう？　もしかしたら残るおよそ五十名は――信心深い人もそうでない人も――こんなに急な依頼には応えられなかったのかもしれない、とリブは思う。クリミアの看護婦の中で、五年が過ぎても自分の居場所を見つけられずにいるのは、リブだけなのだろうか？　毒の餌に食いつけるほど自由に泳ぎ回れるのは、彼女だけ？

薄ら日に包まれた通りを、三人は進み左に曲がった。神父と修道女の間で、リブは何だか落ち着かず、革製のカバンを握りしめた。

建物はばらばらの方角を向いて、まるで互いに知らぬ顔をしているようだ。老女が窓辺に見えた。彼女のそばのテーブルにはたくさんの籠《かご》が積まれている――窓越しに何かを売っているのだろうか？　イングランドのような月曜日の喧騒《けんそう》が、ここにはまったくない。袋を担いだ男性が通りかかり、サデウス神父とシスター・マイケルと祈りの言葉を交わした。

「ライト夫人はナイチンゲール女史と働いたそうだよ」と神父が修道女に話しかけた。

「聞き及んでおります」それから一瞬、間を置いてからシスター・マイケルがリブに言った。「手術に立ち会った経験から、高い見識をお持ちでしょう」

リブはできるだけ控えめにうなずいた。「それから、コレラや赤痢、マラリアなどもありました。冬には凍傷も」実際には、イングランドの看護婦たちが課されたのはマットレスを補強したり、オートミールをかき混ぜたり、洗い桶《おけ》の中に立っていたりすることがほとんどだったが、リブは修道女に無知な小間使いだと思われたくなかった。だれも分かってくれないことだけれど、命を救うというのはつまるところ、便器の管の詰まりをとることだったりする。

　市場のための広場や、緑地は見あたらない。イングランドの村には当たり前にあるものが、ここにはない。けばけばしい白い礼拝堂だけが、最近建てられたようだ。サデウス神父は礼拝堂のすぐ前で曲がり、墓場の外を回るように泥道を進んだ。こけむして傾いた墓石は無秩序に並んでいた。「家は、村外れにあるのですか？」リブはオドネル家がなぜ馬車も用意せず、ふたりの看護婦を歩かせるのか解せなかった。

「あと少しです」と修道女がささやく。

「マラキは、ショートホーン種を飼っているんだよ」と神父が言った。

　弱々しい日差しは思った以上の力を秘めていて、リブの外套の下が汗ばむ。「オドネル家にはお子さんが何人いるのですか？」

「今は少女だけだね。パットが向こうに行ったから。神のご加護を」とサデウス神父が言った。

向こう、とはどこだろう？　アメリカがいちばんありえる、とリブは思った。それか、グレートブリテン島。それとも大英帝国領《コロニー》？　アイルランドはまるで軽率な母親だ。痩せっぽちのひなたちを簡単に海外へと送ってしまう。オドネル家にはふたりしか子供がいない。リブにとっては、とるに足らない数に思えた。

ぼろぼろの小屋の煙突が、ばい煙を吐き出す。脇道の先にもう一軒、家が見える。その先に広がる泥炭地にリブは目を凝らし、オドネルの邸宅を探した。神父に事実以外のことを尋ねてもよいのだろうか。ふたりの看護婦に求められているのは、それぞれに自分なりの見解を持つことだ。しかし、リブにとってオドネル家の気の置けぬ友人と話すチャンスは到着までの、この道のりしかないかもしれない。「すみません、もし差し支えなければ――この家族についての正直なお考えを聞かせてください」

神父は少し沈黙したあと、「もちろん、疑ってなどいないよ」と答えた。

リブがローマカトリック教の神父と話すのはこれがはじめてだったので、建前なのか本音なのか判断しかねた。

修道女はまっすぐ、緑の地平線を見つめたままだ。

「マラキは無口な男でね」とサデウス神父は言った。「絶対禁酒主義者なんだよ」

リブにとっては驚きだった。

「宣誓をしてから一滴も口にしていない。子供たちが生まれる以前のことでね。彼の妻はこの教区のリーダー的な存在で、聖母信心会《ソダリティ》の活動にもとても熱心だよ」

細かいことはリブにはよく分からなかったけれど、ぼんやりと見えてきた。「アナ・オドネルはどんな子ですか」

「ほんとうに素晴らしい少女だよ」

それはどういう意味で？　信心深い？　それとも群を抜いて優秀？　この少女のことを、みんなが好いているのは確かだ。リブは神父のしし鼻の横顔をじっと見つめた。「食べ物の摂取をやめるよう、指示されたことはありますか？　信仰のために」

神父は抗議に両手をあげる。「ライト夫人はちがう教派だったかな？」

言葉を慎重に選び、リブは答えた。「イングランド国教会で洗礼を受けています」

修道女は飛んでいくカラスに視線を移したようだ。巻きこまれないように口は挟まないいつもりだろうか？

「そうか」とサデウス神父は言う。「では、カトリック教徒が食べ物をとるべきでないとされる時間はほとんどの場合、数時間であると覚えておくといいよ。聖体拝領までの夜間数時間などは何も口にしない。また、四句節の水曜日と金曜日は肉を食すことが禁じられている。適度な断食は肉体の欲望を克服することだからね」神父はまるで天候について話すかのように平然と、そう言った。

「食欲を克服する、ということですか？」

「ほかの欲望といっしょにね」

リブは革靴の前に続く、ぬかるんだ地面に目を落とす。

「そしてほんの少しだとしても主の苦しみに、思いをはせることもできる」と神父は続ける。

「断食は贖罪《しょくざい》としても重要なのだよ」

「つまり、自分で自分を罰すれば、その人の罪はゆるされるということですか？」とリブは尋ねた。

「あるいは、ほかの方たちの罪さえも」と修道女がつぶやくように言った。

「シスターのおっしゃる通りだね」と神父が応じる。「やさしい魂が捧げる苦しみは、自分以外の人のためにためておくことができる」

リブの頭に浮かんだのは、分厚い帳簿を埋め尽くす黒インクで記された借方と貸方。

「しかし大切なのは、健康を損なってはならないということだね」

このぬめぬめする魚を仕留めるのは難しそうだ。「ではなぜ、アナ・オドネルは教会の約束事を破ったのでしょうか？」

神父は広い肩をひょいと上にあげる。「ここ数カ月間、食べるように何度も説得したんだよ。何でもいいから食べなさいと。しかし、あの子は聞く耳を持たなくてね」

この甘やかされた娘はどんな手を使って、見え透いた茶番劇《シャレード》に大人たちを引き入れたのだろう？

「着きました」とシスター・マイケルが言った。くすんだ道の先を指さしている。

ここが目的地でまちがいないのだろうか？　小さな家の壁は明らかに水しっくいを塗り直さなければならないだろう。それに、かやぶきが小さなガラス窓三つに垂れさがっている。家の端には、母屋と同じ屋根の下に牛舎がある。

そのときリブは、自らの甚だしい見当ちがいに気づいた。委員会が看護婦を雇ったのだから、マラキ・オドネルが裕福だと思う理由はひとつもなかったのに。この地域に暮らす貧しい農民たちとオドネル家は、幼い娘が空気だけあれば生きていけると主張していることをのぞけば、何ら変わりはない。

オドネル家の低い屋根線をリブはにらみつけた。マクブレティ医師が早合点をしてアイリッシュ・タイムズに手紙を送りさえしなければ、じめじめしたこの地から出ることはなかった話だ。この奇妙な画策に、彼の何人の特別な友人が富と名声をかけているのだろう？　二週間後にふたりの看護婦が従順に奇跡を証言しさえすれば、このくだらない集落をキリスト教会全体の奇跡として知れ渡らせることができるとでも思っているのだろうか。もしくは信ぴょう性を買う魂胆なのかもしれない。ナイチンゲールと慈悲修道女会の信用をかさに着て。

三人は道を進んだ——牛糞《ふん》の山のそばを通り過ぎたところで、リブはあまりの不満に体が震えた。小屋の厚い壁は、地面に向かって外向きに傾斜している。いちばん近くの窓枠は壊れ、ぼろ布で固定されている。それから、半分だけのドアがある。上半分がまるで馬小屋の入り口のように開け放たれている。サデウス神父が、ドアの下部を押し開けると、鈍い音がした。神父はリブに先に入るよう促した。

リブは暗闇に踏み入った。女性が大声で何か言ったが、リブにはなじみのない言語だった。次第にリブの目が慣れてきた。革靴の下は踏み固められた土間だ。フリルつきの縁なし帽子をかぶったふたりの女性がいる。アイルランドの女性はみな、この帽子をかぶるのだろうか。彼女たちは暖炉の前にある食器乾燥棚の皿を食器棚へとしまっている。年配の女性が、若い細身の女性の両手にいっぱいの服を押しつけてから、急いでこちらに来て神父と握手した。

神父は同じ言語であいさつする――おそらく、ゲール語だろう――それから英語で話しはじめた。「ロザリーン・オドネル、シスター・マイケルには昨日会ったね」

「シスター、ごきげんよう」その女性は、修道女の両手をきつく握った。

「そしてこちらはライト夫人。クリミアに行ったあの有名な看護婦さんのひとりだよ」

「あら！」オドネル夫人の肩幅は広く、骨張っていた。小石のような灰色の瞳、そして暗い穴のあいた歯抜けの笑顔。「遠くからお越しくださって、天からの恵みがありますように」

この女はまさか、まだ半島では戦闘中だと思うほど無知なのだろうか？　リブが戦場から血まみれのまま来たとでも？

「ほんとうは良いお部屋にお通ししようと思ってたんです」――ロザリーン・オドネルはそう言って、炉端の右にあるドアを向いてうなずいた――「先客がいなけりゃよかったんですが」

リブは耳をすませる。かすかな歌声が聞こえる。

「ここで結構だよ」とサデウス神父が穏やかに言った。

「そんならちょっと座って。お茶にしましょう、ね」とオドネル夫人は強く勧めた。「椅子はね、ぜんぶあの部屋にありますから、腰かけ《クリーピー》しかないんですがね。主人はちょうど、シームス・オラロと暖炉用の泥炭をとりに出てるんです」

クリーピーは木製のスツールで、ただの木枠を客人に勧めているような体裁のものだ。リブはひとつ選び、なるべく炉から遠いところに座った。しかし、母親は侮辱されたような顔をしている。火に近いほど、名誉ある席なのだ。母親の望むところに、リブは座り直した。軟こうが溶けてしまわないよう、カバンはなるべくひんやりしたところに置いた。

ロザリーン・オドネルは着席しながら十字を切った。神父も、修道女もそうした。リブも倣《なら》おうとしたが、やはりやめた。村人のまねをするなど、愚かしい。

その良いお部屋からの歌声は次第に大きくなっているようだ。暖炉は小屋の二カ所に炉が開いていることにリブは気づいた。音が小屋じゅうに伝わるのはそのためだ。

下女が顔をしかめながら、沸騰したやかんを火からおろす間、オドネル夫人と神父は昨日の雨と例年になく暑い夏について話していた。修道女は傾聴し、ときおり小声で同意した。少女について、だれも何も言わない。

看護服が脇腹にべとつく。看護婦として観察を任されたのだから、とリブは心で唱えた。無駄にできる時間などない。リブは部屋を見渡した。質素なテーブルは窓のない後ろの壁につけられている。ペンキが塗られた食器棚の下のほうには格子がはめてある。まるで拘置所みたいだ。壁には小さな窓がいくつかある。壁収納だろうか？　古い小麦粉の袋がくぎで打たれ、カーテン代わりになっている。煙突のかさは小枝などを編んだものだ。炉端の両側に真四角の穴がある。それから、塩の保存用であろう箱が、高いところにくぎ付けにしてある。炉棚には真ちゅうのろうそく立てが二台と十字架。そして小さな銀板写真のようなものが、黒い漆塗りのケースに入ったガラスのコップの後ろに見えた。

「アナの調子はどうかな？」とサデウス神父がやっと少女のことを口にした。一同が苦い紅茶をすすっているときだった。下女もいっしょだ。

「いつも通り元気ですよ。神に感謝します」オドネル夫人は不安げに良い、お部屋のほうをちらりと見た。

客人たちといっしょに讃美歌を歌っているのが、その少女だろうか？

「あの子の過去を、看護婦たちにお話ししては？」とサデウス神父は促した。

オドネル夫人は目をぱちくりさせている。「はて、あの子にどんな過去が？」

リブはシスター・マイケルと目を合わせ、質問した。「オドネル夫人、去年までの娘さんの健康状態を教えていただけますか」

まばたき。「ええまあ、あの子は可憐《かれん》な花のような子ですよ。泣き虫でもかんしゃく持ちでもなくて。かすり傷とかものもらいとかはありましたけど、そんなときはいつだってあの子、神さまへお捧《ささ》げするんだって言ってね」

「食欲はどうでしたか」とリブは続けた。

「ああ、欲張りなこともなかったし、お菓子がほしいとねだったこともありませんね。金のような良い子なんです」

「精神はどうでしょうか？」と修道女が尋ねた。

「とくに不調などありませんね」オドネル夫人は言った。

　こんなぼんやりとした答えでリブが満足するわけはない。「アナは学校には行っているのですか」

「そりゃあもう、オフラハティ先生にかわいがられていました」

「メダルももらったね？」下女が炉棚を指さし、その拍子に彼女のティーカップから紅茶が少しこぼれた。

「そうだったね、キティ」と母親は言い、餌をついばむめんどりのようにうなずいた。

　リブは目を凝らし、メダルを探した。写真の横の飾り箱の中に、小さな銅色のメダルがあった。

「けれど学校で百日咳がはやって、あの子もやられてしまって」とオドネル夫人が続けた。「そんであたしのかわいいアイルランド娘《コリーン》はうちに置いておくことにしたんですよ。だってあそこは汚いし、割れている窓もあって、冷たい風がびゅーびゅー入ってきますからね」

　コリーン。アイルランド人は若い娘をそう呼ばずにはいられないみたいだ。

「それに家でも学校と同じくらいちゃんと勉強できますしね。本もたくさんあるし。スズメには巣があればじゅうぶん、ともいうでしょう」

そんな格言、リブには初耳だ。リブは、さらに追及した。アナのうそは真実に根を張っているのではないかと踏んでいたからだ。「病気になってから、おなかの調子が悪くなったことはありませんか？」激しい咳で少女の内臓に傷がついた可能性もリブは考えた。

しかし、オドネル夫人は張りついたような笑顔のまま、首を横にふった。

「嘔吐《おうと》や便秘、下痢などは？」

「たまにあったけれど、あの年頃ではまあ、ふつうじゃないですかね」

「ということは、十一歳になるまで」とリブは続ける。「少し虚弱であっただけで、とくには何も？」

母親の乾いた唇は固く閉じられている。「四月七日、昨日でちょうど四カ月になります。四カ月前のあの朝、起きてくるとあの子は、何も口にしなくなっていたんです。神の水以外は一切」

リブは激しい嫌悪感に襲われた。もしこの話が真実ならば、喜々として報告するこの女は、どういう母親なのだ？

だけど当然、真実ではないのだから、とリブは自分に言い聞かせた。ロザリーン・オドネルも一枚噛《か》んでいるのか、それとも娘は母親の目さえも羊毛でふさいでしまったのか。加担しているとしても、だまされているとしても、どちらにしろこの母親が娘を怖がる理由はない。

「誕生日の前、喉を詰まらせたり、腐ったものを食べたりしませんでしたか？」

オドネル夫人はむきになって答える。「うちのキッチンには腐ったものなんて置いていませんよ」

「食べるように説得を試みましたか？」リブは尋ねた。

「そりゃあもう、息切れするほど必死に」

「それでもアナは、食べない理由を明かしはしないのですね？」

母親は前かがみになってリブに顔を近づけ、まるで秘密を打ち明けるようにこう言った。「必要がないからですよ」

「理由を言う必要はないと？」とリブが聞き返した。

「いらないんです」とロザリーン・オドネルがにかっと笑い、歯のないところが見えた。

「食べ物が、という意味でしょうか」と修道女が尋ねた。やっと聞きとれるくらいの声だ。

「パンくずさえね。あの子は、生きる奇跡なんです」

きっとこの場面を何度も練習したのだろう。しかし、母親の瞳は信じ切っているかのようにぎらりと輝いた。「それでこの四カ月間、娘さんは至って健康だったとおっしゃるのですね？」

ロザリーン・オドネルは背筋をすっと伸ばし、まばらなまつげを何度かしばたたいた。「うそも細工もこの家にはありませんよ、ライト夫人。ここは粗末な家かもしれませんけれど、馬小屋だってそうだったんだから」

リブは馬の登場に一瞬混乱したが、馬小屋がなぜ重要なのかすぐに見当がついた。ベツレヘムだ〔キリストが誕生したのはベツレヘムの馬小屋といわれている〕。

「あたしたちに学はありません。夫も、あたしも」とロザリーン・オドネルが言った。「だから、何であの娘が偉大なる神のご加護によって生かされているのかは分かりません。だけど神には何だってできる。そうでしょう？」母親は修道女に助けを求めた。

シスター・マイケルはうなずき、かすかな声で言った。「主のおぼしめしは神秘に包まれています」

このためにオドネル家は修道女をよこさせたんだ。リブは強く確信した。そして医師がなぜ、その要求をのんだのかも分かった。信仰心の薄い女よりも、キリストにその身を捧げた独身女のほうが、奇跡を信じるだろうと期待したのだ。迷信で目がくらんでいる女、とリブなら表現したかもしれない。

サデウス神父はこのやりとりを注意深く見ていた。「しかしあなたとマラキは、ここにいる看護婦たちとアナが二週間をともに過ごすことに賛成なのだよね。委員会の前で、証言してもらいたいと」

オドネル夫人が痩せ細った両腕をあんまり大きく広げたので、格子縞《プレード》の肩掛けが落ちそうになった。「賛成も何も、大賛成です。あたしたちがコークやベルファストと同じくらいちゃんとしてるってことを示せるんなら」

リブは思わず笑いそうになった。大豪邸に住んでいるならまだしも、こんな粗末な小屋に住んで名誉を気にするなんて……

「何も隠し立てしやしません」と母親は続けた。「世界のほうぼうからやってきた善意のお客さんにも、戸を開けなかったことは一度もないんですから」

母親の大げさな言葉にリブはいら立った。

「そういえば」と神父が口を開く。「お客人たちがお帰りのようだね」

リブの気づかぬ間に、歌声は途絶えていた。部屋のドアが少しだけ開いて、風が入ってくる。

母親は立ちあがり、その隙間をのぞきこんだ。

良いお部屋は、キッチンとちがってがらんとしていた。棚のガラス戸の後ろにある皿数枚とコップ、重ねられたロープチェアがあるだけで、ほかには何もない。六名が、リブからは見えない部屋の隅を見つめていた。まるで驚くべきものを見ているように目を大きく見開いて。話し声を聞き逃すまいと、リブは耳をそばだてた。

「ありがとう、お嬢ちゃん」

「ほら、祈りのカードだ。君のコレクションのためにとっておくといい」

「いとこがローマ教皇に祝福していただいた聖油の小瓶を差しあげます」

「うちの庭から今朝摘んできたお花しかないけれど……」

「いくらお礼を言っても足りないくらいです。帰る前に、赤ちゃんにキスしてくださいますか？」最後の女性は部屋の隅に、布にくるまれた赤子を抱えていそいそと進んだ。

このすごい奇跡の姿がなかなか見えず、リブはしびれをきらしていた。すごい奇跡——昨晩、食堂で農夫がそう呼んでいなかった？　きっとそうだ、彼らはこのことで盛りあがっていたんだ。頭がふたつある牛を見たのではなく、アナ・オドネルを見たのだ。生きている奇跡を。毎日、人々が少女の足元に群がっているのは一目瞭然だ。何て下賤なのだろう！

見物人について、あの農夫は悪口を言っていた。〝手と足となって仕えておったよ〟。あれは、この子供を甘やかそうと張り切っている訪問者たちのことを話していたにちがいない。この少女が人間の基本的欲求を克服したと想像し、聖人に仕立てあげるなど、何を考えているのだろう？　リブはヨーロッパ大陸でのパレードを思い出していた。きらびやかな服を着た銅像が、悪臭漂う通りを練り歩いていた。

訪問者たちの声はすべてアイルランド人のもののように聞こえた。世界のほうぼうからなんて、オドネル夫人は誇張しすぎだ。ドアが大きく開いたので、リブは数歩さがった。

良いお部屋から訪問者たちが出てきた。「みなさん、お手間をかけましたな」そう言って、まるつば帽子の男性がロザリーン・オドネルにコインを一枚差し出した。

これか、諸悪の根源は。上等な靴を履いた旅人が金を払って、農夫にぼろ屋の前で弦がたるんだバイオリンを構えさせ、写真を撮るのといっしょだ。オドネル家もこの詐欺に確実に関与している、とリブは思った。いちばん分かりやすい動機がある。つまり、金だ。

しかし母親は両手を後ろに回し、言った。「そんな、手間なんてことありませんよ」

「ではあの子のために受けとってくれ」と訪問者。

ロザリーン・オドネルはそれでも首を横にふった。

「いいじゃないか」と男も引かない。

「どうしてもとおっしゃるなら、あの箱に入れてください。貧民のための寄付です」母親はドアの横のスツール上にある鉄製の容器を指さした。

リブは寄付金箱を見落としていたことが悔しかった。

訪問者たちはその穴に金を入れてから、出ていった。数枚のコインは、特別に重そうな音を立てて箱の中に落ちた。あのうそつき娘は、十字架の彫刻や立像と同じくらい、人を引きつけるらしい。オドネル家の者たちがあのコイン一枚でも、自分より貧しい人たちに渡すことなどないだろうとリブは思った。

人々を見送る間、リブは炉棚の銀板写真をじっくり確認できる位置にいることに気づいた。ぼんやりとした色の写真だ。おそらく、息子が移住する前に撮影したのだろう。ロザリーン・オドネルが崇拝するために。母親の膝の上で、のけぞるような姿勢の痩せた少年。父親の膝に、背筋をぴんと伸ばして座る少女。ガラスに反射する光の後ろを見ようと、リブは目を細めた。アナ・オドネルの髪の色は、リブと同じくらい暗い。肩までの長さ。どこにでもいそうな子供だ。

「あの子の部屋で待っていてください。今、連れてきますんで」とロザリーン・オドネルがシスター・マイケルに言った。

リブは警戒した。この母親はどうやって娘に、看護婦ふたりから見張られることに耐えろと言うつもりなのだろう？

急に泥炭の煙に耐えられなくなり、リブは一息つきたいと小声で断ってから表に出た。

リブが背筋を伸ばし、大きく息を吸って吐くと、糞の臭いがした。ここに残ることは、このどうしようもない詐欺の全貌を明らかにする挑戦を受けることを意味する。この小屋に、部屋は四つ以上ない。だからおそらく一晩で、食べ物を忍びこませていると暴くことができるはずだ。アナがひとりでやっていても、だれかの助けを借りているとしても(オドネル夫人？　その夫？　ひとりだけの下女？　全員という可能性ももちろんある)。そうなれば、こんなに苦労して来たのに一晩分の給金しかもらえないだろう。不誠実な看護婦であれば、二週間後に全額支給されるまで黙っているところだ。けれどリブにとっての何よりの報酬は、結末を見届け道理の通らないことに筋を通すことのように感じられた。

「さて、そろそろわたしも次の約束があるから」と紅潮した顔の神父が、リブの背後から声をかけた。「シスター・マイケルが最初の番はしてくれるそうだよ。あなたは、まだ長旅で疲れているだろうからね」

「いいえ」とリブは言った。「このまま、やらせてください」早く少女に会いたかった。一刻も早く。

「お好きなようになさってください、ライト夫人」と神父の後ろから修道女のささやくような声がした。

「では、シスターが戻ってくるのは、八時間後かな」とサデウス神父が言った。

「十二時間です」とリブが正す。

「マクブレティ先生は八時間交代と言ったけどね。疲れないように」

「ですがそうすれば、シスターとわたしの起床時間と就寝時間が乱れます」とリブが指摘した。

「わたしの経験上、病院勤務では三交代制よりも二交代制のほうが睡眠にはよいのですが」

「しかし、観察というものの性質上、アナのそばから一瞬たりとも離れられないからね」とサデウス神父は言った。「八時間でも長すぎる気がするよ」

そのとき、リブはあることに気づいた。十二時間交代でリブから当番を開始すれば、夜の番は二週間ずっとシスター・マイケルがすることになる。夜のほうが、盗み食いするチャンスは多いはずだ。人生の大半を田舎町の教会で過ごした修道女に、リブほどの注意深さを期待するべきではないだろう。「いいでしょう。八時間で交代にしましょう」頭で計算しながらリブは続ける。「交代する時間は、そうですね、夜の九時、朝の五時、それから午後一時、でどうでしょうか、シスター？　一家のご迷惑にもなりにくそうな時間ですし」

「では午後一時に？」と修道女は尋ねた。

「いえ、これからはじめても、すぐお昼ですから夜九時までわたしが務めます」とリブは言った。初日に部屋の状態を整え、自分の好きなように観察の手順を考えたかったのだ。

シスター・マイケルはうなずき、滑るようにして村への道を戻っていく。どこであんな歩き方を学んだのだろうとリブは思った。黒いローブが雑草に触れ、不思議な歩き方に見えたのかもしれない。

「幸運を、ライト夫人」とサデウス神父は帽子をあげ、別れを告げた。

運？　まるでリブが駆けっこをしているかのような言い方だ。

リブが気持ちを整えて小屋の中に戻ると、オドネル夫人と下女が灰色の重そうな小老人妖精《ノーム》のような物体を持ちあげ、さる環につるそうとしているところだった。目を凝らすと、鉄製の鍋だと分かった。

母親は鍋を火の上につるすと、リブの左側にある、半分開きっぱなしのドアに目をやり言った。「アナにあなたのことは、ぜんぶ話しておきましたよ」

ぜんぶって何を？　ライト夫人が海の向こうからやってきたスパイだとでも？　イングランド女をだます方法を悪ガキに教えたのかもしれない。そうやってこれまで、たくさんの大人を落としてきたのだろうから。

寝室は飾り気のない四角い空間だった。窓とベッドの間にある、まっすぐな背もたれの椅子に、灰色の服を着た小柄な少女がたたずんでいる。まるで秘密の音楽に耳を傾けているかのようだ。写真では分からなかったが、髪は暗い赤毛だ。ドアがきぃっと音を立てて開くと、少女はぱっと顔をあげ、にっこりと笑った。

うそつき娘、とリブは心の中で唱えた。

少女は立ちあがり、片手を差し出す。

リブはその手を握った。ひんやりした柔らかな指。「アナ、調子はどうですか?」

「とてもいいです、おばさま」と少女は小さな声で、でもはっきりと答えた。

「看護婦《ナース》と呼んでください」とリブが正す。「ライト夫人でも、ご夫人《マアム》でも結構です」そう言ったあと、ほかに言うべきことも見つからず、カバンに手を伸ばして手帳と巻き尺をとり出した。まったく理解不能なこの状況に何とか秩序をもたらそうと、リブは手帳を開いた。

〈一八五九年八月八日　月曜日　午前十時七分〉
〈身長　一一六センチ〉
〈両腕を広げた長さ　一一九センチ〉
〈眉上で計測した頭囲　五六センチ〉
〈頭頂からあご下までの長さ　二〇センチ〉

アナ・オドネルは黙々と指示に従う。地味なワンピースを着て、気をつけの姿勢で立っている。目を引く大きな革靴を履いている。少女は計測のためにひとつの姿勢をとると、しばらくの間じっとそのままでいて、まるで異国の踊りでも習っているかのようだった。彼女のふっくらとした顔を見れば、断食しているなどありえないとすぐに判断がつくだろう。はれぼったいまぶたの下から榛色《ヘーゼル》の瞳が少しのぞく。白目は陶器のようで、瞳孔は開いていた。おそらく部屋がほの暗いせいだ(夏の空気をとり入れるために少なくとも一枚の窓は開いていた。病院ではリブが何と言おうと、看護婦長がすべての窓をきっちりと閉めさせた。有毒な悪臭を恐れてのことだ)。

少女は青白かったが、アイルランド人の肌は決まってそうだ。赤毛の場合はことさらで、厳しい天候にさらされない限りはとても白い。彼女の肌でひとつだけ気がかりなのは、きめが細かい無色の毛が頬にびっしり生えていることだ。食べていないことがうそだからといって、不調をきたしていないわけではないようだ。リブはすべてを書き留めた。

N女史が言うには、看護婦がメモをしすぎるのも考えもので、記憶力の衰えにつながるらしい。けれど、忘備録《エイド・メモワール》を禁止するには至らなかった。リブは記憶力には自信があったが、今回彼女は奇跡の証人になる命を受けているわけで、非の打ちどころがない記録を残す必要があった。

もうひとつ気になることがある。アナの耳たぶと唇が青っぽいのだ。爪のつけ根も血色が悪い。肌もひんやりとして、まるで吹雪の中を歩いてきたかのようだ。「寒いのですか」とリブは聞いた。

「そんなことありません」

〈乳頭間　二五・五センチ〉

〈胸回り　六一センチ〉

少女の瞳がリブの動きを追う。「名前は何ですか?」

「申しあげた通り、ライトです。でも、ナースと呼んでいいですよ」

「洗礼名《ファーストネーム》が知りたいんです」

リブは少女のあどけない質問を無視し、書き続けた。

〈尻囲　六三センチ〉
〈腰囲　五三センチ〉
〈肘囲　一三センチ〉

「どうして数字を書いているんですか?」

「それは……あなたが元気でいられるようにです」とリブ。ばかげた答えだとリブも分かっていた。しかし彼女は、少女の質問にうろたえていた。彼女の任務について、観察対象者と話すことは規則違反にあたるだろうか。

やはり、リブが想像した通り、手帳の数字からもアナ・オドネルがとんでもないうそつきだということは明らかだ。まあ確かに、痩せているところもある。肩甲骨はまるで羽をなくした鳥のように浮き出ている。だけど、何カ月も食べずにいた子供の痩せ方ではない。飢餓に苦しむ人がどのような姿か、リブは知っていた。スクタリに運びこまれた骨と皮だけの避難民たちを見たことがあるのだ。骨に引き伸ばされた皮膚。まるでテントの柱がキャンバス地の覆いを引っぱっているかのようだった。でも、この少女はちがう。何より、腹がまるい。最近、若者の間で人気があるのは、ウエストをぎゅっと四〇センチくらいまで絞るファッションらしいけれど、アナのウエストはそれより十センチは太い。

リブが知りたかったのは少女の体重だ。一晩で少しでも体重増加が認められれば、こっそりと何かを摂取している証拠になる。秤《はかり》を探そうとキッチンのほうへ二歩進んだとき、夜九時まではひとときも少女のそばを離れてはならないということを思い出した。

監禁されているような奇妙な感覚だ。リブは部屋からオドネル夫人を大声で呼ぶことも考えたが、着任早々から高慢だと思われるのもいやでやめた。

「〝偽造品に気をつけよ〟」とアナがささやく。

「何と言いましたか？」

アナのまるい指先が、手帳の畝《うね》模様の革表紙に刻印された文字をなぞっている。

リブは少女をきっとにらみつける。偽造品、ほんとうにね。「製造者によると、そのベルベット紙は特別らしいですよ」

「ベルベット紙って何ですか？」

「鉛筆で書けるよう加工されている紙です」

少女は小さなページに指を走らせた。

「消跡不可能《インディラブル》なのです。インクのようにね」とリブが言う。「インディラブルの意味が分かりますか？」

「跡が残って消せないことです」

「正解」リブは手帳を手に、少女からほかに何を聞き出せばいいのだろうと考えた。「アナ、痛いところはないですか？」

「ありません」

「ふらふらしたり？」

「ときどき、あります」とアナが認める。

「脈が止まったり、はねたりするようなことは？」

「少しぱたぱたする日があります」

「緊張していますか？」

「どうして緊張するのですか？」

うそがいつばれるか分からないからだよ、この詐欺師。そう思いながらも、リブはこう言った。「シスター・マイケルとわたしがいるからですよ。見知らぬ人がいるのですから緊張するでしょう」

アナは首を横にふった。「やさしそうな人だから。悪いことしたりしないって分かります」

「その通りです」と返しつつ、リブは必要以上の約束をしてしまったような気がして、居心地が悪くなった。やさしくするために、ここにいるわけではないのに。

アナはきつく目を閉じ、何かをささやいている。すぐにリブは、それが祈りの言葉だと分かった。敬虔《けいけん》さを見せつけているのかもしれない。断食が真実味を帯びるようにと。

祈りが終わり、顔をあげた少女の表情は静けさをたたえていた。

「口を開けてください」とリブが指示する。

ほとんどが乳歯だ。大きな永久歯は二本だけ。歯が抜けたままで大人の歯に生え変わっていないところもある。より年齢の低い子供の口内のようだ。


〈虫歯が数本？　少し酸っぱい息〉

〈清潔な舌。赤くて滑らか〉

〈扁桃少し肥大〉


帽子はかぶっておらず、赤い髪は額の真ん中で分けられ、後ろで小さなおだんご《シニヨン》に結われている。リブはその赤い髪をほどき、指を通した。乾いて縮れている。髪の中に隠されたものがないか触れてみたが、見つかったのは片耳の後ろのかさぶただけだった。「髪を結い直してもいいですよ」

アナが髪留めにてこずっている。

リブは手伝おうとしたが――やめた。少女の世話をするために雇われたのでも、召使いになったわけでもない。ただじっと見つめるために金を支払われるのだ。


〈あまり器用ではない〉

〈反射は平均的、少し遅いかもしれない〉

〈爪が少しぎざぎざしていて白い点がある〉

〈手のひらと指がかなりむくんでいる〉


「靴を脱いでください」

「これ、兄の靴なんです」とアナは指示に従いながら言う。

〈足、足首、太ももに重度のむくみ〉とリブは書き留める。だから移民になった兄が捨てていった革靴を履いているわけだ。浮腫かもしれない。組織に水がたまっている。「足は、いつからこんなふうに?」

少女は肩をすくめる。

靴下の結び目跡が、両膝下にくっきりとついていた。かかとの裏にも跡がある。妊婦や老いた兵士にも同じ症状が見られた。リブはアナのふくらはぎに指を押しつけた。まるで彫刻家が粘土から子供を創っているかのようだ。指の跡が残る。「痛みを感じますか」

アナは首を横にふった。

リブは跡のついた足をじっと見た。そんなに深刻ではないのかもしれないけれど、この子の体は正常な状態ではないようだ。

淡々と、衣服を脱がせる。アナがうそつきだとしても、屈辱を感じさせる必要はない。少女は身震いした。羞恥心からではない。今は八月ではなく一月だと言わんばかりに震えている。〈第二次性徴出現ほぼなし〉とリブは書き留めた。アナは十一歳というより、八歳か九歳くらいに見える。〈二の腕に水痘の予防注射痕〉。ミルクのように白い肌はかさかさしていて、ところどころ茶色っぽいかさぶたがある。両膝にあざ。子供では珍しくない。でもこの子の向こうずねにある青と赤の斑点――はこれまで目にしたことがない。柔らかい毛が少女の腕、背中、腹、両足に生えていた。赤ちゃんザルみたいだ。ひょっとしてアイルランド人は毛深いのだろうか？人気雑誌の風刺漫画で、アイルランド人がサルのような小人として描かれていたのをリブは思い出した。

今度は左の太ももを確かめた。やはり平らな跡が、右側と同じように残った。

リブは手帳を見直した。いくつか異常な点は認められる。それはそうなのだが、四カ月も断食が続いているというオドネル家の大それた主張を、証明できるほどのものではない。

ではどこに、この子は食べ物を隠しているのだろう？　アナのワンピースとペチコートの縫い目、ポケットの中、すべてリブは確認した。衣服は何度も修繕を重ねたようだが、きちんと整っていた。貧しいが、たしなみはある。リブは、少女の身体で食べ物を隠せそうなあらゆる場所を確認した。脇から尻（割れ目もすべて）、むくんだつま先までつぶさに。パンくずひとつ、見つからなかった。

　アナは抵抗しなかった。また何かささやいている。頬にかかるまつげ。リブにはアナの言葉が聞きとれなかったが、繰り返される言葉が……ドロシーと言っているように聞こえた。いつだってローマカトリック教徒たちは、神さまとのやりとりに多様な仲介役を頼む。聖ドロシーは、聞いたことがないが。

「何を唱えていたのですか」とリブは少女が祈り終わると尋ねた。

　アナが首を横にふった。

「教えてくださいよ、アナ。わたしたち、友達になるのでしょう？」

　リブは言葉の選択を誤ったとすぐに気づいた。少女のまるみのある顔が輝く。「そうなれたらすごくうれしいです」

「では、繰り返し唱えているお祈りは何ですか」

「これは……教えられないんです」とアナ。

「ああ、秘密のお祈りなのですね」

「私的なお祈りです」とアナが正す。

小さな女の子たちは――たとえ根は正直でも――秘密が大好きだ。リブの妹も日記をマットの下に隠していた(それでもリブはその退屈な読み物の単語ひとつ残さず、すべて読んでしまったわけだが)。

リブは部品をねじ入れて聴診器を組み立てた。アナの左胸に聴診器の平らな部分をあてる。肋骨の五本目と六本目あたりだ。もう片方の末端は右耳につけた。とくどく、とくどく。通常の心臓の音。そして腰からさげた時計で、一分間計りながら数えた。〈脈ははっきりしている〉と書き留める。〈一分間に八九拍〉。予測範囲内だ。少女の背中に聴診器をあてる。〈肺は問題なし〉〈一分間に一七呼吸〉と記録した。喘鳴《ぜんめい》は聞こえない。特異な症状こそあるものの、同年代の子供たちと比べても健康といえるのではないか。

リブは椅子に座り――N女史による看護訓練では、患者のベッドに座らないことが最初の課題だった――少女の腹に聴診器をあてる。食べ物があれば音が聞こえるはずだ。別の場所も試してみる。無音。〈腹腔硬い、腹部膨張、太鼓《ドラム》のよう〉とリブは書き留めた。腹を軽くたたく。

「どう感じますか?」

「いっぱいです」

リブは動きを止める。いっぱい? こんなに空っぽの音がするのに? わざとだろうか。

「いっぱいで気持ちが悪いですか?」

「いいえ」

「もう服を着ていいですよ」

アナはゆっくりと、少しぎこちなく従った。

〈夜は七時間から九時間ぐっすり眠ると報告あり〉

〈知的能力は問題なし〉

「学校が恋しくはありませんか？」

アナは首を横にふった。

オドネル家の甘やかされた娘は家事の手伝いすらしないらしい。「何もしないでいるのが好きなのですか？」

「本を読みます。縫い物をしたり、歌ったり、お祈りもします」と答える少女の声に罪悪感の響きはなかった。

問い詰めるなど出すぎたまねはできない。でもせめて、正直に接しようとリブは決意した。N女史だっていつもそう言っていた。〝不確かさほど患者の健康を損なうものはありません〟。真の言葉を発する手本を見せることは、うそつき娘にも必要なはずだ。少女が迷いこんだ荒地を抜け出すための明るい街灯になれるかもしれない。手帳を閉じてリブは尋ねた。「わたしがここに呼ばれた理由をご存じですか？」

「わたしが食べないように」

何てゆがんだ解釈だろう……「そうではありません。アナ、わたしの仕事はあなたが食べていないというのがほんとうかどうかを見極めることです。だけど、ほかの子供たちみたいに——ほかのみんなと同じようにあなたが食べ物を口にしてくれたら、心からほっとします」

少女はうなずいた。

「何か食べたいものはないですか？　スープ、プリン、お菓子はどうですか？」中立的な質問をしているだけだと自分に言い聞かせながら、リブは尋ねた。何か食べるように圧力をかけて観察の結果に影響を与えたりしない、と。

「ありがとうございます。でも、いりません」

「なぜですか？」

アナの顔にうっすらと笑みが浮かぶ。「それは言えないんです。ええっと——ご婦人《マアム》」アナは正しい呼び方を選んだ。

「どうして？　それも私的なことなのですか？」

穏やかにリブを見返す少女。針みたいに鋭い子供だ、とリブは思う。どんな説明をしたって言い逃れ続けることはできないと、アナには分かっているのだろう。もし創造主の指示で食べないのだと言えば、彼女は聖人ということになる。一方で何らかの自然な方法で生き延びていることを自慢すれば、科学的に満足のいく説明を求められる。木の実をかち割るみたいにぱっくりと正体を暴いてやるんだから、とリブは誓った。

リブは部屋を見渡す。おそらく今日まで、となりのキッチンから夜の間に食べ物を忍びこませるなど朝飯前だったはず。大人がひとり、だれにも気づかれず入ることなど実にたやすい。

「下女は——」

「キティのことですか？　いいとこなんです」アナはプレードの肩掛けを洋服だんすから出した。濃い赤と茶色の生地は、アナの顔色を少し明るく見せた。

貧しい生まれの親戚ということだ。計画への加担を断ることもできないのだろう。「キティはどこで寝るのですか？」

「長椅子です」とアナがうなずきながらキッチンのほうを見る。

思った通りだ。低い階級の家庭は、家族の数よりベッドの数が少ない。だから工夫せざるを得ない。「あなたのご両親は？」

「アウトショットで寝ます」

リブにはそれが何か分からなかった。

「家の壁をくぼませて作ったベッドで、あのカーテンの後ろにあります」と少女が説明する。

小麦粉の袋がキッチンの天井からさがっていることにリブは気づいていたが、てっきりパントリーの目隠しだと思っていた。貯蔵部屋は空っぽなのに急ごしらえの部屋で眠るとは、何て愚かなんだろう。だけどオドネル家に対しては、敬意を持つ余地はあまりないだろうとリブは決めこんでいた。

手はじめに、この狭い寝室でごまかしが行われないようにする必要があった。リブが壁に触れると、指先に白い粉がついた。石こうか何かだろう。湿っている。木ではないし、れんがでも石造りでもない。イングランドの家とはちがうようだ。何でできているにしろ、食べ物がもし隠されていたらすぐに見つけられる。

そして、アナが隠れられそうな死角がないようにする。そのためにまず、あのおんぼろの木の衝立《ついたて》はどかしたい。リブは衝立の両側をたたみ、ドアまで運んだ。

リブは寝室を出ることなく、つぶさに観察した。オドネル夫人は火のそばで三つ脚の鍋をかき混ぜており、下女は長机で何かをつぶしていた。キッチンの入り口すぐに衝立を置き、「これは必要ありません。たらいにお湯をためて、布をください」と声をかけた。

「キティ」とオドネル夫人が言い、頭をふって合図する。

リブがさっと少女に目をやると、また同じ祈りをささやいていた。

リブは壁際のベッドに向かい、シーツを外した。ベッドは木製で、藁《わら》製のマットレスに、染みのついたキャンバス地のカバーがかかっていた。羽毛のベッドでないことにリブは胸をなでおろした。N女史は羽毛が悪魔の化身であるかのごとく忌み嫌った。馬毛のマットレスのほうがより衛生的だが、オドネル家にそんなものを用意する財力があるとも思えない(リブは硬貨でいっぱいの独房を想像した。多くの貧しい者たちの行き着く場所だ）。それに、と彼女は自分に言い聞かせた。彼女の仕事は少女の健康を向上させることではなく、観察することなのだと。マットレスを触って、出っ張りやへこみなど、ものを隠す場所がないか確かめた。

キッチンで奇妙なちりんちりんという音がした。呼び鈴だろうか？　一度、二度、三度と鳴った。正午の食事の合図なのかもしれない。だけどもちろんリブは、窮屈な寝室に食事が運ばれるまで待たなければならないだろう。

アナ・オドネルは立ちあがり、心もとなげだ。「お告げの祈りに行ってもいいですか？」

「わたしの目の届くところにいてください」羽毛枕に触れて食べ物が隠されていないか確認しながらリブは注意した。

キッチンから声が聞こえた。母親だろうか？

少女はひざまずいて、耳をすませた。「〝マリアは聖霊によって神のみ子を宿された〟」アナが応える。「〝アヴェ、マリア、恵みに満ちた方、主はあなたとともにおられます……〟」

リブにも聞き覚えのある祈りの言葉だ。これは絶対に私的な祈りではない。アナはとなりの部屋まで届くよう、高らかに祈りを捧げている。

壁の向こうから聞こえる女性たちのくぐもった声と、アナの声が重なった。途絶えた。そしてロザリーン・オドネルの歌がはじまった。「〝わたしは主のはしためです〟

「〝おことばどおりになりますように〟」とアナが続いた。

リブはベッドの骨組みを壁からできるだけ離し、三方向から近づけるようにする。ベッドのフットボードにマットレスカバーをかけ、枕も同じようにした。儀式はまだ続いており、呼びかけ、応答、合唱が聞こえ、そしてときどきベルが鳴った。

「〝わたしたちのうちに住まわれた〟」と少女が詠唱した。

リブはベッドの四隅に順にしゃがみこみ、手あたり次第にベッドフレームの下に手を入れて、出っ張りや斜めになっている場所に食べ物がないか確認する。床もなでて、土が盛りあがっているところがないか調べた。埋めてあるかもしれないからだ。

やっと祈り終わったようだ。アナが立ちあがった。「ライト夫人は、お告げの祈りをしないんですか？」少し息切れしながらアナが尋ねた。

「今のが、お告げの祈りですか」とリブは質問で返した。

少女はうなずいた。まるでそんなことは知っていて当然だというように。

リブはほこりだらけになったスカートを払い、前掛けで両手を拭いた。お湯はどこだろう？キティは怠けているのだろうか、それともイングランドの看護婦には仕えないつもりだろうか？

アナは裁縫袋から大きな白いものをとり出し、かがり縫いをはじめた。部屋の隅の、窓際に立ったまま。

「座っていいですよ」とリブは椅子を指しながら、声をかけた。

「ここで結構です」

この子は一筋縄ではいきそうにない。アナ・オドネルは極悪の詐欺師だ――だけど気立てがよい。リブはアナを冷たくあしらうことができそうになかった。たとえ、そうすべきだとしても。「キティ」とリブは呼んだ。「椅子とお湯を持ってきてもらえますか？」

キッチンから返事はない。

「この椅子を使ってください」とリブはアナに勧めた。「わたしは座らなくてもいいですから」

アナは十字を切ってから腰かけ、裁縫を続けた。

リブは洋服だんすを壁から離し、後ろに穴が開いていないか確かめた。引き出しもすべて開け――木板が湿気で曲がっていた――数少ない少女の衣服の縫い目や裾も、ひとつひとつ確認した。

たんすに置かれた瓶には、しおれたタンポポがある。N女史は病室の花を歓迎した。迷信深い年配の女たちが、花があると空気が毒されると言うのを鼻で笑っていた。〝花の鮮やかな色と目を引くその姿に、精神だけでなく身体も元気になるのです〟(リブは病院勤務の最初の週に看護婦長にそう説明したのだが、相手にされなかった)。

もしかしてアナは花を食べているのではないかとリブは疑った。簡単な仕掛けだ。それとも、水だろうか――ただの水ではなく、透き通ったスープかシロップという手もある。リブは鼻をくんくんさせたが、何の変哲もないタンポポの匂いがしただけだった。指先を水につけ、唇に運んだ。無味無色だ。けれど、身の糧となるものが入っていないとは言い切れないのでは？　視線を動かさずとも、少女に見られていることは分かった。ああ、ばかばかしい。リブまであの老いぼれ医者の幻想の仲間入りをするところだった。これはただの水だ。リブは前掛けで手を拭いた。

花瓶の横には、木箱があるだけだった。鏡すらない。この少女は、自分の顔を見ないのだろうか？　リブは箱を開いた。

「わたしの宝物です」とアナが慌てて立ちあがった。

「すてきですね。見てもいいですか？」そう言ったとき、リブはすでに箱の中をまさぐっていた。アナがこれも私的なものだと言いださないうちに。

「もちろんです」

箱の中は、神をあしらったがらくたばかりだった。ロザリオには――これは植物の種で作られているのだろうか――シンプルな十字架がついている。人の形をしたろうそく立てがあり、聖母マリアとみ子の絵が描かれていた。

「きれいでしょう？」アナがろうそく立てに手を伸ばした。「母さんと父さんがわたしの堅信式のときにくれました」

「大切な日ですね」とリブは小声で答えた。ろうそく立ての母子像からは愛があふれすぎていてリブの好みにはそぐわなかった。指で入念に全体に触れて、陶製で、食べ物ではないと確認してから、少女に手渡した。

アナはそれを胸にぎゅっと抱きしめ、「堅信式は一生でいちばん大事な日です」と言った。

「それはなぜですか？」

「子供でいる最後の日だから」

皮肉めいていて笑える、とリブは思った。この痩せっぽちは、自分のことを大人の女性だと思っているのだ。次にリブの目に留まったのは、銀色の小さな楕円《だえん》形のメダルにあった文字だった。爪の先ほどの細かい文字だ。

「奇跡のメダイです」とアナは言い、リブの手からつまみあげた。

「奇跡を運んできてくれましたか」

とってつけたような質問だったが、少女が気を悪くした様子はなかった。「数え切れないくらい」とメダイをこすりながら、彼女は明るく答えた。「これ一枚だけではないんです。キリスト教世界に散らばる奇跡のメダイぜんぶのおかげです」

リブは何も言わなかった。箱の底にはガラス容器があり、中に小さなまるいものが入っていた。白い色で、旗と紋章盾を運ぶ羊の絵が刻まれている。聖体拝領のパンだろうか？ ミサ聖祭のパンをおもちゃ箱に入れておくなんて、神への冒涜《ぼうとく》では？「アナ、これは何でしょう？」

「アニュスデイ」

神の子羊、という意味だ。そのくらいのラテン語ならリブにも心得があった。ふたを開け、爪で引っかいた。

「壊さないでください」

「そんなことはしません」パンではない、とリブは判断した。蝋だ。アナの手のひらに、容器をそっと置いた。

「聖下によって祝福を受けたものです」と少女はきっぱりと言い、かちりとふたを閉じた。「アニュスデイは大水を引かせ、大火を消します」

リブはなぜこんな言い伝えがあるのか不思議に思った。蝋はあっという間に溶けてしまうのに、火をどうやって消すというのだろう？

箱には本が数冊残っていた。題名を見ると、すべて信仰のための書物だ。『平信徒用ローマのミサ典書』『キリストにならいて』。リブは、装飾が施《ほどこ》されたトランプと同じくらいのサイズのカードを、黒い詩篇集から引き抜いた。

「もといたページに戻してあげてください」アナの声が少し、いら立っているように聞こえる。ああ、この本に食べ物を隠しているのかもしれない。「すぐに終わりますから」とリブは言い、本を開いた。ページの間からカードがばらばらと出てきた。

「祈りのカードです。それぞれに居場所があります」とアナが言った。

リブは、外枠が飾り切りされたカードを手にしていた。祈りの言葉が書かれており、小さなメダルがところどころにリボンで結ばれていた。裏面には羊を抱く女性の姿のパステル画があった。〈Divine Bergère〉とカードの上辺に書かれている。神の……何という意味だろう?

「ほら、このカードは詩篇の百十八にぴったりです。〝わたしは迷子の羊のように道を失いました〟」とアナはページを指さして文字を目で追うこともなく、暗唱した。

メリーさんの羊みたいだ。箱にある本のすべてに、似たような四角い紙が挟んであることに、リブは気がついた。「どなたかからのプレゼントですか?」

「学校からもらったり、伝道のときのご褒美です。お客さんからの贈り物もあります」

「伝道はどこで行われているのですか?」

「今はもう、行われていません。兄が残していったカード、すてきでしょう」アナはそう言って、羊のカードにキスし、もとの居場所に戻して本を閉じた。

奇妙な子だ。「いちばん好きな聖人はだれですか?」

アナは首を横にふった。「それぞれ、教えてくれることがちがいます。善く生まれてきた方も、最初は邪悪だったけど神によって清められた方もいます」

「なるほど」

「神さまはだれを選ぶこともおできになります。選ばれたらだれでも、その身を捧げることができます」とアナは確信があるように言った。

そのときいきなりドアが開き、リブはびくりとした。

キティが湯の入った洗い桶を抱えて立っていた。「待たせたね。ご主人の食事の用意に追われててさ」若い女は息を切らしながら言った。

マラキ・オドネルのことだろう。隣人のために泥炭をとりに行っていたのだった――親切心からの行動だろうか、とリブはいぶかった。それとも、農家の収入だけでは足りないから、副業を？　もしかしたら、この地域で昼ごろに食事をとるのは、男性だけなのかもしれない。

「どこ掃除すればいい？」と下女が尋ねる。

「わたしがやるので、お構いなく」とリブは言い、桶を受けとった。家族のだれも、この部屋には入れないとリブは決めていた。キティが少女への差し入れを前掛けにひそませていても、リブには知りようがないからだ。

下女は顔をしかめた。混乱しているのか、それとも苦々しく思っているのだろうか。

「お忙しいでしょうから」とリブ。「ああそれから、お手間をおかけしますが、椅子をもう一脚と、シーツの替えもお願いできますか」

「一枚？」とキティが尋ねた。

「二枚、お願いします」とリブ。「それから清潔な毛布も」

「そんなのないさ」と下女は首をふった。

ぽかんとした幅広の顔……。キティはぼんやりとした子なのかもしれない。

「キティが言いたかったのは、洗濯がすんでいないということです」とアナが言った。「次の洗濯は月曜日です。雨が降らなければ」

「なるほど」リブはそう言いながら、いら立ちを隠した。「それではキティ、椅子をお願いします」

リブは彼女のカバンから塩素化ソーダを出し、洗い桶の水に少量加え、それを使ってあらゆる表面を拭きあげた。きつい臭いだが、清潔にはなる。少女のベッドも整え直した。しわしわのシーツと灰色の毛布を広げた。しわを伸ばしながら、ほんの少しの食べ物を隠すとしたらどこだろう、とリブは考えた。

この部屋は、上流階級の邸宅にある寝室とはちがう。ここにはベッドと洋服だんすと椅子、それから床に敷かれたマットがあるだけだ。リブは濃い色の縞模様のマットをめくって、下に何もないことを確認した。このマットを外せば、ますますこの部屋は暗くなる。足元も冷えるだろう。そもそもパンやリンゴを隠すとしたら、ベッドの可能性が高い。それとも委員会は、少女を床に寝かせることを望んでいるのだろうか。まるで囚人のように？　いや、食べ物を隠させないためには、頻繁に、そして予期しないタイミングで部屋を点検すればいいだけの話だ。

キティが椅子を持ってきて、どすんとおろした。

「手の空いたときに、このマットのほこりを叩《はた》いておいてくれますか」とリブが指示した。「それから、アナの重さを知るための秤はありますか」

キティは首を横にふった。

「村に測れる場所は？」

「手で測れば」とキティ。

リブは眉をひそめた。

「小麦粉をひとつかみ、塩をひとつまみ」と下女は手で示してみせた。

「調味料のための秤ではありません」とリブが言った。「人や、動物の重さを測るためのものです。ご近所の牧場にありませんか」

キティは疲れたように肩をすくめた。

アナは背の曲がったタンポポをじっと見つめ、リブたちの会話を気にも留めていない様子だ。まるで重さを測られるのは、彼女以外の少女だとでもいうように。

リブはため息をついた。「冷たい水を、水差しにお願いします。それから、ティースプーンを一本」

「看護婦さんは何かいる？」とキティは部屋を出るときに尋ねた。

リブには、質問の意味が分からなかった。

「夕食まで待てる？」

「待ちます」

下女が部屋を出ていくと、リブは自分の答えを後悔した。リブは空腹だった。だけどアナの前ではどうしても、食べ物がほしいと言ってはいけないような気がした。そんなのばかげていると、リブは自分に言い聞かせた。この少女は、正真正銘の詐欺師なのだと。

アナは、ドロシーの祈りをふたたび小声で唱えている。リブはなるべく聞こえないふりをした。もっと不気味な習慣を我慢したこともあるのだから。床に痰《たん》を吐き続ける猩紅熱《しょうこうねつ》の男児もいたし、認知症の老婦人を担当したときには、差し出した薬が毒だと押し返され、リブの服はびしょびしょになった。

少女は小声で歌いながら、縫い終わった布をたたんでいる。この賛美歌は私的ではない。アナが秘密にしているのは、ドロシーの祈りだけ。高音が少しかすれたけれど、愛らしい歌声だった。

〽われ神をほめ　天へと　うとう
　み使いうとう　ケルビムの歌
　セラフィムの歌　絶ゆるひまなし

キティが水差しを運び入れたとき、リブは尋ねた。「これは何でしょうか」ぽろぽろと表面が剝《は》がれ落ちる壁に手を触れる。

「壁」とキティは答えた。

少女がくすくす笑う。

「何で作られた壁かお聞きしたのです」とリブ。

下女の顔がぱっと輝いた。「泥」

「泥だけ？　ほんとうですか？」

「下は石さ。ネズミが入ってこないようにね」

キティが出ていくと、リブは小さなボーンスプーンで水差しから少し水をすくい、なめた。無味無臭だ。「喉が渇いていませんか？」

アナは首を横にふった。

「少しだけ飲んでみてはどうですか」

干渉のしすぎかもしれない。看護婦としての癖だ。この小さなうそつきが水を飲もうが飲むまいがかかわりのないことだと、リブは自分に言い聞かせた。

しかし、アナは口を開けスプーンを受け入れ、むせることなく飲んだ。そして「〝あなたの目をわたしからそらせ、立ち直らせてください〟」とささやいた。

リブに言ったわけではない。神に言ったのだ。

「もうひとさじ？」

「いりません。ありがとうございます」

リブは記録する。〈午後一時十三分、水ひとさじ〉。こんな少量ではあまり影響がないだろうとリブは考えたが、それと同時に、自分の観察下での少女の行動は完ぺきに記録したいと思っていた。

することがなくなったので、リブは運びこまれた椅子に座った。アナとリブのスカートが触れそうなくらいふたりの距離は近かったが、椅子を置く場所はほかにない。この居心地の悪さが、しばらくは続くのだ。患者の家で数カ月、看護にあたったこともあるが、今回はまたそれとはちがう。猛鳥が獲物を見張るように、リブは少女に接しなければならないし、そのことをアナも理解していた。

ドアをノックする音にリブははっとした。

「マラキ・オドネルです、どうも」とその農夫は、すり切れたチョッキのボタンがとれたところを軽くたたきながら言った。

「オドネルさん」とリブは返し、彼の荒れた手をとった。もてなしに感謝するべきか迷ったが、この一家全体へのスパイとして送りこまれたようなものだったので、場にそぐわないと思いやめた。

マラキは背が低く、引きしまった体つきで彼の妻と同じ痩せ形だったけれど、より細身だ。アナは父親似だ。しかしどの人も、骨と皮だけで、まるでマリオネットの一団のようにみえた。

マラキはかがんで、娘にキスをした。耳のあたりに。「いい子《ペット》の気分はどうだい？」［pet（ペット）は良い子、大切な人の意味を持つ呼びかけ］

「元気だよ、父さん」アナはまぶしい笑顔を見せる。

マラキ・オドネルは顔をあげ、うなずいた。

リブは目論見《もくろみ》が外れ、気が重かった。父親からもう少し話を聞き出せると思っていたのだ。この大芝居のショーマン――あるいは影の共謀者。妻と同じくらい怪しい。しかしこの田舎者は……「確か、あの、ショートホーン種を飼っていらっしゃるとか」

「あまり残っておらんよ」と彼は答えた。「湿地牧野をいくつか借りてね、放牧して、それでその、あれを肥料として売るんだけどね」

牛糞のことを話しているのだと、リブは察した。

「けど牛はね、まあ……」とマラキがぶつぶつ言う。「どっか行ってしまったり、足悪くしたり、変な産まれ方してうまく抜けなかったり――役に立つのやら立たないのやら」

家の外で見たものをリブは思い出そうとする。「ニワトリも飼われていますよね」

「それはロザリーンのだよ。オドネル夫人のものだよ」と彼はゆっくりうなずいた。まるで何かに決着がついたかのように。それから娘の髪の生え際をなでた。彼は部屋を出ていくと、また戻ってきて言った。「そうそう、新聞の人が表に」

「何ですか?」

マラキは窓を指さした。曇った窓ガラスの向こうに、幌《ほろ》馬車が見える。「アナをうつすって」

「移すとはどこへ?」リブはいら立ちを隠せない。委員会は何を考えているのだろう？ 狭苦しい非衛生な小部屋で観察しろと言った矢先に、別の場所に少女を移動させるなんて。

「顔だけさ。顔だけ写す」と父親が言った。「どんな子か分かるように」

〈ライリー・アンド・サンズ写真館〉という仰々しい文字が幌に見えた。キッチンで聞き覚えのない声がする。何てことだろう。リブは数歩進んだところで、少女から離れてはならないことを思い出し、両腕を自分の体に回した。

ロザリーン・オドネルが勢いよく部屋に入ってきて、「ライリーさんの銀板写真の準備ができたそうだよ、アナ」と言った。

「やらなくてはならないのですか」とリブが尋ねた。

「銀板にして、新聞に載せるそうだからね」

顔写真を載せるなんて、大ほら吹きの子供をまるで女王さま扱いだ。いや、頭のふたつある牛のほうが、比喩としてはふさわしいかもしれない。「写真館までは遠いのですか」

「幌馬車でやるそうですよ」とオドネル夫人は窓を指さした。

リブは少女を外に出しはしたが、ふたのされていないバケツには近寄らせないようにした。薬品の強い臭いがする。アルコールとそれから……エーテルだろうか、それとも、クロロホルム？フルーツのような匂いに、スクタリの記憶がよみがえる。こういった鎮静剤は切断手術のときに用いたが、いつも切断の途中で足りなくなってしまうようだった。

折りたたみ式の階段をのぼるアナに、リブは手を貸した。リブは別の、得体の知れない臭いに顔をしかめた。酢とくぎを混ぜたような臭いだ。

「あの三流作家はもういねえのか」猫っ毛でだらしない身なりの男が、幌の中から聞いた。

リブは目を細める。

「この女の子について嗅ぎ回っている、あのジャーナリストだよ」

「わたしは何も知りません」

男のフロックコートに大きな染みがついている。「お嬢ちゃん、きれいなお花の横にしゃんと立っててね」と男がアナに声をかけた。

「座らせてあげてはどうですか。時間が長くかかるのでしょう」とリブは言った。銀板写真を撮られた経験が一度だけあるが——N女史つきの看護婦たちの列で——それはくたびれるものだった。最初の数分で軽率にも動いた看護婦がいて、そのせいでぼやけてしまい、やり直さなければならなかったのだ。

ライリーはクックッと笑い、車輪のついた三脚にのせたカメラを十数センチ、押し出した。

「俺は最新湿板法の魔術師だよ。ものの三秒、あっという間だ。シャッターが鳴ってから板を液に浸すまで、十分間とかからねえよ」

アナはライリーの指示通り、回転机のすぐそばに立った。バラの花が生けてある花瓶のすぐ横に、右手を休めている。

ライリーは台上の鏡を傾けて、光をアナの顔にあて、カメラを覆う黒い布の下に潜った。「お嬢ちゃん、目線あげてね。こっち、おじちゃんのほうを見て」

アナの目が泳ぐ。

「みんなにお顔を見せてあげて」

分かりにくい指示だ。アナの瞳はリブを見つけ、笑いかけようとした。リブはにこりともしなかった。

ライリーは布の中から姿を現し、その機械に木製の四角いものを差し入れた。「じゃあそのまま。石になったつもりでじっとして」レンズの真ちゅうのふたを外す。「ワン、ツー、スリー……」そしてパチッと音を立ててシャッターを切ると、目にかかっていたべとべとした髪を払った。「はい、終わり」と言って、ライリーはドアを押し開け、馬車から飛びおり、薬品臭いバケツを手に戻ってきた。

「どうしてバケツを外に置いていたのですか」とアナの手を引きながら、リブは尋ねた。

ライリーは紐《ひも》を引いて窓のブラインドを次々とおろし、幌の中を暗くした。「爆発しねえようにさ」

リブは急いでアナを外に出した。

馬車をおりるとアナは深呼吸し、緑の土地に目をはわせた。日光に、少女は透き通っているように見えた。こめかみに青筋が立っている。

その後の、寝室で過ごす時間はとても長かった。少女は祈りの言葉をささやき、本を読んだ。リブはオール・ザ・イヤー・ラウンド誌に載っていた、さして面白くもない、キノコ類についての記事を読んだ。アナは水をふたさじ、口にした。ふたりの距離は一メートルほどしかなく、リブは雑誌の上からときどきアナをのぞき見た。軛《くびき》でつながれているような、奇妙な感覚だった。

外便所《アウトハウス》の使用もゆるされないため、リブはしびんで用を足した。「あなたも使う必要がありますか」

「結構です」

リブはしびんをドアの脇に置き、布で覆った。あくびを隠す。「散歩でもしましょうか」

アナがぱっと顔をあげた。「行ってもいいんですか？　ほんとうに？」

「わたしがいっしょなら、大丈夫です」リブは、アナの体力の程度も知りたかった。四肢のむくみによって、動きに影響が出ていないかどうかも確かめる必要がある。それに、リブ自身が部屋から一刻も早く出なければ、おかしくなってしまいそうだった。

キッチンでは、ロザリーン・オドネルとキティが並んで、小皿のような形の濾《こ》し器で、数個の鍋に浮いてきたクリームをすくっていた。キティは、オドネル夫人の半分くらいの大きさに見えた。「あらペット、何かほしいかい？」とロザリーンが聞いた。

「何もいらないよ、母さん」

夕食、とリブは静かに言った。どんな子供でも夕食がほしい。生まれたその日から、食べさせるのが母親でしょう？　女性が味わいうる最大の苦痛は、自分の赤子に与えるべきものが出てこないときだ。あるいは与えようと差し出しても、顔を背けられるときの痛み。

「外を少し歩いてきます」とリブが伝えた。

ロザリーン・オドネルは寸胴《ずんどう》な青い瓶の水を切って棚にしまい、仕事に戻った。

このアイルランド女性の落ち着き払った態度には、ふたつの可能性がある、とリブは考えていた。つまり、ロザリーンが神の力を信じ切っていて、娘に対して何の不安も抱いていない、もしくは、そしてこちらほうが可能性が高いのだが、少女が密《ひそ》かに食事をとっていることを知っているかだ。

アナは男性用の革靴を履いて、ぎこちなくとぼとば歩いた。重心を右足、左足とかけるとき、かすかだけれどふらついているように見えた。「〝あなたの道をたどり〟」と彼女がつぶやく。

「〝一歩一歩、揺らぐことなく進みます〟」

「膝が痛みませんか」せわしない茶色のめんどりのそばを通り過ぎたところで、リブは尋ねた。

「大丈夫です」とアナが答えた。太陽を見ようと、首をかしげている。

「ここはあなたのお父さんの土地ですか？」

「いいえ、借りています」とアナ。「わたしたちは土地を持っていません」

リブは、雇い人の姿を目にしていないことに気づいた。「お父さんはひとりで仕切っているのですか？」

「パットが手伝っていました。いっしょにいてくれたときは。ここにはオーツ麦を植えます」とアナが指をさした。

茶色いズボンをはいたぼろぼろの案山子《かかし》が斜めに傾いていた。マラキ・オドネルの古着だろうか。

「それから向こうには、マグサを植えています。雨でだめになってしまうときが多いけど、今年はいいみたい」とアナ。

リブは、広い敷地に広がる丈の低い植物に見覚えがあった。みんなが心待ちにしているジャガイモだ。

小道にたどり着き、リブは行ったことのないほうへ歩いた。村への道とは反対方向だ。日焼けした浅黒い肌の男が、のろのろと石壁を修復している。

「清き労働に神のご加護を」とアナが声をかけた。

「お嬢さんにも」と男は応じた。

「ご近所のコーコランさん」とリブにアナがひそひそ告げた。それからしゃがんで、茶色っぽい茎を引いた。てっぺんに星のような黄色の花が揺れる。背の高い花も摘んだ。こちらは紫色だ。

「アナはお花が好きなのですか」

「ええ、とっても。いちばん好きなのは、もちろん、ユリ《リリー》です」

「もちろん？」

「だって、マリアさまが好きな花だから」

アナは聖人たちのことを、まるで親類であるかのように話す。

「リリーを見たことがありますか？」とリブが尋ねた。

「絵でたくさん見ました。あとは、入り江に咲いていたスイレン《ウォーターリリー》も。だけど、まだ本物は見たことがありません」アナはしゃがんだままで、小さな白い花に触れた。

「それは何ですか」

「モウセンゴケ」とアナ。「見て」

リブは、まるい葉っぱを観察した。べたべたしそうな細かい毛がびっしりと生え、不思議な黒い斑点がある。

「虫を捕まえて、食べてしまうの」と息をひそめてアナが言う。まるで、植物の邪魔をしないように気遣っているみたいだ。

ほんとうだろうか？　リブはその不気味さに興味をそそられた。少女には科学的興味もあるらしい。

アナは立ちあがったとき、よろめき、息を大きく吸った。

立ちくらみ？　あまり体を動かしていないからだろうか、とリブは思案した。それとも、栄養失調で衰弱している？　断食がうそだからといって、育ち盛りの女児に必要な栄養をとっていることにはならない。突き出た肩甲骨がその逆だと訴えている。「そろそろ戻りましょうか」

アナは不平を言ったりしなかった。疲れているのだろうか、それとも従順なだけ？

ふたりが小屋に着くと、キティが寝室にいた。リブが問い正そうとしたとき、下女がしびんに身をかがめた。――咎《とが》められないように、演技していたのかもしれない。「看護婦さん、スターラバウト、食べる？」とキティが尋ねた。

「お願いします」とリブは答えた。

キティが運んできたものを見て、スターラバウトがオートミールだと分かった。おそらく、これが夕食だろう。四時十五分。――農村ならではのスケジュールなのかもしれない。

「塩をどうぞ」とキティが言った。

差し出された小さなスプーンが入った塩つぼに、リブは首を横にふる。

「遠慮しないで」とキティ。「小さいの除《よ》けさ」

リブはいぶかしげに、下女を見つめる。コバエのこと？

キティが出ていくと、アナがささやいた。

「小さな人のことです」

リブにはまだよく分からない。

アナがぷっくりとした両手を、踊り子に似せて動かす。

「妖精？」信じられない。

少女は困ったような顔をした。「妖精と呼ばれるのは、あまりお気に召さないそうです」そう言ってすぐに、アナはにっこり笑った。器の周りでじたばたしている小さな存在など、ほんとうはいないと分かっていると言わんばかりに。

オートミールは、そんなに悪くなかった。水ではなくミルクで煮こんでいるらしい。アナの前で食べるのは気が引けた。洗練されたご令嬢の前で、農夫が不作法に食べ物を頬張っているような、そんな気持ちになった。ただの農夫の娘だと、リブは心の中で唱えた。しかも骨の髄まで詐欺師。

アナはペチコートをせっせと繕っている。リブの食事を見つめたり、誘惑に抗うのが苦しそうに目をそらしたりしなかった。ただ丁寧に、縫い進めている。もし昨晩この子が何かを食べたとしても、かなりの空腹を感じているはずだ。七時間以上、看護婦に見張られているのだから。そしてその間、アナは食べ物を口にしないどころか、水だって三さじ分しかとっていない。温かい食べ物の匂いが充満する部屋に、どうしてじっと座っていられるのだろう？

リブは碗《わん》をこそいできれいにした。この空間に残飯があるのは避けたかった。もうすでに、パン屋のパンが恋しい。

しばらくしてロザリーン・オドネルがやってきて、できたばかりの写真を見せた。「ライリーさんがご親切にプレゼントしてくれたよ」

写真は、驚くほどくっきりと写っていた。色合いはちがっていて、灰色のワンピースはナイトドレスのような白、プレードの肩掛けは真っ黒になっていた。写真の少女の横顔は、写っていない看護婦に向かってかすかな笑みを浮かべている。

アナはちらりと写真に目をやった。写真見たさというより、気を使っているように見える。

「入れ物もすてきじゃないか」とオドネル夫人がスズ製の鋳型の容器をさすりながら言った。

無知な女だ、とリブは思う。世間知らずで、安物に感動するような女が、こんなに手のこんだことを企てるだろうか。もしかすると――リブは一瞬アナを盗み見る――この真面目な良い子ひとりの犯行かもしれない。結局のところ、観察開始までは、少女が家族に知られずに盗み食いをすることなど朝飯前だったはずだ。

「暖炉の上に置こうね。かわいそうなパットの横に」とロザリーン・オドネルが言った。手を伸ばして写真を少し離し、うっとりと眺めている。

オドネル少年は、異国の地で何かまずい状況にあるのだろうか？　それとも、この親たちはオドネル少年の近況をまったく知らないのか。移民になろうと旅立った子供から便りがないのは、珍しい話ではない。

母親がキッチンに戻ると、リブは窓からライリーの馬車の車輪に轢《ひ》かれた雑草を見つめた。それから後ろを向き、アナのぼろ靴に目を落とした。もしかしたらロザリーン・オドネルは、パットに精神遅滞があったから、かわいそうだと言ったのかもしれない。そう考えれば、家族写真のだらりとした姿も説明がつく。でもその場合、オドネル家はどうやって、不運の子供を海外に送ったというのだろう。どちらにしろ、この話をアナにするのは避けたほうがよさそうだ。

何時間もアナは、祈りのカードを触っていた。遊んでいた、と言うべきだろう。柔らかな動き、夢見る空気、ときどき聞こえてくるささやき。人形遊びをする女の子そのものだ。

リブは、カバンにいつも忍ばせている小さな本で、保湿の重要性について読み進めた（著者本人からもらった『看護覚え書』だ）。八時半を回ったところで、リブはアナに寝る準備をするよう指示した。

アナは十字を切り、ナイトドレスに着替えた。目を落として、前ボタンと、袖のボタンを留めた。服をたたみ、洋服だんすの上に置いた。しびんは使わなかったので、リブは何も計量しなかった。この子は生身の人間ではなくて、蝋人形なのかもしれない。

アナが髪をおろしくしを通したとき、茶色い毛がどっさり抜け、くしの歯に絡まった。リブは心配になる。子供なのに、人生の盛りを過ぎた女性のような抜け毛の量だ……自作自演、とリブは自分に言い聞かせた。世界を欺くための周到な仕掛けに決まっている。

ふたたび十字を切り、アナはベッドに入った。長枕を背もたれに、詩篇を読んでいる。

リブは窓のそばにとどまり、西の空を横切るオレンジ色の筋雲を見つめた。パンくずのひとつでも、見逃しただろうか。今夜、少女は動くだろう。あの修道女が、リブと交代したあとだ。シスター・マイケルの老いた目は何も見逃さないだろうか。頭は冴《さ》えているだろうか。

ずんぐりした真ちゅう製のろうそく立てに、小ろうそくをさしてキティが運んできた。

「それだけではシスター・マイケルがお困りになります」とリブは言った。

「ちゃんともう一本あるよ」

「数本のろうそくなど役に立ちません」

下女は口をぽかんと開けている。

リブはなるべく柔らかい言い方を選んだ。「お手間でしょうけれど、ランプを持ってきてもらえますか？」

「鯨油はすごく高いんだよ」

「ほかの油でも構いません」

「なら明日、見てみるよ」と言って、キティがあくびをする。

数分後、キティがオーツ麦のケーキとミルクを運んできた。軽食だ。

リブはケーキにバターを塗りながら、アナをちらりと見た。本に夢中だ。見事な芸当。空腹で一日過ごしてもなお、食べ物など眼中にないふりができるなんて。まったく見向きもしない。若いのに、徹底して自分を抑えている。感心してしまうほどだ。この力が別の目的のために使われたなら、アナ・オドネルはどんな偉業を成し遂げるだろう？　たくさんの女性たちとともに看護を行ってきたリブは、どんな才能よりも自分を律する能力のほうが重要であると知っていた。

リブは、半分開けたドアの向こうの食卓での会話や食器の音に、片方の耳をすませた。この猿芝居に母親が関与していないとしても、彼女が騒ぎを楽しんでいることは明言できる。それに、ドアのそばの寄付金箱のこともある。あのことわざ、何と言ったっけ？　子は宝。もちろん、比喩だけれど——ときには文字通り、金になることだってある。

アナはページをめくり、声を出さずに口だけを動かして読んでいる。

キッチンがにわかに慌ただしくなった。リブがドアから顔を出すと、シスター・マイケルが黒い外套を脱いでいる姿が見えた。リブは修道女に向かって、あいさつ代わりにうなずいた。

「いっしょにお祈りしてくださいよ、シスター」とオドネル夫人が誘った。

修道女は、ライト夫人を待たせては申し訳ないなどと小声で答える。

「お気になさらず」とリブ。半ば言わされたようなものだ。

リブがふり向くと、アナがすぐ後ろに立っていて——ナイトドレス姿の幽霊のよう——リブはびくりとした。少女の手には、茶色い種で作られたロザリオが握られている。

アナはリブの横を通り、父親と母親の間の土がむき出しの床にひざまずいた。修道女と下女はすでにその姿勢で、ロザリオの十字架を触っていた。「〝天地の創造主、全能の父である神を信じます〟」五つの声が次々に言葉をつないでいく。

これではリブは立ち去れない。シスター・マイケルは目を固く閉じ、コイフをかぶった大きな頭を、組んだ両手にくっつけている。アナを見ている人はだれもいない。リブは部屋に入り、アナの姿がよく見える壁際に立った。

複雑な祈りの言葉が、主祷文《しゅとうぶん》になった。リブも幼いころに暗記したが、思い出せたのはほんの少しだけだった。リブは信仰というものに、しがみつかずに生きてきたのだろう。年をとるにつれ、こぼれ落ちていった。とるに足らない、子供じみた多くのものといっしょに。「〝わたしたちの罪をおゆるしください〟」――そう言って五人が胸をいっせいに打ち、リブはたじろいだ――「〝わたしたちも負い目のある人をみな、ゆるしますから〟」

リブはそれで全員が立ちあがり、就寝の時間になるものだと思っていたが、甘かった。五人はアヴェ・マリアの祈り、ちがう祈りの言葉、また別の祈り、と続けた。こんなのばかげている。リブは一晩じゅう、この家から出られないのだろうか？　リブはまばたきして、疲れた瞳を潤してから、アナに目を凝らし、それからアナを包みこむようにひざまずいている両親に目を移した。さっと手を動かせば、難なく食べ物を渡すことができる。リブは目を細め、アナの赤い唇に何も触れないように見張った。

リブが手首にさげた懐中時計で確認すると、十五分が経過していた。その面倒な声合わせの間、少女は身動きひとつせず、姿勢も崩さなかった。リブは部屋を見回し、目を休めた。二脚の椅子の間につるされた、ふくらんだコットンのモスリン織りの袋から、水桶に液体がしたたっていた。あれは何だろう？

祈りの言葉がまた変わった。「〝さすらう哀れなエバの子ら　あなたに向かって叫びます……〟」

そしてついに、長々しい祈りの会が終わったようだ。カトリック教徒たちが立ちあがり、脚をさすりながら生気を呼び戻している。リブも解放された。

「おやすみなさい、母さん」とアナが言った。

「おやすみを言いに、あとで部屋に行くから」とロザリーンが返した。

リブは外套とカバンを手にとる。修道女とふたりきりで話すチャンスを逃してしまった。あの子の前ではどうしても言う気になれなかったが、修道女にこう声をかけたかった。その子から目を離さないでください、片ときも、と。「アナ、また明日」とだけリブは言った。

「おやすみなさい」アナはそう返し、シスター・マイケルを寝室に連れていった。

奇妙な子供だ。見張られることを嫌っている様子がない。穏やかな静けさの後ろに、ネズミのようにせわしなく動き回る心が隠れているのだろうか？

小屋の敷地の道が小道と交わるところでリブは左に曲がった。村へと続く道だ。まだ日は残っていて、地平線が赤く染まっていた。そよ風に、家畜の臭いと泥炭の煙が漂う。リブは長い間座っていたので、体のあちこちが痛んだ。マクブレティ医師と話す必要があった。理想からかけ離れた小屋のありさまについて報告したかった。けれど、今夜は面談には遅すぎる。

さて、リブが突き止めたことは何か。ごくわずか、もしくは、何もない。

道の先に、人の影が見える。肩に長い銃を担いでいる。リブは体を硬くした。夕暮れどきに、田舎道を歩くことにリブは慣れていない。

犬が走ってきて、リブのスカートの匂いを嗅いだ。そして飼い主が通り過ぎざまに、かすかに頭を下げた。

おんどりがけたたましく鳴く。牛舎から牛たちが列をなして出ていく。最後尾が牛飼いだ。牛は昼間外に出して、夜は中に入れるもの（安全のためにも）だとリブはずっと思ってきたが、ここでは逆のようだ。この場所のことが、リブにはすっかり分からなかった。

第二章

Watch

watch《ウォッチ》

観察する

守護者として監視する

見張りとして起きている

夜の番

リブの夢の中で、男たちがたばこを要求している。いつもの夢だ。痩せ細り、不潔で、毛むくじゃらの手足が、ぺたんこの枕の上に包帯でつりさげられている。包帯は血で滲んでいる。それなのに、彼らが懇願するのはパイプの詰め物。病室を掃き回るリブに、男たちが手を伸ばす。窓の隙間から吹きこむ、クリミアの雪。ドアがばたん、ばたん、ばたん――

「ライト夫人！」

「はい」とリブはかすれ声で答えた。

「もう四時十五分だよ。起こすように頼まれていた時間」

ここはアイルランドの死ぬほど真ん中にあるスピリット食料雑貨店だ。部屋の外からリブを呼ぶのは、マギー・ライアン。リブは咳払いした。「分かりました」

リブは着替え終わると、『看護覚え書』を手にし開いた。ぱっと無作為に開いたページの段落を指さす（退屈な日曜日にリブと彼女の妹はよく、聖書で占いごっこをしていたが、ちょうどそれと似ている）。「〝女性たちは〟」とリブは朗読した。「〝強い性別よりも正確かつ慎重であるので、見落としによる過ちを避けることができる〟」

しかし前日のリブの注意深さにもかかわらず、詐欺の仕組みはまったく解明できていないではないか。シスター・マイケルは一晩じゅう、少女といっしょだったわけだが、謎は解けただろうか？　リブにはそうは思えなかった。きっとあの修道女は薄目を開けて、ロザリオを触っていただけに決まっている。

十一歳の少女にかもにされてたまるか、とリブは思う。今日は、より正確かつ慎重に観察しなければならない。この本にある署名《サイン》に恥じないように。リブはもう一度、N女史の美しい筆跡に目を落とした。〈ライト夫人、真の看護婦としての資質があるあなたへ〉。

リブはあの女性《ひと》がとても怖かった。最初に会ったときだけでなく、N女史の言葉のひとつひとつが、説教壇から響き渡るかのようだった。〝言い訳は通用しません〟。彼女は新入りによく言っていた。〝懸命に働き、神の望みのすべてに応えるのです。地球が回る限り、義務を果たし続けなさい。不平を言わず、失望もしない。浜辺にただ突っ立っているくらいなら、沖で溺れて死ぬほうがましです〟。

N女史との個人面談でリブは奇妙なことを言われた。〝あなたは、看護婦として特別です、ライト夫人。あなたは未亡人です。しがらみがありません〟。

リブは両手を見つめる。縛りがない。空っぽ。

〝さあ、覚悟はありますか？　全身全霊をかけてこの難問に挑む準備はできていますか？〟。

「はい」とリブは答える。「できています」

あたりは暗く、少し欠けた月に照らされた村の一本道をリブは進み、右に曲がった。緑っぽい、傾いた墓標の一群のそばを通り過ぎた。リブが幽霊など信じないのが幸いだ。月明かりなしでは、オドネル家にたどり着けなかったかもしれない。どの小さな家も同じに見える。四時四十五分、リブはドアをノックした。

返事はない。

強くノックして家族みんなを起こしたくはなかった。リブの右手にある牛小屋のドアから、明るい光が漏れている。ああ、女たちは乳しぼりをしているのだろう。歌声が聞こえる。牛に歌いかけているのだろうか？　賛美歌ではないけれど、シンプルなメロディー。リブの苦手な類いの音楽だ。

〽天《あめ》なる光が　瞳に灯る
あまりに　愛らしいお方
天使が　放っておくわけもなく
迎えにいらした　リー湖《ロック・リー》

リブが小屋のドアを押し開けると、上半分が開いた。

だれもいないキッチンは炉火で煌々《こうこう》としていた。隅のほうで何かの気配がする——ネズミだろうか？　スクタリの劣悪な病室で一年間過ごしたリブにとって、害獣などどうってことはない。ドアの下半分を開けるために、掛け金を手探りで見つけた。リブは部屋を横切り、しゃがんで食器棚の下部の格子がついている部分に目を凝らした。

ビーズのような目のニワトリと、リブの目が合った。十羽ほどの鳥が驚いて、小さな不満の声をあげる。キツネに食べられないように、閉じこめられているのだろう。

産みたての卵がある。リブははっとした。もしかしたらアナ・オドネルは、夜の間に卵の中身を吸い、殻も食べているのではないだろうか。そうすれば何の痕跡も残らない。

後ろに一歩さがったとき、足元の白い何かを蹴ってひっくり返しそうになった。小皿だ。食器棚の下から縁だけ出ている。下女は何という怠慢をしているのだろう。リブが持ちあげると、小皿の液体がこぼれ、彼女の袖口を濡らした。リブは不満げに息を漏らすと、小皿をテーブルへと運んだ。

そのときリブはひらめいた。濡れた手を少しなめてみる。ミルクだ。これが詐欺の手口？　少女は卵を探す必要すらない。暗闇ではいつくばって、犬のようにミルクをなめればいいのだから。

リブが感じたのは、勝利ではなく失望だった。少女の秘密を暴くのに、腕のいい看護婦などいらなかった。この仕事はおしまいだ。夜明け前に、洒落た馬車で駅へと向かうことになるだろう。

ドアが音を立てて開き、リブはまるで隠し事が見つかったみたいにぎくりとしてふり向いた。

「オドネル夫人」

アイルランド女はリブの一連の行動を、あいさつの催促だと解釈したらしい。「おはようございます、ライト大人。昨夜はどうでした？」

キティはロザリーンの背後で、華奢な両腕に重そうなバケツをさげていた。

リブは小皿を持ちあげた――二カ所、欠けたところがある。「この家のだれかが、食器棚の下にミルクを隠しているようなのですが」

ロザリーン・オドネルはひび割れた唇をぽかんと開け、静かに笑った。

「娘さんがこっそり抜け出し、飲んでいるとしか考えられません」

「そりゃあ考えすぎですよ。ここいらで、夜にミルクを入れた小皿を置かない農家があったら教えてほしいくらいです」

「小さいのののためさ」とキティが言った。イングランド女の無知にあきれているような笑みを浮かべている。「そうしなきゃ、気を悪くして大騒ぎしちゃうんだよ」

「あなたたちは、このミルクが妖精のためだとおっしゃるのですか」

ロザリーン・オドネルは骨張った両腕を組んだ。「看護婦さんが何を信じようが勝手ですけどね、ミルクをちょこっと出していたくらいで咎められる謂《いわ》れはありませんよ」

リブは必死で考えた。下女と夫人どちらも迷信深くて、このミルクは妖精のためだと信じているのかもしれない。しかし仮にそうであっても、アナ・オドネルが妖精用の皿から、四カ月間密かに飲み続けてきた可能性は捨て切れない。

キティはしゃがみ、食器棚の下の戸を開けた。「さあ、お行き。たんまり、ナメクジ食べといで」そう言って、スカートでニワトリたちを戸口へと追い立てた。

寝室のドアが開き、修道女が顔を出した。「どうかなさいましたか?」といつものささやき声。「ご心配なく」とリブは言った。彼女の説を明かしたくはない。「夜の番はいかがでした?」

「穏やかでした。神に感謝します」と修道女が答えた。

ということは、シスター・マイケルはあの子の尻尾をまだつかんでいない。しかし、あの修道女が神秘に包まれた神の行いを暴こうとどれくらい真剣なのかは分からない。修道女はリブにとって、助っ人なのか、それとも邪魔者でしかないのだろうか。

オドネル夫人が、火から鍋をおろしている。ほうきを手にキティは、ニワトリの入っていたところから緑っぽい泥を掃き出した。

修道女はドアを開け放したまま、寝室に消えた。

リブが外套の紐を解いていると、マラキ・オドネルが泥炭塊を抱えて牧草地から帰ってきた。

「ライト夫人、どうも」

「オドネルさん」

マラキはその塊を火のそばにどさっと置いて、すぐに出ていこうとした。

リブには聞きたいことがあった。「このあたりに台秤がありませんか? アナの体重を測りたいのですが」

「ああ、それはないだろうね」

「それでは、どのようにして家畜の重さを測るのですか?」

マラキは紫っぽい色の鼻をかいた。「見れば、だいたいね」

部屋から子供の声が聞こえた。

「あの子、もう起きてるのかな？」父親の顔が明るくなる。

オドネル夫人は彼よりも先に寝室の娘のところに行った。それと入れ替わるようにして、小カバンを抱えたシスター・マイケルが出てきた。

リブは母親についていこうとしたが、父親が手をあげて制止した。「それで、もうひとつの質問は？」

「もうひとつの質問？」交代の隙に母親と少女が接触しないよう、リブは少女のそばにいなければならないのに。けれど、マラキとの会話が終わらない。

「あの壁のことを知りたがっていると、キティが」

「壁のこと、まあ、そうですね」

「あの壁には、その、少しの糞が入っていて、あとは、よく固まるように毛やヘザーなんかも入ってる」

「毛、ですか？」寝室をちらりと見ながらリブが尋ねた。この素朴な男はおとり役なのだろうか。母親はあの鍋からひとつかみの食べ物を娘に持っていったのだろうか？

「それから血液に、バターミルクを少し」とマラキが続けた。

リブは彼をじっと見つめた。血液とバターミルク――古代の祭壇への捧げ物のようだ。

リブが寝室に入ると、ロザリーン・オドネルは質素なベッドに腰かけ、アナは母親のとなりにひざまずいていた。パンケーキを流しこむくらいの時間はあったはずだ。リブはマラキをむげにできず、話を切りあげられなかった自身を呪った。あの修道女も何を考えているのだろう。リブは前夜、ロザリオの祈りの間、見張っていたではないか。彼女だって少しくらい残ってくれてもいいようなものを。それにふたりの間で見解を共有することが禁じられていても――より経験豊富なリブに――昨夜の報告をするのが筋ではないだろうか。

アナの声は小さかったが、明るい。まるで食べ物を味わったかのようだ。「〝わたしの愛はわたしのもの、そしてわたしは彼のもの。わたしの内に彼は住み、彼の内にわたしは生きる〟」

詩のようにも聞こえたが、この少女のことだ。おそらく聖書だろう。

母親は祈らず、ただうなずいていた。まるで張り出し席の観劇客のように。

「オドネル夫人」とリブ。

ロザリーン・オドネルは、自分の乾いた唇に人さし指で触れた。

「ここにいてはいけません」とリブは言った。

母親の顔は固く閉じたつぼみのようだ。子供は聞いているのかどうかさえ、分からない。

「こういうのは困ります」リブははっきりと言った。「看護婦がいないときに、急いで寝室に入ったり、家具に触れたりしないでください」

アイルランド女は憤然として立ちあがった。「母親なんだから自分の娘と祈るくらい、いいでしょうよ」

「起床時や睡眠時にあいさつするのはもちろん許容します。これはあなたのために言っているのですよ。あなたと、ご主人のために」とリブはつけ加えた。事は荒立てたくない。「どんな疑いも持たれたくはないでしょう?」

答える代わりに、ロザリーン・オドネルは鼻をすすり「朝食は九時です」と言って、部屋を出ていった。

まだあと四時間もある。リブはすでに、かなり空腹だった。農家のしきたりに合わせなければならない。しかしそれなら、宿でライアンの娘に何か出してもらえばよかった。せめて、ほんの少しのパンだけでも。

学校で、リブと彼女の妹はいつも腹をすかせていた(そして空腹時には仲良くできたことをリブは思い出した。同じ監獄に入っているような仲間意識があったのかもしれない)。あのころ、とくに女子は食事を少なくするべきだと考えられていた。消化が抑えられ、強い身体になるのだと。リブは自分のことを、自制のきかない子供だとは思わなかったけれど、腹がすくと集中できなくなった。食べ物のことしか考えられない。だから大人になってからは、可能な限り食事は抜かないようにしている。

アナは十字を切り、立ちあがった。「おはようございます、ライト夫人」

リブは不本意ながら、尊敬のまなざしを少女に向けた。「おはようございます、アナ」修道女の夜間観察中、もしくは先ほどの母親との時間にアナがに飲んだり食べたりしたとしても、たかが知れている。昨日の朝から何かを口にできたとしても、せいぜい一口だろう。「睡眠はどうですか」そう尋ねながらリブは、手帳を手にした。

「〝身を横たえて眠り　わたしはまた、目覚めます〟」とアナは暗唱し、十字をふたたび切ってから寝帽《ナイトキャップ》をとった。「〝わたしはまた、目覚めます。主が支えていてくださいます〟」

「よかったです」とリブは言った。何を言うべきか分からなかった。寝帽の裏地に抜け毛が筋を描いているのが見えた。

アナはナイトドレスのボタンを外し、脱ぐと、その袖を腰の周りに結んだ。何てちぐはぐなんだろう。痩せ細った両肩とむくんだ手首と手、それに平らな胸とまるい腹。少女は、水桶の水で顔を洗う。「〝あなたの僕《しもべ》に御顔《みかお》の光を注いでください〟」と彼女はささやき、布で顔を拭く。震えている。

リブはベッドの下から、しびんを引っぱり出した。空っぽだ。「一度でも使いましたか？」

アナはうなずいた。「シスターがキティに頼んで、中は捨てました」

中身は何だったのですか？とリブは尋ねるべきだったが、どうしてもその気になれなかった。アナはナイトドレスを肩にかけた。それから小さな布を濡らし、片方の足、そしてもう片方と、洋服だんすに手をかけてバランスをとりながら拭いた。それからシュミーズも、ズロースも、ワンピースも、靴下でさえも、すべて昨日と同じものに着替えた。

リブは毎日衣服を替えることを原則としていたが、こんなに貧しい家庭では無理な要求だろう。シーツと毛布をベッドのフットボードにかけてから、少女の検査にかかった。

〈八月九日　火曜日　午前五時二十三分〉
〈水　ひとさじ〉
〈脈拍　一分間に九五回〉
〈呼吸　一分間に一六回〉
〈体温　冷たい〉

体温はあてずっぽうでしかない。看護婦の指先が、患者の脇の温度よりも高いか低いかに左右される。

「舌を見せてください」舌の状態を観察するようリブは訓練を受けたが、これがどう健康状態とかかわりがあるのかよく分からなかった。アナの舌は赤い。奥のほうがなぜか平らだ。ふつうはいくつかのぷっくりとした部分があるはずなのに。

アナの腹部に聴診器をあてると、かすかなぐるぐるという音がしたが、空気と水だけでもああいう音にはなる。食べ物が入っている証《あかし》にはならない。〈消化器官内、音あり〉とリブは書いた。〈何の音かは不明〉

今日こそは、マクブレティ医師にふくらはぎと手のむくみについて尋ねようと、リブは心に決めていた。食べ物が足りないことに起因する症状が出ていることは、報告すべきだ。そうすればあの医師だって遅かれ早かれ、この気味の悪い芝居をやめるよう説得せざるを得なくなる。リブはシーツをぴんと伸ばして、ベッドを整えた。

二日目、看護婦と彼女の見張り下にある子供の間に一定のリズムのようなものができた。ふたりで読み――リブはオール・ザ・イヤー・ラウンド誌で、ドファルジュ夫人〔チャールズ・ディケンズ著『二都物語』の登場人物〕の極悪な行いを追いかけ――ふたりで少しずつおしゃべりをした。アナは素朴で愛らしい子供だ。うそつきが多いと悪名高い国で、大うそつきだと名をはせている娘だということを、あやうく忘れそうになる。

一時間に数回、少女がドロシーの祈りを唱えている。空腹がつらいとき、気持ちを強く持とうとしているのだろうか。

しばらくして、リブはアナと散歩に出た――雲行きが怪しかったので、家の前を少し歩いただけだ。なぜ足を引きずって歩くのかリブが尋ねると、少女はそれが彼女の自然な歩き方なのだと答えた。歩きながら、少女は賛美歌を歌った。まるで淡々と苦しみに耐える兵士のようだった。

「なぞなぞは好きですか」歌が途切れたとき、リブは尋ねた。

「ひとつも知りません」

「まあ」リブは、学校で暗記しなければならなかったどんなことよりもはっきりと、幼いころに遊んだなぞなぞを覚えている。「では、こういうのはどうですか？　〝あるところに王国がありました。あっちにこっちに旅しても、わたしはそこにいません。お昼にさがしても、夜にさがしても、目にすることはできません。さて、わたしは何でしょう？〟」

アナが困惑しているようだったので、リブは繰り返した。

「〝わたしはいません。目にすることはできません〟」と少女は繰り返した。「そこにはいませんというのは、存在しないということ？　それとも見えないということ？」

「見えない、ということです」

「目には見えないだれかで」とアナが言った。「この地を旅する――」

「人とは限りません」とリブが助け舟を出した。

しかめ面が消えた。「風？」

「正解。頭の回転が速いですね」

「ほかにもありますか？」

「うーん、そうですね。〝この地は白く〟」とリブ。「〝種は黒い。この謎かけを解くのは学者かもしれぬ〟」

「紙、とインク！」

「とても賢い子」

「学者って言ったから」

「学校に戻りたくはないのですか？」とリブは言った。

アナは目をそらし、草を食む牛たちを見つめた。「家でじゅうぶんです」

「あなたはとても頭がいい子です」褒め言葉のつもりだったのに、叱責のように響いた。

雲がどんどん低いところに集まってきたので、リブは少女と窮屈な小屋に急ぎ戻った。しかし、結局雨は降らず、リブはもう少し外にいるべきだったと後悔した。

キティがやっと、朝食を持ってきた。卵二個、コップにはミルクがつがれている。リブは我慢できず、勢いよく食べた。卵の殻の小さな破片が、歯の間で乾いた音を立てる。卵はじゃりじゃりして、泥炭の臭いがした。灰の中で熱したにちがいない。

この子は空腹であるだけでもつらいはずなのに、退屈さも我慢しているのだ。でも、どうやって？　この少女以外の人たちは、食事のおかげでめりはりのある一日を送ることができるのかもしれない、とリブは思った——ご褒美、もしくは娯楽のようなもの。内面の時計の鐘を鳴らすのだ。だとしたら、アナの見張られている日々は、終わりのない一瞬のように感じるのではないか。

アナは、まるで芳醇《ほうじゅん》なワインでも口にするかのように、ひとさじの水を受け入れた。

「水はちがうのですか」とリブが聞いた。

アナはきょとんとしている。

リブは自分のコップを持ちあげた。「ここにあるミルクと水、何がちがうのでしょう？」

アナは戸惑っていた。まるで、なぞなぞに挑むような顔をしている。「水には何も入っていません」

「このミルクに入っているのも、水と牛が食べた草から得た必要なものだけですよ」とリブ。

アナは首を横にふった。ほほえんでいるようにも見える。

リブはその話題はもうやめにした。キティがトレーをさげに部屋に入ってきたからだ。

リブは刺しゅうをする少女を見つめた。ハンカチの四隅に花を縫いこんでいる。縫い目に顔を近づけ、舌を少し出す。集中している女の子がよくやるしぐさだ。

十時少し過ぎに、表のドアをノックする音が聞こえた。リブの耳に、くぐもった会話が聞こえる。間もなくして、ロザリーン・オドネルが寝室のドアを開け、看護婦を無視してアナに呼びかけた。「ペット、お客さんだよ。六人ほどいらしているよ。アメリカの方まで」

このアイルランド大女の軽薄さに、リブは吐き気がした。まるで社交界デビューをする娘の付添人みたいじゃないか。「そのような訪問が延期されるべきなのは、明白ではないでしょうか、オドネル夫人」

「なぜです？」と良いお部屋のほうを向いて彼女が答えた。「みなさん、やさしそうなのに」

「観察に必要なのは規則と平穏です。訪問客が何を持っているか確認のしようがないのに——」

「何を持ってくるって言うんです？」

「もちろん、食べ物です」とリブは言った。

「そんなこと言ったって、うちに食べ物はあるんですよ。大西洋を越えてはるばる持ってきていただかなくてもね」そう言って夫人は高らかに笑った。「それに、アナは食べないんだから。もうその目でしかとご覧になったでしょう？」

「わたしの役目は、食べ物をこの子に渡す人が出ないようにすることです。あとで隠してあるものに気づくことだってあるかもしれない」

「食べない少女を一目見たくてわざわざ来た人たちが、いったいどうしてそんなことをするんですか？」

「そうは言ってもです」

　オドネル夫人は口を固く結んだ。「みなさん、もう家の中にいらっしゃるんですよ。どうしろって言うんですか？　追い返すなんて不作法なことできやしませんよ」

　この時点でリブは、寝室のドアをばたんと閉め、女をドアに押しつけてやりたい衝動に駆られた。

　小石のような目は、リブの瞳をにらみつけている。

　ここは自分が折れて、マクブレティ医師に相談すべきだとリブは判断した。戦局地で負けても大局で勝つ。リブはアナを良いお部屋に通し、少女のすぐ後ろに立った。

　そこにいたのは、リムリックの西の港から来た身なりの良い男性とその妻、そして彼らの義理の息子夫婦、それから彼らの知り合いで、アメリカから訪ねてきた母親とその娘だった。年配のアメリカ女性が言うには、彼女とその娘は心霊術者らしい。「死者の声が聞こえるんです」

アナはうなずいた。平然と。

「お嬢ちゃんの姿は、霊の偉大な力の見事な証ですよ」そう言って心霊術者はアナに近づき、少女の手をきつく握った。

「触れてはいけません」というリブの声かけに、訪問者は後ろにさがった。

ロザリーン・オドネルがドアから顔を出し、紅茶はいかがと尋ねた。

挑発されているようにリブは感じた。食べ物はだめです、とリブは声は出さず口を動かして伝えた。

男性が、アナが最後に食事をとったのはいつかと尋ねた。

「四月七日です」

「君の十一歳の誕生日だね？」

「はい、そうです」

「君自身は、何も食べずに生きていることについて、どう考えているのかな？」

リブは、アナが肩をすくめるか、分かりませんと答えるかのどちらかだと思っていた。しかしアナは小さな声で何か言い、リブはマ、ン、マという言葉を聞いたような気がした。

「もうちょっと大きな声でしゃべってちょうだい」と年配のアイルランド女が言った。

「天与の糧《マナ》によって生かされています」とアナは言った。父の牧場で暮らしていますと言うかのように。

リブは一瞬だけ目を閉じた。あきれて目をむいてしまいそうだったからだ。

「天与の糧、マナだって」と若いほうの心霊術者が、年上の心霊術者に向かって言った。「驚いたね」

訪問客たちは贈り物を用意しはじめた。ボストンからは回転図盤《ソーマトロープ》と呼ばれるおもちゃだった。アナは今まで、こんなものを手にしたことがあっただろうか？「おもちゃ、ひとつも持ってないんです」とアナが言った。

客人たちはその答えがお気に召したようだ。彼女のゆったりとしたかわいらしい声に一同が耳をそばだてた。リムリックの紳士が、円盤の二本の紐のねじり方をアナに見せた。そして紐を引っぱり、円盤を回転させた。すると円盤の表と裏に描かれた異なる絵柄がぼやけて重なり、一枚の絵になったように見えた。

「鳥が籠に入りました」と目を見開くアナ。

「でしょう」と男が大きな声で言った。「まやかしですよ」

円盤の回転速度が落ち、止まった。裏面には空っぽの籠、表の鳥は自由の身だ。

キティが紅茶を運び入れると、今度はリムリックの紳士の妻が、もっと奇妙なものを見せた。クルミだ。アナの手のひらの上で開いてみると、小さなくしゃくしゃのボールが出てきて、次第に広がり、薄手の黄色の手袋になった。「ニワトリの皮です」と手袋をいとおしそうに触りながら女が言った。「幼いころ、わたしは無鉄砲な子供だったのだけれど、結局リムリックでずっと暮らしてね。この手袋、半世紀もよく持ちこたえてくれました」

アナは手袋をはめた。指を一本ずつ通す。少し長いが、長すぎることはない。

「あなたに神の祝福を、神の祝福を」

みなが紅茶を飲み終わった頃合いで、リブはアナが休まなければならないと伝えた。

「少しだけ、祈ってくれますか」と手袋を渡した夫人が言った。

アナはリブを見つめる。リブはうなずくしかないような気持ちになる。

「〝み子のイエスは安らかに〟」と少女は唱えた。

〝見守りください。
どうかわたしを憐れみください
苦しみのときは来させてください〟

「何とも愛らしい！」

年配の女性が民間療法の薬を手渡そうとした。

アナは首を横にふった。

「とっておいて。役に立つから」

「だめなんだよ、お母さん」と女性の娘が小声で叱った。

「舌の下で溶かすだけだから、食べたうちには入りませんよ」

「ありがとうございます。でも、結構です」とアナ。

客人が去るとき、寄付金箱にコインが落ちる音にリブは聞き耳を立てた。

ロザリーン・オドネルはフックを使って、勢いの衰えた炉火から鍋を外し、鍋ぶたの灰を払った。ぼろ切れを手に巻いてから、ふたを外し、まるいパンを持ちあげた。上面に十字の切りこみがある。

すべてに信仰がついて回る家なんだ、とリブは思った。そして、食べ物に泥炭の味が染みついているのも当然だ。もし二週間見張りを続けるならば、べとべとの泥炭ひとつかみくらいは食すことになるだろう。考えただけで口の中が酸っぱくなった。「これで訪問客の受け入れは最後にしてください」とリブは厳しい声色で母親に伝えた。

アナは上半分が開いたドアに寄りかかって、訪問客の一団が馬車にのるのを見ていた。

ロザリーン・オドネルは背筋を伸ばし、スカートをふってきれいにした。「もてなしっていうのはね、アイルランドでは法律くらい大事なんですよ、ライト夫人。ドアをたたく者は受け入れ、食べ物と、寝床を与える。キッチンの床が寝る人でいっぱいになろうともね」母親は腕をふって、見えない大勢の客人を包みこんだ。

もてなしなど、知ったことか。「物乞いに手を差し伸べるのとは、わけがちがうんです」

「金持ちも、貧しい者も、神の目には同じです」とロザリーン。

信心ぶった態度が、リブには我慢できなかった。「あの人たちはただの見物人ですよ。あなたの娘が食べずに生きているのが見たくて仕方ない人たちです。この子の姿を見て、自分たちがいかに恵まれているかに感動し、金を払っているんです！」

アナはソーマトロープをくるくるさせている。光が反射する。

オドネル夫人は唇を噛んだ。「それで施す気になるのなら、別にいいでしょうよ」

少女は母親のところに行き、もらった贈り物を渡した。ふたりの口論を止めるためだろうか？

「これはおまえのだよ」とロザリーンが言った。

アナは首をふる。「この前、あの女の人がくれた金の十字架、サデウスさんが貧しい人のためのお金になるって言ったでしょう？　たくさんのお金になったって」

「だけどこれはおもちゃだから」と母親が言った。「クルミの手袋はまあ、売れるかもしれないけれど……」母親はクルミを手のひらで転がした。「そのくるくるするやつはとっておきな。それくらい、いいだろう。ライト夫人が何か言いたいことがあるなら別ですけどね」

リブは口をつぐんだ。

リブはアナについて寝室に入り、もう一度、すべての表面に目を光らせた。すべて、昨日のままだ――床、宝箱、洋服だんす、ベッド。

「怒っていますか?」とアナが尋ねた。ソーマトロープを二本の指で回しながら。

「おもちゃのこと? 怒っていませんよ」アナは、やはりまだ子供だ。彼女の置かれた状況の気のめいるような複雑さを理解していない。

「じゃあお客さんに怒っているんですか?」

「そうですね、あの人たちは自分のことしか考えていませんから」

キッチンでベルが鳴り、アナは床にひざまずいた(だから膝小僧にあざがあるんだ)。お告げの祈りが部屋を満たし、ゆっくりと時間が過ぎる。まるで修道院に閉じこめられているようにリブは感じた。

「〝イエスのみ名によって祈ります、アーメン〟」アナは立ちあがり、椅子の背もたれをつかんだ。

「立ちくらみですか?」とリブ。

アナは首を横にふり、肩掛けを直した。

「一日に何回、このお祈りをするのですか」

「お昼に一回だけです」と少女は答えた。「ほんとうは、朝の六時と夜にもしたほうがいいと思います。だけど、母さんも父さんもキティも忙しいから」

前日は夕食まで待つと言って後悔したので、この日、リブは下女をドア口から呼び、食べ物を運んでほしいと頼んだ。

キティが運んできたのは新鮮なクリームチーズで、たぶん昨日の夜にリブが見た、椅子の間につるされ、白い液体をしたたらせていた袋の中身だろう。それから、パンも。まだ温かかったが、小麦ふすまの量が多すぎてリブの口には合わなかった。ジャガイモの収穫時期である秋の直前である今、この家の食糧は貯蔵箱の底のほこりが見えるくらいまで少なくなっているのかもしれない。

リブはアナの前での食事には慣れつつあったが、自分が飼い葉桶に顔を突っこんでいるメス豚のような気持ちになった。

食事が終わると、リブは『アダム・ビード』の最初の章を読んだ。午後一時に、修道女がドアをノックしたときは、飛びあがりそうになった。交代時間だとすっかり忘れていた。

「見てください、シスター」とアナが言った。ソーマトロープを回転させながら。

「まあ、すごいですね」

今回もこの修道女はふたりきりで話そうとはしないだろうとリブは判断した。リブは彼女のコイフに顔をうんと近づけ、ささやいた。「今のところ変わったことはありません。そちらは?」

戸惑い。「言葉を交わしてはなりません」

「それはそうですが、でも――」

「マクブレティ先生がわたくしたちに、見解を教え合うべきではないと強くおっしゃいました」

「シスター、わたしが知りたいのはあなたの見解ではありません」とリブがぴしゃりと言った。

「事実が知りたいのです。たとえば、排泄物の有無などの記録はつけていますか？　とくに固形物は重要です」

修道女のとても小さな声が返ってくる。「それはございませんでした」

リブはうなずく。「オドネル夫人には、看護婦抜きでのアナへの接触はお断りしました」と言ってリブは続けた。「起床時の抱擁、それからまあ、就寝時もよしとしましょう。また、アナが部屋にいないときに家族が入室するのも禁止です」

この修道女はまるで、葬儀屋が雇った供人《ともびと》のようだ。

リブは泥道を選んだ。青空を映すひし形の水たまりがあちこちにある。昨晩の雨のせいだ。リブは、同僚の看護婦がリブと同じくらいの高い基準で任務にあたらないのならば――N女史の基準だが――この観察は成り立たないと思いはじめていた。あの賢い子供への観察が不適切であれば、費用も労力もすべてが無駄になってしまう。

そうはいっても、リブはまだ少女が策士であるという証拠をつかめていない。大きなうそをのぞいては。食べ物がなくても生きているという真っ赤なうそだ。

マナ、つまり天与の糧について、シスター・マイケルに聞くべきだった。修道女の判断力には疑念が残るが、聖書は熟知しているだろう。

暑くなってきたので、リブは外套を脱いで腕に抱えた。襟元を引きながら、制服がこんなに厚手でちくちくする生地でなければよかったのにと思った。

スピリット食料雑貨店の上階の部屋で、リブは質素な緑色の服に着替えた。部屋で過ごす気は毛頭なかった。もうすでに半日、閉じこめられていたのだから。

下の階でふたりの男が、見まがいようのない形のものを廊下から運び出していた。リブは後ずさりした。

「ごめんね、ライト夫人」とマギー・ライアンが言った。「すぐに運び出させるから」

ニスの塗られていない棺桶《かんおけ》を担いだ男たちが、カウンターのそばで向きを変える。

「父ちゃんは葬儀屋もしてるんだ」とマギーは説明した。「だから二輪馬車をすぐに借りられる」

つまり窓の外に見えるあの馬車は、必要とあらば葬儀用馬車に早変わりするのだ。リブにはライアンの生業《なりわい》の組み合わせが少し気味悪く思える。「このあたりは、閑散《かんさん》としていますね」とリブは言った。

棺桶が通り、ドアが閉まるのを見ながらマギーはうなずいた。

「悪い時代の前は、あたしたちの数は今の倍くらいだったんだ」

あたしたち、とはこの村の人口のこと？　この地方の？　もしくはアイルランド全体？　悪い時代というのはおそらく、十年か十五年前のジャガイモの不作が続いた時期だろう。詳細を思い出そうとしたけれど、この古いニュースでリブの頭に浮かんだのは、気のめいるような見出しの不明瞭な文字だけだった。若いとき、新聞は流し読みする程度だった。毎日、タイムズ紙をライト氏の皿の横にたたんで置いた。彼の妻だったあの年は、一日も欠かさず。

物乞いのことを思い出した。「ここに来るまでに、多くの子供と女性を見ました」とリブは言った。

「ああ、今は男どもがあんたのほうへ収穫に出ているだけだよ」とマギーが答えた。

イングランドへの出稼ぎという意味だろう。

「けれど若者が目指しているのはアメリカ。行ったら最後、二度と帰ってこない」彼女はあごをぷいと横に向けた。この地に錨《いかり》をおろさない若者など、いなくなってせいせいすると言わんばかりだ。

彼女の表情から判断して、マギーは二十歳《はたち》そこらだろう。「あなたは行きたくないのですか」

「ぜんぜん。ふるさとがいちばん」マギーは愛にあふれているというより、あきらめているように言った。

リブはマクブレティの家への道順を尋ねた。

マクブレティ邸は、アスローン通りから外れた小道の末路にあった。主人と同じくらい老いぼれた召使いが、リブを書斎に通した。マクブレティは八角形の眼鏡を外し、立ちあがった。見えを張っているのだろうか。眼鏡なしのほうが若く見えると思っているのかもしれない。

「これはこれは、ライト夫人。ご気分はどうですかな？」

リブは嫌悪を感じた。いら立っています、どちらを向いても邪魔者ばかり。そう言ってしまいたかった。

「何か緊急のことでも？」

「緊急というわけではありません」

「では、詐欺とは考えられないということですかな？」

「証拠はまだ見つけられていません」とリブは医師を正した。「ただ、先生に一度、患者の状態を確認していただきたいのです」

彼のこけた頬が紅潮する。「ああ、ご心配されずとも、アナのことはいつも考えていますよ。ただ、観察のことがありますから、行かないほうがいいと思ったんです。あとになって、あなたの導き出した結果に、わたしが何か関与したと言われるのは避けなければなりませんから」

リブは小さくため息をついた。マクブレティはこの監視で、少女が現代の奇跡だと証明されると頑《かたく》なに信じているのだ。「わたしは心配しているのです。アナの体温は低くなっているようです。とくに手足の先端はとても冷たく感じます」

「なるほど」と言って、マクブレティはあごをさすっている。

「肌の調子もよくありません」とリブは続けた。「爪も、髪だって」なんだかファッション雑誌に書いてある、些細《ささい》なことのように聞こえる。「そして産毛が全身に生えています。しかし、わたしがもっとも心配しているのは、足のむくみです――顔にも手にもむくみが出ていますが、ふくらはぎの症状がいちばん悪いように思えます。お兄さんの革靴を履いているんですよ」

「まあ、そうですね。アナに浮腫の症状はしばらく出ています。痛みはないようですけれども
ね」

「アナは痛くても、それを口に出す子ではありません」

医師はまるで自分を安心させるかのようにうなずいた。「水がたまるのにはジギタリスが有効な薬だと聞いていますが、ご存じの通り、アナの場合は口からは体内に入れることができません。乾燥した食事がよいともいいますが――」

「水分の摂取をさらに制限することになりませんか？」リブの声が裏返った。「今だって一日に数さじ分の水しか口にしていないのです」

マクブレティ医師は顔の横――頬ひげを引っぱった。「人工的にむくみをとることももちろんできますが」

瀉血《しゃけつ》させる、ということ？　ヒルでも吸いつかせるつもり？　ノアの洪水以前の時代から来たような医師に何も言うべきではなかったと、リブは後悔した。

「ただ、それにも同じくらいのリスクがありますな。いやいや、やはりここは様子を見るのがよいでしょう」とマクブレティ。

リブは腑《ふ》に落ちなかった。しかし、もしアナ自身が自分の健康を害しているのなら、責めを負うべきはアナ本人、それか、この状況を招いただれかさんのはずだ。

「四カ月間食べていないようには見えないでしょう？」と医師が尋ねた。

「まったくそのようには見えません」

「そうだと思いました！　思った通りの驚くべき奇跡です」

この老人はリブを誤解している。あの少女は何かを食べているにちがいないという明確な結論に、わざと目をつぶっているのだ。「先生、もしアナがほんとうに栄養をとっていないのなら、彼女は弱り切っているはずでしょう？　ジャガイモ疫病のときに、先生なら多くの飢餓で苦しむ患者を診たはずです。わたしなどよりずっと、ご存じだと思います」リブは医師の機嫌とりのために、最後の部分はとってつけたように言った。

マクブレティは首を横にふった。「あのころ、わたしはグロスターシャーにいたんですよ。この土地と邸宅を譲り受けたのは五年前でしてね。借り手が見つからなかったのでこちらに戻って医師として働いております」彼は立ちあがった。面談の終わりを告げているのだ。

「それからもうひとつ」と急いでリブは言った。「同僚の看護婦の腕を信用できるか分からないのです。ずっと気を張って仕事をするというのは簡単なことではありません。とくに夜間は」

「ですが、シスター・マイケルは大ベテランです」とマクブレティ。「ダブリンにある慈善診療所で十二年間奉仕されましたから」

ああ、なぜだれもリブにこのことを教えようと思わなかったのだろう？

「それに、慈悲修道女会では深夜祈祷《きとう》のために真夜中に起きると聞いています。賛課は夜明けだそうです」

「そうでしたか」とリブは屈辱を感じながら言った。「しかしいちばんの問題は、あの小屋の窮状にあります。まったく科学的ではありません。子供の体重すら測れず、部屋を照らすのに適切なランプもありません。アナの部屋はキッチンからすぐですし、散歩に出ている間などにだれかがこっそり入るなどたやすくできます。先生の許可なしでは、オドネル夫人に見物人の受け入れをやめてもらうこともできません。そんな状況では、きちんとあの子を観察することなど不可能です。訪問者の禁止については、お任せしてもよろしいでしょうか？」

「それはもちろんですとも」マクブレティはペン先を布で拭き、新しい紙を用意した。それから、胸ポケットをまさぐっている。

「母親は見物人を断ることに抵抗するかもしれません。収入が減りますから」

年老いた医師は胸ポケットに指を突っこんだまま、濁った瞳をぱちくりさせている。「いや、でも金はすべて、貧しい者たちのための寄付金箱に入っているはずですよ。サデウスさんが用意したんです。寄付金で私腹をこやすような人たちだとお思いなら、あなたはあの人たちをまったく理解していない」

リブは奥歯を噛んだ。「もしかして、眼鏡をお捜しですか？」リブの指さした先の書類の下に眼鏡があった。

「ああ、ここにあった」そう言って医師は眼鏡をかけ、手紙を書きはじめた。「ほかに、アナについて気づいたことがおありかな？」

ほかとは？　「精神的なことですか？」

「まあ、人物像についてなどかな」

リブは途方に暮れた。良い子ですが、骨の髄まで詐欺師ですよ。アナはそういう子のはずだ。ちがう？　「穏やかな子ですね」とだけリブは答えた。「ナイチンゲール女史が累積的気質と呼んだ傾向の持ち主です。時間をかけなければ、なかなか分からないでしょう」

マクブレティはナイチンゲールの名に、喜々とした表情になった。あまりにもうれしそうなので、リブは彼女の名前を出したことを後悔したくらいだ。彼は書面にサインし、折りたたんでリブに手渡した。

「できれば、オドネル家にこの手紙は送っていただけませんか。そうすれば今日の午後からでも、客人を立ち入らせないことができます」

「ああ、それではそのようにしましょう」彼はそう言ってふたたび眼鏡を外し、震える手で折りたたんだ。「いやあ、面白い記事がデイリー・テレグラフ紙に出ていましたよ、そういえば」マクブレティはデスク上の書類やら新聞やらを触りはしたものの、その新聞は見つけられないようだ。「過去の断食少女についての記事なんですがね、食べずに生きる女の子たちのことですよ。それがね、あの、たくさんいたらしくて」とマクブレティは言葉を継ぐ。「大英帝国にも他国にも、もう何世紀も存在していたらしいのですよ」

ほんとうに？　リブには初耳だ。

「この記者によると、可能性としてはその、ああ――何とも言いようがないのですが、彼女たちは経血を再吸収して生き延びていたとか」

何ておぞましい仮説だろう。しかも、アナはまだ十一歳だ。「見たところ、アナは思春期まではまだ時間があると思いますが」

「まあ、そうですが」マクブレティの表情が沈んだ。それからすぐに口角をあげ、「イングランドに残っていたらこんな症例にお目にかかることがなかったと思うと、わたしは幸運ですね！」と言い放った。

医師の邸宅をあとにしたリブは、なるべく速足で歩いた。こわばった足を伸ばし、一刻も早く、息苦しい書斎の空気をふり払いたかった。

小道は森へと続いた。葉がオークのように垂れていたが、イングリッシュオークに比べて枝がまっすぐしているようだった。葉は細かい毛でぎざぎざしている。リブは小さな黄色の花に顔を近づけ匂いを嗅いだ。しだれたピンクの花の名前を、アナ・オドネルなら知っているだろう。茂みでさえずる鳥の名前を思い出そうとしたけれど、低音の鳴き声がヨシゴイであることしか分からなかった――姿が見えない船の霧笛のようだ。

開けた草地に一本の木が立っていた。奇妙だ。枝に何か垂れさがっているように見える。リブは耕地を避けて木に近づく――もうすでに靴は泥だらけだったので、なぜ今更気をつけているのかよく分からなかったのだが。木は見た目よりも遠くにあり、鋤《す》き跡がなくなった大地を、しばらく歩かなければならなかった。雨と日光でひび割れた灰色の石灰石が地面から顔を出している。木の近くまで来たとき、サンザシの艶のある葉の緑に、赤い新枝が生えだしているのにリブは目を留めた。だけど、あの枝からぶらさがっているピンクっぽい色をした紐状のものは何だろう？　コケ？

ちがう、コケではない。毛糸？

あやうくリブは、岩の裂け目の水たまりに足をとられるところだった。空色のトンボが水面から数センチのところで絡み合っている。これは泉？　タヌキモのようなものが水たまりの縁に浮いている。リブは急に喉が渇いて、水が飲みたくなった。彼女がしゃがむと、トンボはもうおらず、その水は泥炭のように黒い。手のひらで水をすくう。クレオソートのような臭いがしたので、リブは喉の渇きを我慢して手のひらの水を捨てた。

リブが見あげたサンザシの枝からぶらさがっていたのは、毛糸ではない。だけど、人工物だ。何と奇妙な。リボン？　スカーフ？　そこにずいぶん長い間、結いつけられていたのだろう。灰色で植物のようにも見える。

リブがライアンの店に戻ると、窮屈な食堂で赤毛の男が厚切り肉をたいらげながら、手帳に素早く何かを書きつけていた。彼はおもむろに立ちあがり、「あなたは地元の人間ではないですね」とリブに尋ねた。

どうして分かったのだろう？　リブの質素な緑のワンピースだろうか？　それとも身のこなし？

リブと同じくらいの背丈で、少し年下、絶対にアイルランド人だ。ミルクのように白い肌と色鮮やかな巻き毛、それに、話し方で分かる。だけど、教養のあるアイルランド人だ。「ウィリアム・バーンと申します。アイリッシュ・タイムズ紙の記者です」

ああ、あの写真の人が言っていた三流作家か。リブは握手に応じた。「ミセス・ライトです」

「ミッドランズをご見物ですか」

この男はリブがここにいる理由を知らないということは、彼女をただの旅人だと思っている？「何か見るものがありますか？」いやみな答え方をしてしまった。

バーンは笑った。「まあそれは、あなたの魂がストーンサークルや妖精のとりで、円墳あたりの謎めいた空気にどれくらい惹かれるかによりますよ」

「ふたつ目と三つ目は聞いたこともありません」

彼は眉をひそめた。「ストーンサークルの形ちがいってところかな」

「ということは、ミッドランズでは岩でできているまるいものしか見られないのですね？」

「ある大物が現れるまではね」とウィリアム・バーンは言った。「空気さえあれば生きられる魔法の少女が現れたのです」

リブに緊張が走る。

「そんなものはニュースと呼べないとぼくは思うんですよ。だけどダブリンにいる編集長が、八月の目玉にしようと言い出して。でもここに来る途中でマリンガーで馬が溝にはまってしまったのです。二日間つきっきりで看病をしてから、やっとたどり着いたんですよ。それなのに少女の家で追い返された！」

あまりに気まずい。マクブレティに依頼した書面がオドネル家に届いた直後に、この記者は訪ねたにちがいない。しかし、注目が集まるほど、まやかしの炎は大きくなるだろう。そして観察は、新聞記者の詮索によって妨げられてしまう。

リブはバーンがアナ・オドネルについて話しだす前に、席を立って二階に行きたかった。だけど、夕食も食べたかった。「馬をマリンガーに置いて、もう一頭お借りになればよかったのに」

「そうすればおそらく、あの人たちはポリーにおいしい餌をあげるんじゃなくて、銃弾をぶちこむんじゃないかと思いましてね」

リブは、新聞記者が馬小屋で馬と寄り添っているところを想像してほほえんだ。

「少女の家での冷たい仕打ちはひどいものでした」とバーンは言った。「辛辣な短い報告を電報で送ったんですがね、記事をちゃんと書いて今夜の郵便馬車で送る羽目になった」

この男はどんな赤の他人にも、こんなにあけすけにものを言うのだろうか。リブは何と言えばいいのか分からず、「どうして辛辣である必要が？」と尋ねた。

「あの家族はやましいところがあるからぼくを招き入れなかった、ということでしょう？　ドアすら通してくれなかった。その奇跡の少女をぼくに一目でも見られたら困る、そういうことなんですよ、きっと」

オドネル家への不当な批判だったが、リブはどうしても彼に、今、目の前にいる女性が訪問者を禁止させた張本人だと教える気にはなれなかった。彼女は目を落とし、彼のメモを見た。

〈人類の愚かさの果てしなきことよ！　辺境の地の無知と重なるとき、その深淵はことさら計り知れない。"Mundus vult decipi, ergo decipiatur." というラテン語の格言がある。「世界が欺かれることを欲するならば、それでいいではないか」という意味だ。キリストの時代に発されたペトロニウスのこの言葉は、今も変わらぬ警鐘として響く。〉

マギー・ライアンが、バーンにエールのお代わりを運んできた。

「豚肉、とてもおいしかったですよ」とウィリアム・バーン。

「そりゃよかった」とマギーがさげすむように言った。「腹が減ってりゃ何でもおいしい」

「わたしも同じものをください」とリブ。

「ぜんぶ出てしまったから、あとは羊の肉しかないよ」

リブはしぶしぶ、羊を頼んだ。そしてすぐに『アダム・ビード』を開いた。ウィルアム・バーンがこれ以上長居しないように。

その夜、リブが九時に小屋に到着すると、うなり声のようなロザリオの祈りが聞こえてきた。「〝神の母、聖マリア、わたしたちのために、今も、死を迎えるときも、お祈りください、アーメン〟」

彼女は中に入り、アイルランドの人がク、リ、ー、ビ、ーと呼ぶ三本脚のスツールに腰をかけて待った。カトリック教徒たちはロザリオを握りしめ、赤子のように、不明瞭な音を発している。シスター・マイケルは目線を少し落としただけで、少女を視界に入れてはいるようだ。でも、集中力を向けているのは、少女に？　それとも祈り？

アナはすでにナイトドレス姿だった。リブは、少女の唇が同じ言葉を何度も何度も繰り返すのを見ていた。「〝今も、死を迎えるときも、アーメン〟」リブは視線を母親、父親、かわいそうないとこ、と順に移していった。今夜はだれがリブの邪魔を企てるのだろう？

「シスター、お茶をどうです？」ロザリーン・オドネルが、祈りが終わると尋ねた。

「結構です、オドネル夫人。ご親切にどうも」

アナの母親は、これ見よがしに修道女をひいきするつもりなのだとリブには分かった。シスター・マイケルのほうが好かれるのは当然だ。同じ匂いがして、無害なのだから。

ロザリーン・オドネルは、小さな熊手で燃えさしを円形に集めた。その円の周りに車輪のスポークを描くように泥炭を置き、正座して十字を切った。泥炭が燃え立つと、箱から灰をスコップですくい、炎にふりかけ、火を小さくした。

リブは少しの目眩《めまい》を覚えた。この家では時間でさえも燃えさしのようにじりじりとしているような気がした。薄暗い小屋ではドルイドの時代からきっと何も変わっていない。そしてこれからも、何も変わらない。リブが学校で歌った賛美歌の歌詞、何と言ったっけ？〝静けき夜に、家路は遠い〟。

寝室で外套を着る修道女に、リブは一日のことを尋ねた。

シスター・マイケルによると、アナは水を三さじ飲んだらしい。短い散歩にも出た。症状も変わりなし。

「それから、もし少女が隠れて何かをしていたら」とリブがささやく。「重要な事実としてわたしにも教えていただけますね？」

修道女は表情を崩さず、うなずいた。

何ということだろう。どうしてまだ見つからない？　この子がそんなに長く隠し通せるわけはないのに。今夜、必ず突き止めてやる。リブには自信があった。

それからもうひとつ、リブは聞かなければならないことがあった。「アナがマナについて話をしていました」とリブは修道女に耳打ちをした。「今朝、訪問者たちに説明していたんです。彼女は、天与の糧によって生かされているのだと」

修道女は小さくうなずいた。皆目見当がつかないのか、それとも、アナの言ったことが至極当然だと思っているのか。

「聖書には言及がありますか」

シスター・マイケルは額にしわを寄せた。「出エジプト記だったように思います」

「ありがとうございます」とリブは言った。そして、もっと軽い話題で会話を終えようと言葉を選んだ。「ずっと気になっていたのですが」とリブはいつもの声の大きさで言った。「慈悲修道女会はなぜ、歩く修道女と呼ばれているのでしょうか」

「わたくしたちは世界へ歩み出るからです。ライト夫人、わたくしたちはどの教派にも共通の誓願——清貧、貞潔、従順の三つに——身を捧げます。しかし、四つ目もあるのです」

この修道女がこんなに話すのを、リブははじめて見た。「四つ目の奉仕とは何でしょう?」

アナが割って入る。「病める人、貧する人、無知な人への奉仕です」

「その通りです」と修道女が言った。「お役に立つことを誓ったのです」

シスター・マイケルと入れ替わるようにして、ロザリーン・オドネルが寝室に入ってきたが、何も言わない。イングランド女を無視することにしたのだろうか? 朝の口論が原因? リブに背を向け、アナを抱擁しようと身をかがめている。母娘の間でささやかれる愛情表現にリブは耳をすませ、アナのむくんだ両手がだらりと体側にあるのを確認した。何も握られてはいない。

母親はまっすぐに立った。「さて、わたしのペット、よく眠るんだよ。いい夢を。〝神の天使よ、守護天使よ、神のいつくしみによって〟」と母親は唱えてふたたびかがみ、少女のおでこと母親のおでこが触れそうだった。「〝起きているときも、眠っているときも、わたしを救い、守ってください〟」

「〝アーメン〟」と少女の声が母親の最後の言葉と重なった。「おやすみなさい、母さん」

「おやすみ、ペット」

「おやすみなさい、オドネル夫人」とリブも言った。不自然なほど丁重に。

数分後、下女が覆いのついていないランプを運びこんだ。マッチで灯心に火をつけ、十字を切った。「はい、どうぞ、看護婦さん」

「助かりました、キティ」とリブは言った。ランプは旧式で、円すいのガラス筒の中にフォーク形の棒のようなバーナーがとりつけられていた。けれど炎が雪のように白い。リブは匂いを嗅いだ。「鯨油ではないのですか？」

「燃える液体さ」

「それは何ですか？」

「さあね」

得体の知れない液体からは、生松やにのような臭いがした。アルコールと混ぜてあるのかもしれない。

〝惨事のときはごみあさりをもせねばならぬのです〟。N女史の声がリブの中で響く。スクタリで看護婦たちは倉庫をくまなく回り、さらし粉《カルキ》、アヘンチンキ、毛布、靴下、薪《タキギ》、小麦粉、シラミ除去用くしなどを探した……足りないもの――もしくは徴発官からの使用許可が出ないものは代用品を見つけるしかなかった。シーツを裂いて包帯にし、袋があれば詰め物をして小さなマットレスを作った。必死だったから、ふつうではありえないような方法も生まれた。

「これが油の缶と、ランプばさみ」とキティが言った。「六時間後に、先端の黒くなったところを切って、液体を足して、芯に火をつけるんだって。あとは風には気をつけるようにって、おじさんが。真っ黒な雨が降ったみたいになるって！」

少女はベッドの横にひざまずいていた。手を合わせて、祈っている。

「おやすみ、ペット」とキティが大あくびをしながら言い、とぼとぼとキッチンに戻っていった。

　リブは新しいページを開き、鉛筆を手にした。

〈八月九日　火曜日　午後九時二十七分〉
〈脈拍　一分間に九三回〉
〈呼吸　一分間に一四回〉
〈舌　変化なし〉

最初の夜の番だ。リブにとって夜勤は苦ではない。静けさにどこか心が落ち着く。手のひらをもう一度、シーツに滑らせた。食べ物のくずが落ちていないか確認するのが習慣になりつつあった。

リブは壁に目を留めた。糞、髪、血、それらとバターミルクを混ぜたもの。そんなもので作られた壁は、そもそも清潔と言えるのか。壁をしゃぶってなけなしの栄養をとろうとするアナの姿を、リブは想像した。聞き分けのない子供が砂をつかんで口に入れるように。だけどそんなことはしていないはずだ。もし壁を食べれば、必ず口元が汚れる。それに監視期間がはじまってから、アナは一度もひとりきりになっていない。ろうそく、少女の衣服、本のページ、自分の皮膚――だれにも見られずにそれらを食すことは不可能だ。

アナはドロシーの祈りをささやき、祈りの時間を終えた。そして十字を切ると、シーツと灰色の毛布の下に入った。薄い長枕に頭を横たえている。

「ほかの枕はないのですか」とリブが尋ねた。

少女の口元にかすかな笑み。「百日咳にかかる前は、枕なんてなかったから」

悩ましい。リブは少女の策略を暴きたかったけれど、しっかり睡眠をとってほしくもあった。

リブは根っからの看護婦なのだ。

「キティ」とドア口でリブは呼んだ。オドネル夫婦はもういなかったが、下女は長椅子の足元にマットレスを敷いていた。「アナにもう一個、枕を持ってきてくれませんか」

「いいよ。あたしのをあげる」そう言って下女は、コットンの枕カバーに入ったよれよれの形のものを差し出した。

「そんなわけには——」

「いいさ。たいして変わらない。くたくただからすぐに眠れる」

「どうしたの、キティ」とロザリーン・オドネルの声が壁をくぼませて作った小部屋《アルコーブ》から聞こえた。アウトショットと彼らが呼ぶ空間だ。

「枕がいるんだって」

袋でできたカーテンを押し開けて母親が尋ねる。「アナの気分でも悪いのかい？」

「もう一個枕があったほうがいいのではと思っただけです」とばつが悪くなってリブが言った。

「じゃあ二個持っていきなさい」とロザリーン・オドネル。自分の枕を持ってきて、キティの枕のとなりに置いた。「かわいい子、具合が悪くないかい？」母親はドアから寝室に頭を突っこんで、強い口調で聞いた。

「うん」とアナ。

「一個で足ります」とリブ。キティの枕を受けとった。

オドネル夫人は鼻をひくひくさせた。「ランプの臭いで苦しくなってないかい？　目がひりひりしたり？」

「大丈夫だよ、母さん」

この女、大げさに心配しているように見える。絶対にそうだ。意地悪な看護婦のせいで子供に危害が及んでいると言いたいのだ。目を刺すようなまぶしい光のせいだと。

やっとドアが閉まり、看護婦と子供はふたりきりになった。「疲れたでしょう」とリブはアナに言った。

長い沈黙。「分かりません」

「眠るのが難しいかもしれません。ランプの光に慣れていないから。何か読みますか？　わたしが読みましょうか？」

答えがない。

リブが少女に近づくと、彼女はもうすでに眠りに落ちていた。桃のように円《まど》かで、雪のように白い頬。

〝マナによって生かされています〟。たわ言にもほどがある。マナとはいったい何だろう？　パンか何かだろうか？

出エジプト記は旧約聖書だ。しかし、アナの宝箱には詩篇の巻があるだけだった。リブはカードを落とさないように、慎重にページをめくった。彼女が見た限り、マナについては何も書かれていない。リブの目をとらえた箇所があった。〈見知らぬ子らがうそをつき、見知らぬ子らが消え失せ、見知らぬ子らの道は閉ざされた〉〔ドゥアイ・リームズ聖書　詩篇18・45〕。いったい、どういう意味？　アナは見知らぬ子そのものだ。そしてふつうの少女としての道は閉ざされた。世界を相手にうそをつこうと決めたその瞬間に。

　問うべきなのはどのようにこの子が詐欺を遂行しているかではなく、どうしてこんなことをしているのかということだ、とリブはそのとき思い至った。少女は些細なうそをついたかもしれない。それはそうだ。しかし、よっぽど歪《いびつ》な人間でなければ、こんな物語を語ろうなどと思わない。アナは金がほしいそぶりを少しも見せていない。では、注目されたいのか。むしろ有名になりたい？――しかしそのために腹を空っぽにして身体を傷つけ、うそがばれないようにいつも緊張しておくことを選ぶだろうか？

　オドネル夫妻がこのおぞましい策略を思いつき、アナを脅して協力させ、訪ねてくる客たちから利を得ようしていると考えることは、もちろんできる。しかし、少女は無理強いされているようには見えない。胸に秘めた強さのようなものがあり、あの年頃の子には珍しいほど自制がきく。

　大人は何食わぬ顔でうそをつくことを、リブは知っていた。自分の身体のことになるとなおさらだ。絶対に店で釣り銭をごまかしたりしない人でも、ブランデーをどれくらい飲んだとか、どの部屋に入ったとか、その部屋で何をしていたとか、そういう類いのうそは平気でつく。早く退院したい女性たちは、痛みに耐えられなくなるまで症状を訴えないし、夫たちは妻の顔面がつぶれているのは自分のせいではないとしらを切る。だれもが秘密をためこんでいる。

リブは祈りのカードが気になって、詩篇に集中できなかった。派手な装飾だ——金線細工《フィリグリー》のような模様が数枚に施してあり——異国風の名前が並ぶ。聖アロイシウス・ゴンザーガ、シエナのカタリナ、フィリッポ・ネリ、マーガレット・オブ・スコットランド、聖エリザベート。まるで各国の衣装をまとう人形セットのようだ。

〝神さまはだれを選ぶこともおできになります〟。アナはそう言った。どんな罪人も、無神論者も。イエス最後の苦難の歩みを描いたカードも一セットある。〈イエスの衣服を剥ぎとられます〉。こんな陰鬱《いんうつ》とした絵を子供に渡そうなどと、だれが考えたのだろう。しかもあんなに繊細な子に。

一枚のカードは、頭にハトをのせた小さな女の子が小舟にのっている絵だった。〈Le Divin Pilote《聖なる水先案内人》〉。つまり、キリストが密かにこの小舟を操っているということ？　それともハトが案内人？　聖霊は鳥として描かれることも多かったはず。それともリブが女の子だと思った人物が実はキリストで、長髪の、子供っぽい姿で描かれているだけ？

次のカードには、紫の衣服を着た女性が描かれていた——聖母マリアだろう——羊を率い、大理石の水がめで水を飲ませている。洗練されていて、それでいて素朴なのが興味深い。次のカードでは、同じ女性が腹のまるい羊に包帯を巻いていた。そんな巻き方ではすぐに外れてしまう、とリブは思った。〈Mes brebis ne périssent jamais et personne ne les ravira de ma main.〉。リブはフランス語を何とか読解しようとした。彼女の何かは絶対に死なず、だれも彼女の手から奪うことはできない？

アナが身じろぎ、彼女の頭が二個重ねた枕から落ち、首をかしげたようになった。リブは慌ててカードを本の間に戻した。

しかしアナは眠り続けた。天使のようだ。夢を見ている子供たちがみな、そうであるように。彼女の柔らかな表情は何の手がかりにもならない、とリブは自分に言い聞かせた。大人の寝顔ですら無垢《むく》に見えることがあるのだから。〝偽善者め〟。〔原文 Whited sepulchres.（白く塗られた墓）新約聖書マタイ福音書23・27〕

それはリブにあるものを思い出させた。聖母子だ。リブはまた箱の中に手を伸ばし、数冊の本の下からろうそく立てを手にとった。アナはこのパステルで描かれた小さな聖母子像に何をゆだねているのだろう？　ふってみても、何の音もしなかった。中は空洞で、底は開いている。聖母の陰った頭部をのぞきこみ、栄養たっぷりの食べ物が隠されていないか探した。鼻に近づけてみたが、何の匂いもしなかった。空洞に突っこんで探る指先に何かを感じたような気がした……短い爪ではかすかに触れられる程度だ。小さな袋？

カバンからはさみをとり、ごつごつしている聖母マリアの中に入れた。裏面を掘るようにして。かぎ針のほうがよかったけれど、こんな時間では探しようがない。リブはいっそう力を入れた――

ろうそく立てが割れた瞬間、リブはシッと息を吐いた。リブの手の中で陶製の子供が、母親から離れた。

小さな袋を――苦労して手に入れたわりに小さすぎる袋を――隠し場所からとった。中には髪がひと房入っていた。茶色で、アナのような赤毛ではない。黄ばんだ包みは余っていた紙を適当に破ったものらしく、〈フリーマンズジャーナル〉と書かれ、発行日は前年末だった。

リブは少女の宝物を壊した。しかも無意味に。新人の初日の過ちみたいに。リブは髪の包みを中に戻し、二体の陶製の人形を合わせて箱に入れた。

アナは眠り続けた。見るものも、することもなかったので、リブはアナの寝顔を見つめ続けた。まるで聖像をあがめ奉る信者のように。この子が盗み食いをしていたとしても、空腹の痛みを和らげるほどではないはず。あまりの空腹に、安らかに眠るなどできないはずだ。

リブは背もたれにきつく紐が張ってある椅子を、ベッドを直視できる角度にずらした。腰をかけ、背筋をぴんと伸ばした。時計を見た。十時四十九分。時間を知るのにボタンを押す必要はなかったけれど、リブはそうした。感じたくて――親指への鈍いどすん。まずは十回素早く、強く、それがゆっくりと弱々しくなる。〔リピーターと呼ばれる機構のある懐中時計をリブは使用している。ボタンを押すと内部でベルが鳴り、時刻を伝える仕組み。リブのものはダムリピーター（Dump Repeater）と呼ばれる無音のもの。振動で時刻を知ることができる〕

リブは目をこすり、少女を見た。〝ひとときだけでも、ともに見守ってくれないのか？〟。あの賛美歌が思い出される。けれどリブは、アナとともにいるわけではない。彼女に害が及ばないように見守っているわけでもない。ただ、見ているのだ。

アナはときどき動いた。毛布の中で体をまるめている。まるで巻いたシダ植物のように。寒いのだろうか。余分な毛布はない。キティが起きているうちに、聞いておくべきだった。プレードの肩掛けをアナにかぶせると、アナは何かつぶやいた。祈りの言葉みたいだ。だけど、目を覚ましてはいない。リブは音を立てないように用心した(N女史は看護婦が患者を起こすなどあってはならないと言っていた。突然の不快さはよくないことにつながるからだと)。

リブはランプばさみは二度使った。オイルは一度補充した。手間がかかり臭かった。真夜中をずいぶん過ぎたころに、火の向こう側のキッチンでオドネル夫婦が話しているような声がした。戦略を練っている? それとも、夜中に目覚めてふたたび寝つくまでの間に人々がよくやるように、とりとめのないことを話しているだけだろうか。キティの声は聞こえない。おそらく疲れ果て、眠りこけているのだろう。

朝五時、修道女が寝室のドアをノックしたとき、アナは一定のリズムで深い呼吸をしていた。つまり、眠りも深いということだ。

「シスター・マイケル」リブはさっと立ちあがった。足がしびれている。

修道女は礼儀正しく会釈した。

アナはもぞもぞと動き、寝返りを打った。リブは息をひそめ、少女がきちんと眠っているのを確認した。「詩篇しか見つけられませんでした」とリブはささやいた。「マナとはいったい何ですか？」

小さなためらい。修道女はこの会話が規則違反にならないか考えているのだ。「わたくしの記憶が正しければ、イスラエルの民が圧政者から逃れようと砂漠を旅したとき、毎日空から降り注ぎ子供たちに力を与えたものです」説明しながら修道女はカバンから分厚い黒い本を出し、ぬめるようなオニオンスキン紙を数ページめくった。あるページに目を凝らすと、一ページ戻り、また一ページ戻り、そして太い指先をそこに置いた。

リブは修道女の肩越しに読んだ。

〈朝には宿営の周りに露が降りた。この降りた露が蒸発すると、見よ、荒れ野の地表を覆って薄くて壊れやすいものが大地の霜のように薄く残っていた。イスラエルの子らはそれを見て、マヌ！　と言った。これは一体何だろうという意味である。彼らはそれが何であるか知らなかったからである。モーセは彼らに言った。これこそ、主があなたたちに食物として与えられたパンである。〉

「では、穀物であると？」リブが尋ねた。「固形物ですよね。霜のようだと表現されてはいるけれど」

修道女の指がページの下に滑り、ちがう文を指した。〈それは、コエンドロの種に似て白く、

蜂蜜の入った小麦粉のような味がした。〉

その純粋さにリブは衝撃を受けた。なんて穏やかなのだろう。まるで子供が見る夢の中で、地面からお菓子を拾うみたいだ。まるで森でジンジャーブレッドでできたおうちを見つけるみたい。「ほかには何か書いてありますか」

「〝イスラエルの子らは四十年にわたってマナを食べた〟」と修道女が読みあげた。そして、聖書を閉じた。

ということは、アナ・オドネルは天から降ってくる種のような小麦粉で生かされていると思っているの？　マヌ、つまりこれは一体何だろうという名前の物体によって？　リブは修道女にうんと近づいて彼女の耳元でささやきたくてたまらなかった。シスター・マイケル、お認めになったらいかがですか。あなたの心に正直に。ぜんぶ、でたらめだ、と。

しかし、それこそがマクブレティがふたりに禁止したやりとりだ（迷信という古いクモの巣を、イングランド女が論理というほうきで除去することを恐れたのだろうか？）。それに、そんなことは言わないほうがいいのかもしれない。リブにとって、やぶ医者の監督のもとでともに働いているだけでも状況は最悪なのだ。それに加えて、もしこの修道女が少女が生き続けている理由を、天から与えられたパンだと思っていることが分かれば、どうやってこの仕事を続けることができるだろう？

ドア口にロザリーン・オドネルが顔をのぞかせた。

「娘さんはまだ寝ています」とリブが言った。

母親が顔を引っこめた。

「ランプは夜通しつけておくようにしてください」とリブは修道女に言った。

「分かりました」

それからリブは恥を忍んで小さな箱を開け、壊れたろうそく立てを指さした。「不注意で倒してしまったんです。アナにわたしからの謝罪を伝えていただけますか？」

シスター・マイケルは母親と子供の陶像をくっつけながら、口をすぼめた。

リブは外套とカバンを抱える。

村に向かうリブは、震えていた。背中がこわばっている。空腹のせいだ、と自分に言い聞かせた。夜番の前に、宿で夕食を食べたきりだ。頭がぼんやりとする。疲労のせいだ。今は水曜日の朝。月曜日からろくに寝ていない。もっとひどいのは、少女にしてやられていることだ。


十時にはリブは目を覚ましていた。下階が騒がしく、寝ていられそうになかった。

赤毛の宿主ライアン氏は、たるを担いだふたりの若い男を地下食糧庫へと案内していた。彼はふり向いたかと思うと、厚紙が破れるような音を立てて咳をし、マギーはシーツの煮沸をしているから朝ごはんはもう出せないので、ライト夫人の食事は正午まで待つようにと言った。

リブは靴を洗ってもらおうと思っていたが、その代わりにぼろ布と靴磨き、靴ブラシを借りて、自分でやることにした。もし彼らがイングランド女はお高くとまっているから手の汚れることはしないのだろうと思っているならば、まったくもって誤解である。

革靴を磨き終えたリブは、部屋に戻って『アダム・ビード』を読んだ。でも次第に、エリオット氏の説教のような語りがわずらわしくなってきた。腹が鳴る。お告げの祈りの鐘が、通りで響いていた。リブが時間を確認すると、正午を二分も過ぎていた。

食堂には、だれもいなかった。あの新聞記者はダブリンに帰ったんだ。リブは豚肉を静かに食べた。

「ごきげんよう、ライト夫人」とその日の午後、リブが部屋に入るとアナが言った。部屋にはむっとした空気が充満している。少女は元気そうで、滑らかな毛糸で靴下を編んでいた。

リブはシスター・マイケルのほうを向いて、詰問するように両眉をぴっとあげた。

「何もございませんでした」と修道女が小声で言った。「水をふたさじ、飲みました」修道女は出ていき、ドアを閉めた。

アナは壊れたろうそく立てについて、何も言わなかった。「今日は洗礼名を教えてくれますか？」とアナが尋ねた。

「代わりになぞなぞはどうですか？」とリブ。

「はい、お願いします」

「〝足はないけど踊ります〟」とリブが言った。

〝葉っぱのようだけれど、木には生えない
トネリコ《アッシュ》のようだけれど、水には弱い
ぼくは君の友達。でも、あんまり近づかないで！〟

「あんまり近づかないで」とアナが小声で繰り返した。「近づいたらどうなるのかな」

リブは待った。

「水はだめ。触ってもだめ。踊ることができる……」アナがにっこり笑った。「炎！」

「よくできました」とリブ。

午後はとても長く感じた。夜のように静かで延々と続く感じではなく、不愉快な邪魔がいくつも入って飽き飽きさせられた。二度、表のドアがノックされたとき、リブは気持ちを強く持った。ドア口での大声の会話のあと、ロザリーン・オドネルがアナの部屋に駆けこんできて、高らかに報告した――マクブレティ医師のご指示通り――訪問客を追い返さねばならなかったと。最初はフランスから来た要人たちが六名で、二回目は何とケープ植民地からだった。コークだかベルファストだかを通ったとき、アナのことを耳にして、少女を一目見ずには国を出ることはできないと汽車と馬車でやってきたらしい。オドネル夫人は花束やら信仰の本やらを持たされ、奇跡の少女に会えなくて非常に残念だと、熱烈に伝えられたのだという。

三回目でリブは、母親にドアに貼り紙をしてはどうかと提案した。

〈ノック禁止
オドネル家に入ることはできません。
お心遣い感謝いたします。〉

ロザリーンはやっと聞こえるくらいの大きさで、ふんと鼻を鳴らした。

アナは、われ関せずといった様子で、針を進めている。彼女の一日の過ごし方はふつうの少女そのものだ、とリブは思った——読書、手芸、背の高い花瓶に客からもらった花を生ける——ただ、食べないことだけが、ちがうのだ。

食べているように見えないというだけ、とリブは自分を正した。リブは、一瞬でもだまされたような気がしていら立った。しかし、ひとつだけ確かなことがある。この少女は、リブのいる間はパンくずひとつさえ口にしていない。もし仮に、月曜日の夜に修道女がうたた寝して、アナがこっそり何かを食べたとしても、もう水曜日の午後だ。アナはもう三日間、ちゃんとした食事をとっていない。

リブの鼓動が速くなる。もし厳しい見張りのせいで、アナがそれまでやっていた方法で食べ物を口にできなくなっているのならば、ほんとうに苦しんでいるのかもしれない。この観察は、オドネル家のうそを真実に変えているのではないだろうか？

キッチンから、間を置いて交互に、シュッ、ドンという音が聞こえてきた。昔ながらの攪乳器《ブランジャー》を使っているようだ。下女は小さな声で物憂げに歌っている。

「賛美歌でしょうか？」とリブは少女に聞いた。

アナが首を横にふる。「バターができるように、キティはいつも歌います」アナはそう言った。

〽バターになあれ　バターになあれ
ピーターぼうや　門のところで
バターケーキをまってます

バターやケーキのことを思うとき、この子はどんな気持ちなんだろう？　とリブは思った。

アナの手の甲の青い血管を見つめ、リブはマクブレティの変な説について思い出していた。経血を再吸収している、という話だ。「あの、月の道はまだですよね」とリブは小さな声で聞いた。

アナはきょとんとしている。

アイルランド女性は何と呼ぶんだろう？「月のもの？　血が出たことは？」

「何回かあります」とアナが分かったような顔で言った。

「ほんとうに？」リブはたじろく。

「口の中とか」

「ああ」牧場で育つと十一歳になっても、大人の女性になる過程についてこんなにも無知でいられるのだろうか？

アナは自ら進んで、口に指を入れ、赤色のついた指先をリブに見せた。

初日に少女の歯茎をもっとしっかり確認するべきだったと、リブは恥じた。「口を大きく開けてくれますか」やはり、歯茎が柔らかく、ところどころ藤色《モーブ》だ。リブは切歯《せっし》をつまんで揺らしてみた。少しぐらぐらしている？「もうひとつ、なぞなぞをしましょう」とリブは言った。場を和ませようとしたのだ。

〝白い羊の群れ
赤い丘
あっちにも、こっちにも、
でもほら、ぜんぜん動かない〟

「歯」とアナが、くぐもった声で答えた。

「正解です」リブは手を前掛けでぬぐった。

リブはそのとき、少女にきちんと伝えようと決めた。たとえそれが彼女の課された役目から逸脱しているとしても。「アナ、これは長い航海でよく見られる症状です。乏しい食事が原因によるものです」

少女は耳を傾けている。首をかしげて、物語でも聞くかのように。「大丈夫です」

リブは腕組みをした。「わたしの知識から言えば、あなたは大丈夫ではありません」

アナはほほえむだけだった。

リブは激しい怒りに包まれた。健やかな体に恵まれた少女が、こんな恐ろしいゲームに参加してしまうなんて――

キティがそのとき、夕食を運んできた。キッチンから煙たい空気が入る。

「炉火は常時、あんなにたいていなければならないのですか?」とリブが尋ねた。「こんなに暖かな日でも?」

「煙は屋根のかやを乾かすし、木材も強くするからさ」と下女が低い天井を指しながら言った。「火が消えたら家が崩れちゃうよ」

リブは下女を正す気にもなれなかった。この小さな生物はどっちを向いても、迷信という黒いフィルターを通して世界を見なければならないのだろうか。

夕食は三尾の小ぶりな淡水魚《ローチ》で、家主が湖から網でとってきたらしい。淡白だったけれど、少なくともオーツ麦ではない。リブは小骨を口から出し、皿の縁に置いた。

数時間が過ぎた。リブは小説を読もうとしたけれど、物語が頭に入ってこない。アナは水をふたさじ飲み、少し排尿した。今のところ、彼女が食べている証拠になるようなものは何もない。数分間雨が降り、小さな窓ガラスを水滴が伝った。雨があがったら、散歩に行きたいとリブは思った。しかし、見物人たちがアナを一目見ようと小道で待ち伏せしていたらどうしよう？

少女は祈りのカードを本の間から手にとって、穏やかに何かをささやいた。

「ろうそく立てのこと、申し訳ありませんでした」と、気がつくとリブは言っていた。「わたしが不注意だったばかりに。はじめから手にするべきではなかったと思います」

「わたしはあなたをゆるします」とアナが言った。

リブの人生でそんなにかしこまった言葉で、ゆるされたことがあっただろうか。「とても大切にしていたのに。堅信式の記念の贈り物だったのでしょう？」

少女はろうそく立てを箱から出し、二個の破片がくっつけられた亀裂に触れた。「度が過ぎた親しみは戒《いまし》むべきことです」

この執着のなさが、リブには恐ろしかった。子供たちはしがみつくのが仕事だ。生きる喜びのすべてを手に入れたいはず。ロザリオの祈りの言葉を思い出す。〝さすらう哀れなエバの子ら〟。手あたり次第、何でも食べる。

アナは、髪の毛の包みを聖母の中に押し入れた。

アナの髪色にしては暗すぎる。友達？　お兄さんの？　きっとそうだ。アナはパットが旅立つ前に、髪の毛をくれるよう頼んだのだろう。

「プロテスタントはどんなお祈りをするんですか」と少女が尋ねた。

そう聞かれたリブはろうばいした。何とか思い出そうとしたけれど、ふたつの教派の似通っているところを曖昧に説明するので精いっぱいだ。そうする代わりに、リブは言った。「わたしは祈りません」

アナは目を大きく見開いた。

「教会にも、もう何年も行っていません」とリブは言った。出し惜しみしてどうなるものでもない。

「〝ごちそうよりも多くの喜びを〟」と少女は暗唱した。

「何ですか？」

「〝お祈りはごちそうよりも多くの喜びをくれます〟」

「わたしには何もいいことは起こりませんでした」リブはそう認めると、どうしてか羞恥を感じた。「神にわたしの祈りが届いているとは思えませんでした」

「かわいそうなライト夫人」とアナが小声で言った。「洗礼名をどうか教えてください」

「わたしがかわいそう？」

「魂が寂しがっていると思います。お祈りをしたときに聞こえた静けさ——それは神さまが耳をすませてくださっているということです」そう言った子供の顔は恍惚《こうこつ》としていた。

表が騒がしくなり、リブはこの会話から解放された。男の声がロザリーン・オドネルの声を圧している。数単語を聞かずともリブには、その声の主がイングランドの男性だと分かった。しかもかなり怒っている。そして表のドアが閉まる音がした。

アナは『魂の庭』という本から目をあげすらしない。

キティがランプの様子を見に来た。「水蒸気が燃えたらしいよ」とリブに言った。「家族全員、寝てる間に焼け死んだって！」

「ランプグラスがすすで真っ黒だったんでしょうね。これも磨いておいたほうがいいかもしれません」

「そうさ」とキティ。また大あくびをしている。

半時間もしないうちに、先ほど大声でまくし立てていた男が戻ってきた。

そしてすぐに、アナの部屋に向かってきた。後ろにオドネル夫人がついてくる。まるく突き出た大きな額と長い白髪。彼はドクター・スタンディッシュと名乗った。ダブリン病院の病院長だ。

「マクブレティ先生からのお手紙もお持ちだそうで」とロザリーン・オドネルが言い、手をひらひらさせた。だから今回だけは例外にして、いちばん大事な客人として丁重にお迎えしましょう、と伝えようとしているようだ。

「仕事だと思うから、わざわざここまで来てやっているのにだね」とスタンディッシュが吠《ほ》えた。彼は早口で、イングランドのアクセントがある。「子供を診る許可をもらうために田舎道の往来に時間を無駄にするなど、実に心外だ」彼の水色の瞳はアナをしっかりとらえている。

アナは緊張しているように見えた。マクブレティも看護婦も見つけられなかった何かを、この医師に暴かれると心配しているのかもしれないとリブはいぶかった。それとも、この男が厳しそうだから?

「紅茶でもいかがですか、先生?」オドネル夫人が聞いた。

「いや結構。何もいらない」

冷淡な言い方にオドネル夫人は退却し、ドアを閉めた。

スタンディッシュ医師は鼻をくんくんさせ、「看護婦、部屋の薫蒸《くんじょう》をしたのはいつが最後だ」と聞いた。

「窓から新鮮な空気が入ります、先生――」

「すぐにやりなさい。カルキか亜鉛で。しかしまずは、その子を脱衣させなさい」

「計測はやっておきました。もし必要ならここに」とリブは申し出た。

医師はリブの手帳を押しやると、アナを素っ裸にするように指示した。

マットの上で、少女は震えていた。両手は体側にだらりとおろしている。肩甲骨と肘、膨張したふくらはぎと腹。アナについていた肉はすべて、下へ移動したようだ。まるでアナが少しずつ溶けているみたい。リブは目をそらした。金具でつりさげられたガチョウのような十一歳の少女に、この医師は何をしようというのだろう？

　スタンディッシュは冷たい器具でアナをつついたり、押したり、軽くたたいたりし続けた。矢継ぎ早に命令しながら。「舌を出しなさい。もっと」彼が指をアナの口に入れ、喉まで深く突っこんだので、アナはえずいた。

「ここに痛みは？」医師は聞いた。アナのあばら骨の間を押しながら。「これは？　こちらはどう？」

　アナは首を横にふり続けたけれど、リブは信じなかった。

「前屈、もっと。息を吸って、止めて」と医師が言う。「咳をして、はいもう一度。もっと大きく。最後の排便はいつ？」

「覚えていません」とアナがささやいた。

　医師はアナの奇形の足に、指をぎゅっと押しつけた。「これは痛いかね」

　アナは肩をすくめる。

「答えなさい」

「痛くはありません」

「じゃあ何だ？」

「羽音です」

「羽音？」

「ぶーんという音がしているみたいです」

スタンディッシュは鼻を鳴らしてあざ笑い、アナのむくんだ足を持ちあげて、足の裏を爪で引っかいた。

羽音？　むくんで、すべての細胞が爆発しそうなくらいふくらんだ自分を、リブは想像した。高音の震えみたいなことだろうか？　全身がぴんと張った弓のように感じるのだろうか？

やっとスタンディッシュは少女に服を着るように言い、器具をカバンに突っこんだ。「まあごく単純に、ヒステリーだ」と医師はリブに言った。

リブにはぴんとこない。アナはリブが病院で見てきたヒステリー患者とはほど遠い。チックもない。気絶も、まひも、けいれんもない。何かを凝視することも、金切り声をあげることもない。

「昔、夜中にしか食べることができない患者を診たことがある。つまり、だれも見ていないときしか食べることができないのだ」と医師は説明した。「この子も同じだ。ただちがうのは、この子の場合は半分餓死するところまで甘やかされているということだ」

半分餓死。ではスタンディッシュは、アナが密かに食べてはいるものの、まったく不足していると思っているのか。それとも、月曜日の観察開始までは栄養が与えられていたが、開始後は何も食べていないと考えるのだろうか？　リブは、医師が正しかったらと考えると、恐ろしくなった。アナは健やかな状態よりも、餓死に近いところにいるのだろうか？　人間の生の程度は、どうやって測ればいいのだろう？

　ズロースを腰まで引きあげるアナは、医師とリブの会話を少しでも聞いたふうではなかった。

「処方箋は実に簡単」とスタンディッシュが言った。「一リットルのクズウコン入りミルクを一日三回に分けて与えなさい」

　リブは医師を見つめ、分かり切っていることを言った。「この子は何も食べないんです」

「ミルクを頭から浴びせ、羊みたいな姿にさせてでも君が食べさせるべきだろう、看護婦！」

　アナがかすかに身を震わせた。

「スタンディッシュ先生」とリブは落ち着いた声で言った。精神科病院や刑務所のスタッフは、力に訴えることをリブはよく知っている。だけど——

「もし患者が食べないなら、看護婦は上と下から管を入れてでも食べさせなさい」

　リブには一瞬、下からという意味が理解できなかった。リブは気づいたら前に出て、医師とアナの間に立っていた。「マクブレティ先生の指示と、両親の許可がなければ行えません」

「新聞で読んだときから思っていた通りだ」スタンディッシュがまくし立てる。「この生意気な小娘——そして正式な観察などでこの行いを正当化する間抜けな一団——マクブレティなど笑い草だ。この国全体が笑われている！」

　リブは医師と同意見だ。リブはアナのうなだれた顔を見つめる。「だからといって、必要以上に辛辣な言葉をお使いにならずとも——」

「必要以上？」医師はあざけった。「ちゃんと見なさい。痩せこけて、毛むくじゃらで、むくんでいるこの子供を！」

スタンディッシュは後ろ手にドアをばたんと閉めて出ていった。張りつめた沈黙が部屋に充満している。キッチンから医師がオドネル夫人を怒鳴りつける声が聞こえた。そして彼は馬車へと消えた。

ロザリーン・オドネルが顔をのぞかせた。「いったい全体、何だっていうんだい？」

「何もありません」とリブは言った。アナは母親が去るまで、じっと母親の目を見つめていた。アナが泣いているのではないかとリブは思ったが、そんなことはなく、これまでになく思慮深い面持ちで、小さな袖口を整えていた。

スタンディッシュは何年、いや、何十年もの間、リブにはできない研究と経験を重ねてきた。どんな女性にも、けっして手に入れられないものだ。アナの柔らかく、乾燥した肌にむくんだ体――ひとつひとつは些細なことだけれど、彼が言うように食べる量が少なすぎて、アナに命の危険が迫っているとしたら？　リブは少女を両腕で包みこみたい衝動に駆られた。

むろん、抗った。

リブは、スクタリでいっしょに働いたそばかす顔の看護婦が、心の赴くままに行動するわけにはいかないのかと不満を漏らしていたのを思い出した――たとえば、十五分でいいから臨終の患者のそばに座り、慰めの言葉をかけることもゆるされないのか、と。

N女史は、鼻息を荒くして言った。〝あの男性を慰めるものが何かお分かりですか？　つぶれた膝を休ませるための、まるくて平たい枕ですよ。あなたが聞くべきなのは、心などではありません。わたくしの言葉だけを聞いていればよいのです。さっさと仕事にかかりなさい〟。

「くんじょうとは、何ですか？」とアナが尋ねた。

リブはわれに返った。「消毒作用のある物質を燃やすことで空気をきれいにする方法です。わたしの先生は懐疑的でしたけれどね」リブはアナのベッドに二歩近づき、シーツを整えた。しわひとつないように。

「どうしてですか？」

「体に有害なものだからです。ほんとうなら部屋にあるべきものではない。しかも臭いんですよ」とリブは言った。「先生はよく、冗談を言っていました」

「冗談は好きです」とアナが言った。

「あのね、先生はこう言っていました。〝薫蒸は医学的に欠かせない重要なものです——なぜならばあまりの悪臭に、すべての者が窓を開けずにはいられなくなるからです〟」

アナは控えめに笑った。「その方はよく冗談を？」

「わたしが覚えているのは、これだけです」

「この部屋に何か悪いものがあるんですか？」少女は壁をぐるりと見渡した。まるで妖精《ボガート》が今にも飛び出してくるかのように。

「この部屋にある悪いものは、あなたの断食です」リブの言葉は、静かな部屋で投げられた小石だ。「あなたの体は、栄養を必要としています」

少女は首を横にふった。「この世の食べ物はいりません」

「どんな体も——」

「わたしにはいりません」

「アナ・オドネル！　お医者さまが何とおっしゃったか聞いたでしょう？　半分餓死していると、そう指摘されました。すごく深刻な害が、あなたに及んでいます」

「先生は見えていないのです」

「見えていないのはあなたです。ベーコンが目の前にあったら、たとえばですけれど——何か感じませんか？」とリブが尋ねた。

アナの小さな額にしわが寄る。

「口に入れて噛みたい。十一年間ずっとしてきたように、そう感じませんか？」

「もう感じません」

「どうしてですか？　何が変わったのですか？」

長い沈黙。それからアナが言った。「馬蹄《ばてい》みたいだなあ」

「馬蹄？」

「ベーコンは馬蹄、薪、それか石」アナは説明した。「石は嫌いではないけれど、噛みたいとは思わないでしょう?」

リブはアナをただじっと見つめた。

「軽食だよ」キティが来て、トレーをベッドに置いた。


その夜、スピリット食料雑貨店のドアを押し開けたとき、リブの両手は震えていた。修道女との交代のとき、少し話したいと思っていたが、スタンディッシュ医師とのやりとりで気が動転しており、何も言えなかった。

騒がしい農夫たちも今夜はいない。リブが階段に着きそうなところで、ドア口に人影が現れた。「あなたの正体を明かしてくれなかったのですね、ライト看護婦」

あの記者だ。リブは心でうめいた。「まだいらしたのですか。ミスター……バークでしたっけ?」

「バーンです」と彼が言った。「ウィリアム・バーン」

名前を忘れたふりをすると、相手をいら立たせることができる。「おやすみなさい、ミスター・バーン」そう言ってリブは階段をのぼりはじめた。

「少しだけ、ごいっしょ願いたいのですが。マギー・ライアンから聞かされたんですよ。あなたがぼくを小屋から追い払った張本人だってね!」

リブはふり向いた。「わたしは自分がここにいる理由について、うそをつくようなことはしていません。もしあなたが勝手にご判断なさって――」

「あなたはぼくが今まで会ってきた看護婦とは、見た目も話し方もちがいます」と記者は抗議した。

リブはほくそ笑んだ。「きっと古いタイプの看護婦としか接したことがないのでしょう」

「否定はしません」とバーンは言った。「それでいつ、観察対象者に会わせてくれますか?」

「わたしはただ、アナ・オドネルを守っているだけです。外の世界から。そうですね――おそらく、もっとも気をつけなければならないのは」とリブは続けた。「貧乏文士でしょう」

バーンはリブに近寄った。「この少女は、自分が自然の創り出した化け物だと吹聴することで、世界の注目をほしいままにしている。それってのぞきからくりのフィジー人魚と同じじゃないですか?」

リブは想像してたじろいだ。「まだ小さな女の子です」

ウィリアム・バーンの手の中で光る小ろうそくが、彼の赤銅色の巻き毛を照らす。「ぼくは本気ですよ。窓の外に野宿してサルみたいに大騒ぎして、ガラス窓に鼻をくっつけて面白い顔をたくさん見せて、その子がぼくを部屋に入れてくれって頼むまであきらめませんから」

「やめてください」

「ではどうか、ぼくをやめさせてください」

リブはため息をついた。ベッドに潜りこみたくてたまらなかった。「わたしが質問に答えましょう。それでいいですか？」

男は口をすぼめている。「ぜんぶですか？」

「そんなわけないでしょう」

記者はにっこりして「じゃあぼくの答えだってノーだ」と言った。

「跳びはねるだけはねていいですよ。カーテンをちゃんと閉めておきますから」そう言ってリブは階段を二段のぼり、もう一度口を開いた。「迷惑行為をなさって観察を邪魔立てしたとなると、あなたもあなたの新聞社もさぞ悪評を被ることでしょうね。そしてそう、委員会のみなさんの激しい怒りを買うことでしょう」

記者の大きな笑い声が下階の部屋を満たした。「あなたは自分の雇い主に会われたことがないとお見受けする。稲妻を放つ神殿の神々とはほど遠い連中ですよ。やぶ医者に神父、この酒場の店主、それとお友達――それがあなたの委員会です」

リブはろうばいした。マクブレティはお偉い先生ばかりだと言っていたのに。「それでもわたしの言いたいことは変わりません。オドネル家でしつこくするより、わたしの話を聞くほうがずっと実があると思いますよ」

バーンの明るい瞳がリブを見定めようとしている。「いいでしょう」

「明日の午後でどうですか？」

「今すぐです、ライト看護婦」記者は大きな手で階段をおりるよう、手招きしている。

「もうすぐ十時ですよ？」とリブ。「次の便で内容のあるものを送らなきゃ、編集長に皮を剥がされてしまうんです。お願いします」まるで少年のような声だ。

さっさと終わらせてしまおうと、リブは階段をおり、テーブルについた。リブは記者のインクで汚れた手帳を見てうなずいた。「それで、そこには何が書かれているのですか？　ホメロスとプラトンについて？」

バーンの歪な笑顔。「今日、家に入ることを禁じられた旅人から、いろいろな見解を聞きましたよ。マンチェスターから来たという祈祷治療師は、少女のおなかに手を置いて食欲を呼び覚まそうと張り切っていたし、医療界の重要人物は追い返されて、ぼくなんかより二倍くらい怒っていた」

リブは顔をしかめた。スタンディッシュと、彼が提案したことについては、絶対にしゃべりたくなかった。この記者があのダブリンから来た医師をこの宿で見かけていないのならば、おそらくスタンディッシュはアナを診たあとすぐに帰ったのだろう。

「少女を油の風呂に入れればいいと言う女性もいました。毛穴とか表皮から体内に入っていくんだとか」とバーンが言った。「それから、フィラデルフィアから来た男は、いとこが磁石を使ってすごいことをやってのけたと言うんですよ」

リブはくすっと笑った。

「あなたに頼まれたから、包み隠さず話したんですよ」バーンはそう言いながら、ペンのキャップを外した。「それで、どうしてぜんぶ秘密にするのですか？　オドネルが何かを隠すのを、なぜあなたが手伝っているのです？」

「むしろその逆で、観察は周到に行われています。どんなからくりも明らかにできるようにとリブは答えた。「観察を邪魔する者を排除しているだけです。彼女の口に食べ物が入らないように」

彼は書く手を止めて、長椅子の背にもたれかかった。「野蛮な実験だとは思いませんか」

リブは唇を噛んだ。

「いたずら娘が何かしらの方法で、春から食べ物を食べていたとしましょう」

狂信者しかいないこの村で、バーンの現実的な態度にリブはほっとした。

「しかしあなたの観察が完ぺきだとすれば、それはつまり、アナ・オドネルはもう三日間何も食べていないことになります」

耳が痛い。まさに今日、リブも彼と同じように考え、恐れはじめたところだったけれど、この男にそれを認めたくなかった。「まだ完ぺきではありません。修道女の当番で……」自分の同僚に責めを負わせるつもり？　証拠もないのに？　リブは針路を変えた。「この観察はアナのためなのです」詐欺の絡まった網目から彼女を自由にするためです」アナもふつうの子供に戻るのを望んでいるはずだ。

「飢えさせることが？」この男の頭は、リブと同じくらい分析的だ。「〝只《ただ》もう為を思ふばかりに酷いこともせねばならぬ〟」

彼にはリブが何を引用しているのかすぐに分かった。「ハムレットは三人を殺しましたけどね。ローゼンクランツとギルデンスターンまで入れるなら五人だ」

新聞記者と知恵比べしても勝ち目はない。「少女が弱ればだれかが声をあげるでしょう」とリブは言い張った。「両親のうち、少なくともどちらかは。それから下女、裏で手を引いているのがだれであれ。訪問者からお金をとることを禁止しましたから時間の問題です」

バーンは眉をあげた。「白状し、罪を認め、詐欺罪で裁判官の前に引きずり出されようという者がいると？」

リブは法律的な観点からこの事件について考えたことがなかったと気づいた。「おなかをすかせた少女が、遅かれ早かれ白状するでしょう」

しかしそう言いながら、リブは身震いした。自分の言っていることを信じていないことに気づいたのだ。アナ・オドネルはどういうわけか、もはや空腹を克服してしまった。

リブはおもむろに立ちあがった。「そろそろ休みます」

彼は髪をかきあげた。「もしあなたに隠していることがないなら、ライト夫人、ぼくに一日、少女を見せてください。十分間でいい。会わせてくれたら次の記事であなたを褒めそやしましょう」

「そんな取引はありえません」

記者は引きさがった。

リブは部屋に戻り眠ろうとしたが、寝つけなかった。八時間交代のシフトが身体のリズムを乱している。ベッドのくぼみを抜け出し、枕をとんとんとたたいて平らにした。

暗闇に座っていたリブに、ある考えが浮かんだ。アナがもし、うそをついていないとしたら？

リブは長い時間をかけて、知っている事実をぜんぶ脇に置いた。〝病を理解することが、真の看護のはじまりです〟。N女史はそう言っていた。苦しむ人の精神と身体の状態を把握しなければならない、と。では尋ねるべき問いは、少女が自分の物語を信じているか否かである。

答えは明白だった。アナ・オドネルは、確信に満ちていた。ヒステリーなのかもしれないけれど、彼女自身は、心底信じている。

リブは肩の力が抜けるのを感じた。つまり、敵はいないのだ。やさしい顔の少女。ひねくれた囚人ではない。そこにいるのは、ただ起きたまま見る夢に閉じこめられている少女だ。知らずに崖っぷちに向かって歩みを進めている。そこにいるのは、看護婦の助けが必要な患者だ。しかも、早急な助けが。

第三章

Fast

fast《ファスト》

食べ物を口にしないこと

断食期間

揺るぎない、固く閉まった、ぐらつかない、

補強された

不変の、しっかりした、固執した

木曜日、午前五時。リブは部屋に入った。臭いのきついランプの明かりにアナ・オドネルの寝顔が照らされている。「変わったことは？」とリブは修道女に声をかけた。

コイフが左右に揺れる。

私見を挟まずに、スタンディッシュの訪問について述べることができるかどうか、リブは考えていた。そしてこの修道女もまた、マナによってこの少女が生きていると信じているとしたら？　アナがヒステリーで、自らを飢えさせようとしているという医師の見解をどう思うだろう？

シスター・マイケルは外套とカバンを抱え、去った。

枕の上の少女の顔は、木から落ちたフルーツのようだ。目の周りがはれぼったいことにリブは気づいた。おそらく、夜じゅうあおむけに寝ていたのだろう。片方の頬に枕の跡が赤くついている。アナの体は白いページ。その体に何がなされたのか、すべてが記されている。

リブは椅子を引き、アナのベッドから一メートルほど離れたところに座った。まるい頬。あがり、さがりするあばらと腹。

この少女は、四カ月間何も食べていないと心から信じているのだ。しかし、彼女の体が語っているのは異なる筋書きだ。つまり、日曜日の夜まではだれかがアナに食べ物を与えていた。そしてどういうわけか、アナはその事実を……忘れている？　まったく気づいていなかったのかもしれない。ある種の催眠状態にあっても、食べることができるのだろうか？　深い眠りのとき無意識のまま、喉に詰まらせずに飲みこむことができるだろうか？　夢遊病者が目を閉じたまま、家を荒らすみたいに？　そして目が覚めると意識がはっきりとして、天与の糧を与えられた気がしたのだろうか？

だけどそうすると、なぜ観察がはじまってから今まで四日間、少女が食べ物に興味を示さなかったのか説明ができない。さらに、数々の奇妙な苦しい症状があるにもかかわらず、食べ物をとらずとも生きていけるとアナが確信しているのはなぜだろう。

執着、異常なまでの執心と呼ぶべきなのかもしれない。精神の病。あの恐ろしい医師が言ったように、ヒステリーなのだろうか？　リブにとってアナは、おとぎ話で魔法にかけられたお姫さまのように見える。この子が日常をとり戻すために必要なものは何だろう？　王子さまではないことは確かだ。世界の果てにある魔法の薬草？　喉に詰まった毒リンゴを吐き出させてくれる、何らかの衝撃？　ちがう。今必要なのは、息をするのと同じくらい当たり前のもの。それは、理性だ。リブがただちにアナを揺さぶり起こして、こう言ってはどうだろう？　正気に戻りなさい、と。

けれど狂気の状態というのは、とリブは考える。自分が正気ではないと受け入れられないことでもある。スタンディッシュ医師の病室は、きっとそのような患者であふれていたのだろう。

それに、正気の子供などほんとうにいるのだろうか？　七歳という年齢は、理性が目覚める年だとよくいわれるが、リブが見てきた七歳児はみな、想像の力で輝いていた。子供は遊ぶために生きるのだ。仕事をさせることもできるけれど、休み時間における子供たちの遊びへの執着は、精神障害者の妄想へのそれと同じくらい真剣だ。まるで小さな神さまのように、子供たちは粘土や言葉で自分たちだけの小さな世界を創る。子供たちにとっての真実は、いつだって複雑だ。

しかし、アナは十一歳だ。七歳とは似ても似つかない。リブは自問する。十一歳にもなれば、食べるときと食べてはいけないときが分かるし、真実と作り話の区別だってつくはず。何かがおかしい――何かが、とてもまずいことになっている――アナ・オドネルのどこかで。

当の本人は、ぐっすり眠っている。彼女の後ろの小さな窓枠から、金色の光があふれる地平線が見える。この華奢な子供の体に管を入れるなんて。上からも下からも食べ物を流しこんで

――

そのイメージをふり払いたくて、リブは『看護覚え書』を手にした。初読時に印をつけた箇所が目に入った。〈うわさ話も無駄話もしてはならない。患者の病気についての質問には、その質問をする権利のある者以外には答えてはならない。〉

ウィリアム・バーンにそのような権利が？　昨夜リブは、食堂で彼に正直に話すべきではなかった――おそらくまったく話すべきではなかった。

リブは顔をあげ、ぎくりとした。少女がじっと彼女を見ていたからだ。「おはようございます、アナ」と素早く口が動く。まるで罪を認めているかのように。

「おはようございます。ななしさん」

何て無礼なんだろう。しかし、リブは笑いをこらえ切れず「エリザベスです。そんなに知りたいのなら」と答えた。不思議な響きだ。その名前で彼女を呼んだのは、ライト氏だけ。彼といっしょにいた十一カ月間だけその名で呼ばれた。病院ではいつも、ライト夫人と呼ばれていた。

「おはようございます。エリザベスさん」と試してみるアナ。

何だか別人のことみたいだ。「そんなふうに呼ぶ人はいません」

「では、何と呼ばれているのですか?」アナは肘を立てて、体を起こしながら尋ねた。片方の目を眠そうにこすっている。

ファーストネームを教えたことをすでにリブは後悔しはじめていたが、そんなに長くここにいるわけでもないのだし、何か不都合があるだろうか? 「ライト夫人か、ナース、もしくはマアムと呼んでください。よく眠れましたか?」

少女はやっとのことで座る姿勢になった。「〝身を横たえて眠り、わたしはまた、目覚めます〟」と彼女はささやいた。「では、家族からは何と呼ばれていたのですか?」

聖書の暗唱と日常会話を交互にやるのは、何だかリブの気がそがれた。「家族はいません」とリブは答えたが、それは実質的には事実だった。彼女の妹は、まだ生きているかもしれないが、リブの前にはもう決して姿を見せない。

アナは目を大きく見開いた。

子供のときは、とリブは考える。家族というのは必要不可欠で、聳《そび》え立つ山々に囲まれているかのように逃げ出すことは不可能だと感じられた。それが数十年後には流れ流れて果てのないただの更地になることなど、だれが想像できただろう？　リブはこの広い世界に、ひとりぼっちだ。

「でも子供のときは」とアナが言った。「イライザでしたか？　エルジー？　それともエフィー？」

リブは冗談で返した。「何ですか？　ルンペルシュティルツヒェンのお話ですか？」

「だあれ？」

「小人《ゴブリン》が――」

そのときロザリーン・オドネルが、娘に朝のあいさつをしようと大急ぎで入ってきた。看護婦には一切、見向きもしない。大きな盾のような背中が、リブと子供の間に立ちはだかり、茶髪の頭を垂れている。愛あふれる音。ゲール語だろう。リブはこの母親の行動に歯の浮くような不快感を覚えた。

残された子供がひとりきりだと、母親の情熱はすべてその子に注がれるのだろうか。パットとアナだけしか、この家にはいなかったのだろうか？

アナは母親のとなりにひざまずいた。両手を合わせ目は閉じている。「〝わたしは思い、ことば、行いにおいてたびたび罪を犯しました。わたしの怠りによって。わたしの怠りによって。わたしのもっとも重大な怠りによって〟」。怠りという言葉を唱えるたびに少女は、拳を作り胸を打った。

「〝アーメン〟」とオドネル夫人が唱えた。

アナが次の祈りをはじめる。「〝聖マリア、うるわしみ母、ああ、わたしを汝《な》が子にしてください〟」

リブはこれからはじまる長い朝を思った。午後に近づくにつれて、訪問者から彼女を隠さなければならなくなるだろう。「アナ、朝の散歩に行きましょうか」

「こんなに早いのに」

まだ脈も測っていない。しかし、それはあとでもいい。「いいじゃないですか。着替えて、外套を着てください」

少女は十字を切り、ドロシーの祈りをささやいてナイトドレスを脱いだ。肩甲骨のところにあるのは新しいあざだろうか？　緑っぽい茶色のあざ？　リブは手帳に記録した。

キッチンでロザリーン・オドネルが、まだ薄暗いから牛糞を踏んづけたり、足首の骨を折ったりするんじゃないかと言った。

「気をつけて行きますから」とリブは答え、半分のドアを押し開けた。

リブは外に出た。アナが後ろにいる。そしてニワトリが騒がしく鳴き、あちこちに散った。

湿った風が心地いい。

この日は小屋の裏手から歩きはじめた。二枚の耕作地を仕切る消えかかった農道を進む。アナはゆっくり、よたよたと歩きながら、目に見えるものすべてを言葉にしている。ヒバリが地面にいるところをだれも見たことがないなんて不思議。空に飛んでいるときしか歌わないからかもしれない。ああ、見て！　後ろからお日さまが顔を出そうとしているあの山、わたしはクジラと呼んでいます。

この平らな土地に山なんてないのにとリブは内心思った。アナが指しているのはただの畝だ。アイルランドの死ぬほど真ん中の住人たちは、さざ波すら山の頂上と見まがうのだろう。

アナは、ときどき風が見える気がすると言い、愛称なしさんもそう感じるときがあるのですか？と聞いた。

「ライト夫人と呼びなさい――」

「それかナースかマアム」と言いながらアナはくすくす笑った。

元気そう、とリブは思った。この子のどこが半分餓死しているというのだろう？　きっとだれかがアナに食べさせている。

低木《ていぼく》の列がきらきら光った。「〝いちばん広い水はなんでしょう〟」とリブは聞いた。「〝それでいて、渡る危険もいちばん少ない〟」

「なぞなぞ？」

「そうです。幼いころに覚えました」

「うーん。いちばん広い水」とアナが復唱した。

「海みたいなものを想像していますか？　ちがいますよ」

「海なら絵で見たことがあります」

　この小さな島で育ったのに、島の端も見たことがないなんて……

「でも、大きい川はこの目で見ました」とアナ。自慢げだ。

「そうなんですか？」とリブ。

「タラモア川に、ブロスナ川。マリンガーのお祭りに連れていってもらったときです」

　リブはその中部の街が、ウィリアム・バーンの馬が足をけがしたところだと思い出した。アナのことを聞き出すために、彼はリブの部屋の向かいに滞在しているのだろうか？　それともこの件に関する皮肉めいた記事で、アイリッシュ・タイムズ紙は満足しただろうか？「このなぞなぞの水は、大きな川にも似ていないのです。地表に広がっていて、渡るときも心配ない」

　アナは考えあぐねて首を横にふった。

「露です」とリブ。

「ああ！　そうか！」

「小さくて、みんなに忘れ去られている存在」そう言って、リブはマナの話を思い出した。〝朝には宿営の周りに露がおり、荒れ野の地表を覆って薄くて壊れやすいものが大地の霜のように薄く残っていた〟。

「また、あとにしましょう」とリブが言った。

少女はしばらく黙って歩いた。足を引きずっているように見える。痛みを感じているのだろうか？

ぬかるみを歩くときリブは、アナの肘を引いて助けようと思ったがやめた。観察するのみと自分に言い聞かせた。

道の先に立つ人が、マラキ・オドネルに見えたが、近づくにつれて背の曲がった老人だと分かった。地面から黒い立方体を切り出し、積みあげている。暖炉用の泥炭塊だ。

「清き労働に神のご加護を」とアナが話しかけた。

男はうなずきを返した。彼の鋤《すき》はリブが見たことのない形をしており、歯が数枚の羽根のように曲がっていた。

「その祈りの言葉も言わなければならないのですか」と通り過ぎてからリブはアナに聞いた。

「労働へのお祈り？　そうです。だって、祈らなければおじさんがけがをしてしまうかもしれません」

「あなたが祈らないと、けがをするのですか？」リブはさげすみをこめて言った。

アナは困惑している。「泥炭鋤《スレーン》で足を切ってしまうかもしれないから」

ということは、予防のおまじないというわけだ。

少女は息切れしながら歌った。

〽その傷の深きところへ
わたしを隠しお守りください
そうしてずっと
あなたとともに居られますように

リブは、明るい旋律が暗い歌詞とまったく合っていないと感じた。傷口深く、巣くう、なんて、まるでうじ虫のよう――

「マクブレティ先生です」とアナ。

老人は小屋から急いでこちらに向かってきた。下襟がよれている。帽子をとってリブにあいさつし、少女に話しかけた。「お母さんから外の空気を吸っていると聞いてね。ほっぺがバラのように真っ赤じゃないか。何よりだね」

アナの顔が真っ赤なのは、歩いて弱った体に負荷がかかったからなのにとリブは思う。バラ色というのは、あまり適切ではない。

「おおむね問題なく?」とマクブレティはリブに耳打ちした。

N女史は、患者に聞こえるところで病気の話をすることを厳しく禁じた。「先に行きなさい」とリブ。「お部屋に飾る花を摘んできなさい」

少女は従った。リブは少女から目を離さなかった。ベリーや熟していない木の実などがあるかもしれない。ヒステリーであるならば――もしアナがそうなら――意識しないまま食べ物を口に放りこんでいる可能性もあるのでは？

「何とお答えすればいいのか分かりません」とリブは医師に言った。スタンディッシュの半分、餓死という言葉が、リブの頭から離れない。

マクブレティは、つえで軟らかな土をほぐした。

リブはためらいながらも、その名を口にした。「スタンディッシュ先生はアナを診られたあと、マクブレティ先生を訪れましたか？」リブは、強制摂食には何としても反対するつもりだった。

医師はまるで何か酸っぱいものでも口にしたような顔をした。「紳士としての言葉遣いができない方のようにお見受けしましたな。たくさんの医師の中から、彼だけにあの子に会う許可を出し、礼を尽くしたというのに」

リブは待った。

しかしマクブレティは、自分がどのように叱責《しっせき》されたかを話す気はないようだ。「アナの呼吸はいかがかな」と彼は尋ねるにとどまった。

リブはうなずいた。

「心音や脈は？」

「異常ありません」とリブ。

「睡眠は？」

リブがうなずく。

「元気みたいですね」と医師は言った。「それに、声に力もある。下痢や嘔吐は？」

「何も食べていない人に、そのような症状は出ないと思いますが」

老人は濡れた目を輝かせた。「ということはあなたも、あの子が何も食べずに生きていると――」

リブは医師の言葉をさえぎる。「つまり、わたしが言いたかったのは、体の中に排出するほどのものがないということです。アナはずっと、お通じがありません。尿もほんの少しです」とリブが指摘した。「ということは、彼女は何らかの食べ物を得ていた――そしておそらく観察開始まで続いていた――のだけれど、無駄なく吸収されたということではないでしょうか」この数カ月間、アナが夜に何かを食べていたかもしれないというリブの仮説を、医師に伝えるべきだろうか？　リブは、尻ごみした。老人の仮説と同じくらい実体のないもののように感じられたのだ。「彼女の目が目立つようになったと思いませんか？」とリブは尋ねた。「体にもあざや、かさぶたがたくさんあります。それに、歯茎からの出血も。壊血病ではないでしょうか。ペラグラの可能性もあると思います。それから貧血も」

「これはこれは、ライト夫人」と言いながら、マクブレティはつえで柔らかい芝をえぐった。「職分を忘れ、迷子になってしまわれたようだ」まるで子供を甘やかす親が、わが子をたしなめるような言い方だ。

「申し訳ありません」とリブは無表情で言った。

「そういう謎解きは、訓練を受けている者に任せておけばいいのです」

マクブレティがどこでどのように、どれくらい専門的に医学を学んだのか、そしてそれが前世紀だったのか今世紀だったのか何としてでも知りたいとリブは思った。

「あなたはただ単純に、見ていればいいのです」

しかし、その役目は単純なものではない。三日前には分からなかったけれど、今のリブには分かる。

「いたよ、あの子だ!」遠くで声がした。オドネル家の外に止まった、荷台の大きな馬車からだ。乗客の数名がこちらに手をふっている。

もう来たか。まだこんなに朝早いのに。アナはどこへ行った? リブが見回すと、少女は花の香りを嗅いでいた。待ち受けるこびへつらい、ぶしつけな問いかけを想像するだけでリブは辟易《へきえき》した。「先生、アナを連れて帰らなければなりません」そう言ってリブはアナのもとに走り、彼女の腕をつかんだ。

「お願い――」

「だめです、アナ。あの人たちと言葉を交わしてはなりません。決めた規則には従わなければなりません」

リブはアナを小屋へと急がせた。耕作地の迂回路《うかい》を避けて近道をすると、そのあとを医師がついてきた。アナはつまずき、革靴の片方が横向きになった。

「けがは？」

アナは首を横にふる。

リブは彼女を立たせ、手を引いて歩き、小屋の横から回りこんだ――どうしてこの家には裏口がないのだろう？――肘を小麦で真っ白にしたロザリーン・オドネルと言い合っている客人たちの間を縫って進む。

「来たぞ、小さな奇跡だ」とひとりの男性が声をあげた。

女性が近寄ってきて「ああ、ワンピースの裾を持ってあげる――」と申し出る。

リブは肩を張り、アナをかばった。

「――唾の一滴でも恵んでくれ。お嬢ちゃんの指で油を塗ってくれてもいい。この首の痛みをどうにか楽にしておくれ」

小屋に入り、マクブレティ先生を待ってからドアを強く閉めたとき、リブはアナがあえいでいるのに気づいた。たくさんの手が迫ってきて怖かったからだけではない。この少女は衰弱していたのだった。体力以上のことをさせたのはどこの愚かな看護婦？　N女史に叱られるところだ。

「気分が悪いのかい？」とロザリーン・オドネルが聞いた。

アナは近くのスツールに沈んだ。

「ただの息切れですよ」とマクブレティ。

「フランネルをあったためてあげるよ」と母親は言い、両手をきれいにしてから、火のそばに布を広げた。

「散歩で体が冷えたのでしょう」と少女にマクブレティが声をかけた。

「その子の体はいつも冷えています」とリブは小さな声で言った。少女の両手が青い。リブはアナを炉火のそばの背もたれがついている椅子に座らせ、彼女の手を握り、さすった――痛くないように、やさしく。

ロザリーンは温めた布を、アナの首に巻いた。

リブは布に食べ物が隠されていないか確認するべきだったけれど、とてもそんな気持ちになれなかった。

「ライト夫人とはうまくいっていますか」と医師が尋ねた。

「とっても」とアナが答えた。

この子は気を使っているのだろうか？　リブが思い出せるのは、アナにつらくあたったり、厳しくしたことばかりだ。

「なぞなぞを教えてもらいました」とアナ。

「それは愛らしい！」と医師が言い、少女のむくんだ手首を指で挟んで脈をとった。

小屋の裏に面する窓のそばにキティがおり、そのとなりでオーツ麦のケーキを作っていたオドネル夫人は手を止め、尋ねた。「どんななぞなぞ？」

「賢いなぞなぞだよ」とアナは母親に返した。

「少しは気分がよくなったかな？」とマクブレティ。

アナはほほえんで、うなずいた。

「それではわたしは失礼して。ロザリーン、良い一日を」と医師は言い、一礼した。

「先生も。来てくださってありがとうございました。神のご加護を」

表のドアがマクブレティの後ろで閉まったとき、リブはぼうぜんとし、気持ちが落ちこんだ。医師は彼女の言葉に耳を貸さない。それどころか、スタンディッシュの警告さえも無視している。彼自身の小さな奇跡に執心しているのだ。

ドアの横のスツールに何も置かれていないことに、リブは気づいた。「寄付金箱がなくなりましたね」

「コーコランさんの坊ちゃんに頼んで、サデウスさんのところに持っていってもらったさ。クルミの小さな手袋もね」とキティが答えた。

「貧しい人のためにぜんぶ使われるんですよ」とロザリーン・オドネルはリブに向けて言葉を

かけているかのように言った。「考えてごらん、アナ。あんたは天国で大金持ちさ」ロザリーンのあの恍惚とした顔。この大芝居の立役者は、母親にちがいない。ただの共謀者ではないはず。リブはほぼ確信し、瞳にあふれる敵対心に気づかれないよう母親から目をそらした。

炉棚がリブの顔から数センチのところにあり、先日の写真が古い家族写真の前に飾られていた。写真のアナはあまり変化がない――行儀よく手足をそろえ、この世の人ではないような表情を浮かべている。アナの世界では、時間が経過しないかのようだ。ガラスの中に保存されているみたいに。

しかし、むしろ兄に、リブは大きな違和感を覚えた。男子がみなそうするように、彼も髪を右分けに整えている。それをのぞけば、パットの大人びた顔立ちは妹の柔和な顔にそっくりだ。ただ、彼の瞳の輝きが、どこか引っかかる。唇が浅黒い。口紅を塗ったかのようだ。頑強な母親にもたれかかり、まるで幼い子供、もしくは泥酔した気どり屋のようにも見える。詩篇の一節は何だった？〝見知らぬ子らが消え失せた〟。

アナは両手を火の前に広げ、温めている。まるで優美な扇《おうぎ》のようだ。

彼のことを聞き出すためにはどうしたらいいのだろう？「オドネル夫人、息子さんのことが恋しいですか」

一瞬間を置いて、それから「もちろんさ」とロザリーン・オドネルは答えた。しわしわのパースニップを切っている。痩せた巨大な手が大包丁を握る。「神は重荷に耐える力をくださるといいますからね」

あんたはしぼりとっているくせに、とリブは思う。「息子さんからの便りはいつごろ来たのですか？」

大包丁を持つ手を止め、ロザリーン・オドネルがリブをじっと見つめた。「息子はあたしたちを見おろしてくれています」

どういう意味だろう？　パット・オドネルは新世界で、大成功を収めたということ？　それで庶民の家族には手紙すらよこさないと？

「天国から」とキティが言った。

リブは目をしばたたいた。

イングランド女がちゃんと理解できるよう、下女は上を指した。「亡くなったのは、去年の十一月さ」

リブは口を手で覆う。

「まだ十五にもなってなかった」と下女が言った。

「ああ、オドネル夫人」とリブ。「わたしの無神経さをどうかおゆるしください。知らなかったんです――」銀板写真をリブは指さした。少年がリブを恨みをこめた目でにらんでいるような気がする。それともあざ笑っている？　生前に撮られた写真じゃない、とリブは気づく。死後に撮影された写真だ。

アナは椅子に背をもたせかけ、すべてに耳をふさぎ、炎の動きに心をとらわれているようだった。

ロザリーン・オドネルは気を悪くしたふうではなく、満足そうにほほえんでいる。「生きているように見えますか？　よくできているでしょう」

母親の膝に座らせられている。黒ずんだ唇、腐敗の第一段階。リブはなぜ、気づかなかったのだろう。オドネル少年はまる一日、いや二日、それとも三日、家族が写真家の到着を待つ間、キッチンの床に寝かされていたのだろうか？

ロザリーン・オドネルがリブににじり寄り、リブは身じろいだ。オドネル夫人はガラスを指さす。「瞳は描いてもらったんだ。本物みたいでしょう？」

写真の死体の閉じられたまぶたに、だれかが白目と瞳孔を描き入れたのだ。だから少年の瞳が、ワニの目のようなのだ。

そのとき、父親が小屋に入ってきて、足を鳴らし長靴の泥を落とした。妻がゲール語で彼を迎え、それから英語に切り替えた。「マラキ、うれしいことに、ライト夫人はパットがまだ生きて、そばにいると思いなさったんだよ！」

この女は悲惨なことに喜びを見いだす天才かもしれない。

「かわいそうなパット」とマラキは言い、淡々とうなずいた。

「この目がやっぱり、よかったんだよ」とロザリーン・オドネルはガラスを指でなぞりながら言った。「あんだけ金を払ったかいがあったね」

アナの両手は力なく膝に置かれ、彼女の瞳はただ炎を映した。アナを一刻も早く、部屋から出さねばならないとリブは思った。

「腹が悪くなってね」とマラキ・オドネルが言った。

キティがはなをすすり、すり切れた袖で片方の目の涙をぬぐった。

「夕食を吐いて、それから何も食べられなかった」

彼はリブに話していたので、彼女はうなずかないわけにいかなかった。

「痛みがここにきて、それからこっちにいって、な」マラキは自分の臍《へそ》のあたりを、それから右の下腹部を示した。「卵みたいにまるくふくれて」それまでのマラキとは比べものにならないくらいよどみなく、語った。「朝になったら、だいぶ治まっていたから、マクブレティ先生のお手間をかけるまでもないと思ったんだけどな」

リブはもう一度うなずいた。この父親は、リブに看護婦としての見解を求めているのだろうか？　ゆるされようとしているのだろうか？

「でもパットは弱々しくて、それにすごく寒がってね」とロザリーン・オドネル。「家じゅうの毛布をパットの上に集めましたよ。それから妹を添い寝させて、あの子を温めさせた」

リブは身震いした。この話そのものにではない。この話を繊細な少女の前ですることに対して。

「パットは息切れしながら、よく分からないことをしゃべってね。夢の中にいるみたいにね」と母親がつぶやくように言った。

「朝食の時間にはもう……かわいそうな子だよ」とマラキ・オドネルが続いた。「神父を呼びに行く暇さえなかった」とマラキはハエでも払うように首を横にふった。

「この世に生きるにはもったいない子だったさ」とロザリーン。

「心より哀悼の意を申しあげます」とリブは言い、銀板写真に視線を戻した。母親と父親をこれ以上見ていたくはなかったから。しかし、写真のその瞳の輝きにも耐えられそうになかった。だからアナの手を引いて、寝室へと戻った。アナの手はまだ冷たかった。

リブの視界に宝箱があった。彼女が壊した母子像に忍ばせてあったあの焦げ茶色の髪は、兄のものだったのだ。アナが黙っているのが、リブは気がかりだった。息子の死の床に小さな子供を湯たんぽ代わりに寝かせるなんて、何てことをするんだろう。「お兄さんが恋しいですよね」

少女の顔がゆがんだ。「そんなことない――いいえ、それはそうだけど、エリザベスさん、ちがうんです」アナはリブにうんと近づき、耳打ちした。「母さんと父さんはパットが天国にいるって言うけれど、ほんとうにそうかは分からないの。〝失望するなかれ。そして驕るなかれ〟。どちらも聖霊に対する罪です。もしパットが煉獄にいるのなら、今ごろ燃やされて――」

「ああ、アナ」とリブが止めた。「そんなに深刻に思う必要はありません。パットはただの男の子でしょう」

「だけどわたしたちは、みな、罪人。あんなにすぐに悪くなって、罪がゆるされる時間もなかったもの」襟に涙がたまっている。

告解——そうだ、カトリック教徒たちはざんげすれば罪をぬぐい去ることができると、その力にしがみついている。

アナは声をあげて泣き、彼女の言葉の輪郭がぼやけた。「迎えられる前に、清められなければならないのに」

「そうなんですね。お兄さんはきっと清められます」とリブは実際にそれを行うかのように言った。乳児病室の看護婦が産湯《うぶゆ》を用意するかのように。

「火で！　火によってのみ！」

「そんなこと……」異国の言葉だ。正直に言えば、リブが学びたくもない言葉だ。リブは少女の肩に触れた。とてもぎこちなく。骨張った関節に触れた。

「記事にしないと約束していただけますか」とリブは何かの煮こみ料理を目の前にして言った(一時すぎにライアンの宿に帰ったとき、ウィリアム・バーンが小さな食堂で食事をとっているのをリブは見つけたのだ)。

「聞きましょう」

リブは約束してくれるという返事だと解釈し、小さな声で話しはじめた。「アナ・オドネルは兄の死を悼んでいます。九カ月前、消化器系の病気で亡くなったひとりきりの兄です」

バーンはうなずき、パンで皿のソースをぬぐった。

リブはいら立った。「それだけでは少女が精神的に支障をきたす理由にはなりませんか？」

彼は肩をすくめた。「わが国全体が喪に服しているんですよ、ライト夫人。七年間続いた飢饉《ききん》と疫病のあとで、壊れていない家族がいたら教えてもらいたいくらいだ」

リブは何と言えばいいのか分からなかった。「七年もの間ですか？」

「一八四五年に不作になり、また収穫できるようになってきたのが一八五二年です」と彼が答えた。

目立たないようにリブは小骨を口から出した——ウサギだ、とリブは思った。「それでも、アナがどれくらい国の出来事を知っているというのですか？　この世で自分だけが兄を失ったと感じているかもしれない」賛美歌がリブの頭の中で響く。〝あなたとともに居られますように。居られますように〟。「もしかしたら、なぜ自分ではなく兄が連れていかれたのか思い悩んでいるのかもしれません」

「では、気分が落ちこんでいるように見えますか」

「ときどき」とリブは自信なげに答えた。「でも、そうでないときもあります。何なのかは分からないのですが、秘密のことで喜びに顔を輝かせるときもあって」

「秘密といえば、こっそり何かを食べようとしているところを見ましたか？」

リブは首を横にふり、ささやいた。「何も食べていないとアナ自身は心から信じているのだというのが、わたしの今の見解です」リブは躊躇《ちゅうちょ》したが、それでも、だれかに考えを聞いてもらう必要があった。「おそらく家の中のだれかが、彼女の妄想的な性質を利用しているのでしょう。眠っているときに何かを摂取させている可能性もあると思います」

「またご冗談を」と言い、ウィリアム・バーンは赤い巻き毛を顔から払った。

「その手だったら、四カ月間何も食べていないと信じているアナについても説明がつきます。無意識のうちに食料を流しこまれていた、と――」

「と考えられるかもしれないが、それは果たして実行可能でしょうか？」彼は鉛筆をとり、尋ねた。「次の記事に書いてもいいですか？」

「いいわけがないでしょう！　ただの仮説です。事実ではありません」

「少女の担当看護婦、つまり事情に通じる人物の意見として紹介します」

リブはパニックを感じながらも、バーンが真剣に自分の言葉を聞いてくれている喜びで胸がうずいた。「そうはいっても、来週日曜日に委員会で私見を述べるまでは、何も語るべきではないと厳しく言いつけられています」

バーンは鉛筆を落とす。「では、わざとじらしているだけなのですか？　あなたの言葉をぼくはひとつも使えないのに？」

「お気の毒です」とリブはきっぱり言った。「もうこの話は終わりにしましょう」

バーンは悲しそうににっこり笑う。「またうわさを記事にしないといけないのかあ。しかもぜんぶが良いうわさってわけでもないんですよ。この少女はみんなのお気に入りでは、当然ないですからね」

「うそつきだと思う人もいるということですか？」

「もちろんです。もっと悪いことを言う人もいる。昨夜、ぼくが話した酔っぱらいの労働者などは目をギラギラさせていました。その男が言うには、妖精の仕業だそうですよ」

「どういう意味ですか？」

「アナが食べない理由は、彼女がほんとうは少女ではなくて、少女の姿を借りた化け物だからなのではないかと」

〝後ろに大勢……手と足となって仕えておったよ〟。リブが到着した夜に、ひげ面の農夫がそう言っていたのをリブは思い出した。彼はもしかして、目には見えない妖精の大群がアナの世話をしていたと、そう言っていたのだろうか？

「解決法までもう考えていて、ぶん殴るか火にくべちまえって」――バーンの臨場感あふれるアイルランドなまりの再現――「〝おうちに帰んな、さっさとな！〟」

リブは身震いした。泥酔状態のこの無知さこそ、リブには化け物のように思えた。

「これまでの経験で、アナのような患者のケアをしたことは？」

リブは首を横にふった。「家庭に呼ばれていく場合は、特別な症例であることが多いです――健康な人が奇抜な病気になったふりをしていたり。しかし、アナはその逆です。食べさせられていない子供が、健康に生きている」

「ふむ。でも、心気症患者を病気のふりだと言うのはどうなんでしょうね」とバーン。

リブはろうばいした。雇い主を嘲笑してしまったような気がした。

「心は体をだますものです」とバーン。「かきむしるとかゆくなる。そしてあくびは――」と言うとバーンは口を手で覆い、大きなあくびをした。

「まあそうですが、でも――」と言ったところで、リブもあくびをした。

バーンはひとしきり笑ったあと、黙りこみ、虚空を見つめた。「訓練された精神であれば、食べ物がなくても体を何とか持ちこたえさせることができる。少なくともしばらくの間は、ということなのかもしれない」

ちょっと待て。最初にリブがバーンに会ったとき、彼はアナを詐欺師と呼んだ。その次に会ったときは、リブがアナを飢えさせていると批判し、そして今、夜間摂食説をあざ笑ったあとで、アナが奇跡の存在であるという説が正しいと主張しているのだろうか。「オドネル家の味方になるおつもりなのですか？」

彼の唇が曲がる。「ぼくの仕事は、あらゆる可能性に心を開いておくことです。インドでは

──ラクナウ革命の取材で行っていたのですが──苦行僧《フェキア》が仮死状態にあると主張することがありました」

「詐欺師《フェイカー》？」

「フェキア、聖なる男たちです」とバーンがリブを正す。「ウェイド大佐はパンジャブ総督で、役人をしていました。ラホールのフェキアと呼ばれる人物が掘り出されるのを見たと言っていました。四十日間地下にいたそうです──食べ物も飲み物も光もなく、空気でさえほとんどない──かくしゃくとしていたそうです」

リブは鼻で笑った。

バーンは肩をすくめた。「百戦錬磨のひねくれた老兵が熱心にこの話をするわけですよ。自信満々にね。あやうく信じてしまいそうでした」

「そんなあなたが新聞社で冷笑屋さんをやっていると」

「ぼくが？　ぼくは不正が放っておけないだけだ」とバーン。「それって冷笑屋ですか？」

「ごめんなさい」とリブは面食らって言った。「言いすぎました」

「新聞にたずさわる人間の抗えないさがです」ほんの一瞬、きらりと姿を見せる魚のような笑顔。

バーンはリブに後ろめたさを感じさせるために、傷ついたふりをしたのだろうか？　リブは目眩がした。

「ということで、アナ・オドネルはアイルランドの小さなヨーガ行者なのかもしれないですね」

「あの子のことを知っていたら、そのような言葉は出てこないはずです」とリブの口をついて出た。

バーンは立ちあがった。「その招待、ただちにお受けしましょう」

「それはできません。訪問者への規則は厳しいのです」

「ではなぜ、ダブリンからいらっしゃったスタンディッシュ医師は立ち入ることができたのですか？」リブをからかっているようだったが、その声色にはいら立ちが滲んでいた。

「昨晩ぼくにそのことは教えてくれなかった——彼が二回目に訪問したとき、入ることをゆるしたと」

「あんなげす男！」

ウィリアム・バーンは腰をおろした。「げす男が医者を中に入れたのですか？」

「スタンディッシュがげすなんです」とリブ。「これも秘密にしていただけますか？」

バーンは彼の手帳を裏返してテーブルに置いた。

「管を使って強制摂食させろと言われました」

バーンが顔をしかめた。

「マクブレティ先生によって面会を許可されたのです。わたしは反対でした」とリブ。「しかし、もう次はありません」

「あなたはなぜ、看守から警護人になられたのですか、エリザベス・ライト？　その割れ目に立ち、あらゆるドラゴンを寄せつけないつもりですか？」

リブは答えなかった。バーンはなぜ、彼女のファーストネームを知っている？

「この少女のことを気にかけている、そうですよね？」

「わたしは仕事をしているだけです」とリブは言った。「あなたの質問は的を射ていません」

「ぼくだって、仕事をしているだけです。ありとあらゆる質問をするのが、ぼくの仕事だ」

リブはバーンをにらみつけた。「ミスター・バーン、そもそも、なぜあなたはまだここにいるのですか？」

「あなたは旅仲間を歓迎することにほんとうに長けていますね」とバーンは言い、背もたれに寄りかかった。椅子がきしんだ。

「失礼しました。しかし、アナはあなたの注意を何日間も注ぐに値するのでしょうか」

「いい質問ですね」とウィリアム・バーン。「月曜日に出発する前、編集長に言ったんですよ。わざわざ泥炭地まで行かなくても、腹をすかせたガキならダブリンの通りに大勢いるから、記事くらい書けますよって」

「それで彼は何と？」

「ぼくには彼の答えが分かっていましたよ。予想通りこう言いました。〝見失った羊だよ、ウィリアム〟」

リブはすぐにそれが、福音書のことだと分かった。羊飼いが九十九匹の羊を残して、いなくなった一匹を追う。

「ジャーナリストの調査は範囲が狭いほどいい」と彼は肩をすくめながらリブに言った。「読者の興味を多数の重要事項に分散させれば、どれに対しても涙を流させずにすむ」

リブはうなずいた。「看護婦の仕事にも似たようなところがあります。どうしても多くの人をひとまとめで考えるのではなく、ひとりひとりを大切にしたくなります」

赤い眉毛の片方があがった。

「だからN――わたしを鍛えてくれた方は」とリブは言い直した。「特定の患者のそばに行き、ベッドに腰をおろして朗読したりすることを禁じました。執着につながるからと」

「戯れやキスなんかにもつながるかもしれませんしね」

頬を染めてはならない。「無駄にできる時間などありません、とあの方はいつも言っていました。必要とされているのですから働きなさい、と」

「ナイチンゲール女史ご本人は、お体を動かすこともできないようですがね」とバーン。

リブは彼をじっと見つめた。自分の師が近年、公の場に出ていないことは知っていたが、それはただ、N女史が病院改革を粛々と進めているからだと思っていた。

「ああ、そんな」とバーンがテーブルに身をのり出して言った。「ご存じなかったのですね」

リブは気を確かに持とうとした。

「うわさ通りご立派な方だったのだと、お見受けします」

「立派という言葉ではとても」とリブは言い、言葉に詰まった。「そしてお体が不自由でもその偉大さは変わりません」

リブは煮こみ料理の残りを脇に除けた——今回ばかりは完食できそうにない——そして立ちあがった。

「離れたくてたまりませんか？」とウィリアム・バーンが尋ねた。

リブはミッドランズから出ていきたいかと聞かれているものと解釈し、答えることにした。窮屈な食堂からではなく。「そうですね。ここにいると、十九世紀はまだ到来していないのかと感じることもたびたびですから」

バーンはにかっと笑った。

「妖精さんのためのミルク、大火や洪水から身を守る蝋のコイン、空気だけで生きている少女……アイルランド人が飲まないものがあったら見てみたい」

「妖精さんは置いておいて」とバーン。「わが国の人間で、神父から出されたパンを飲みこまない者はいないでしょう」

ということは、この人もカトリック教徒だ。リブにとって思いも寄らないことだった。

バーンはリブに近寄るよう手招きした。リブはほんの少しだけ、身をかがめた。「だからぼくは、サデウス神父が黒幕だと賭けてもいい」と彼が小声で言った。「オドネル少女は悪意がないのかもしれない――あなたが言うように、夜気づかないうちに何かを食べさせられていた可能性だってある――だけど人形使いはちがうはずです」

あばらを一撃された感覚。なぜ、リブは思い至らなかったのだろう？　あの神父は見るからに軽薄で、へらへらしていたではないか。

いや、待て。リブは背筋を伸ばした。論理的に公平に考えなければならない。「サデウスさんは最初から、アナに食べるよう説得を試みたそうです」

「説得のみですか？　アナは彼の小教区民で、しかも熱心な信心深い信者だ。ひざまずいて山をのぼれと言われたら、アナは従ったでしょう。けれどぼくが言っているのは、神父こそがこの詐欺を企てた張本人だということです」

「しかし、何の動機があって？」

バーンは親指をほかの指とこすり合わせた。

「寄付金は貧しい人のために使われています」とリブ。

「つまり、教会の収入だ」

リブの頭がぐるぐると回る。恐ろしいことに、すべてのつじつまが合うではないか。

「サデウス神父がアナのことを奇跡だと認定すれば、この陰鬱とした村は巡礼地に早変わり」とバーン。「金は際限なく入ってくるようになる。断食少女の祭壇を！」

「しかし、どうやって彼は夜間、アナに食べさせることができたのでしょうか」

「さっぱり分かりません」とバーンは認めた。「下女かオドネル家と手を組んでいたとして、あなたがもっとも怪しいと思うのはだれですか？」

リブはためらった。「そのようなことを口に出すことは、はばかられます――」

「まあ、いいじゃないですか。ぼくにだけ教えてください。あなたは月曜日から朝も夜もあの家に出入りしている」

リブはそれでも躊躇したが、ついにとても小さな声で打ち明けた。「ロザリーン・オドネル」

バーンはうなずいた。「子供にとっての神は母だと、だれかが言っていましたね」

リブには聞き覚えがなかった。

バーンは指の間にペンを挟み、ぶらぶらさせた。「気をつけないとね。証拠もなしに今のことを少しでも書いてしまえば、名誉毀損《きそん》で訴えられてしまう」

「当たり前です！」

「ほんの五分間でいいから会わせてくれれば、少女から真実を引き出してみせますよ」

「それは不可能です」

「そういうことなら」とバーンは声量を戻して言った。「あなたが聞き出してくれなきゃしょうがない」

リブはバーンの密偵として嗅ぎ回るようなまねは、まっぴらごめんだった。

「とにかく、ライト夫人、ごいっしょできてうれしかったです」

その時点で午後三時を回ろうとしていたが、次の当番は九時からだ。リブは外の空気を吸いたかったけれど、あいにく、小雨が降っていた。それに、少しでも多く睡眠時間を確保しなければならなかった。なので二階に行き、革靴を脱いだ。

ジャガイモ疫病がそんなに長い間続いた惨事だったならば、収束したのは七年前だ。つまり現在十一歳の子供は、飢餓の世界に生まれたのだ。飢餓を吸い、飢餓に育まれ、それでも人としての形を成さねばならなかった。アナの体の一ミリ一ミリは、欠乏を何とかしのいで形成されてきたのだ。〝欲張りなこともなかったし、お菓子がほしいとねだったこともありませんね〟――そうロザリーン・オドネルはアナを褒めていた。おなかがいっぱいだと言うたびに、アナはおだてられてきたのだろう。下女や兄に一握りの食べ物を分け与え、笑ってもらおうとしてきたのだろう。

しかし、そうだとしても、なぜアイルランドのほかの子供たちが夕食をほしがるのに、アナだけ食べないのか、その理由は説明できない。

母親がちがうのかもしれない、とリブは考えた。おとぎ話の、娘たちを金稼ぎの道具として自慢する、うぬぼれた母親のような人なのかもしれない。ロザリーン・オドネルは、娘に断食の才を見いだし、それを金銀財宝に、名声や名誉に変えようと画策したのだろうか？

リブはじっとベッドに横たわっていた。両目を閉じて。しかし、光がまぶたを通して入ってくる。疲れているからといって、眠れるわけではない。食べ物が必要だからといって、食べるとは限らないように。そしてそう考えると、リブの心はアナへ。何をしていても、リブの心はアナへと舞い戻っていく。

落日が村の通りをうっすらと照らすころ、リブはその道を右に曲がった。墓場の空には、満月前の凸月《とつげつ》が浮かんでいた。棺桶の中のオドネル少年をリブは想像した。九カ月目だ。腐敗しているが、白骨化はまだのはずだ。案山子のはいていたあの茶色のズボンは、彼のもの？

リブが表のドアにつけた貼り紙は、雨水に濡れてしわができていた。

寝室にはシスター・マイケルがいた。「ぐっすり眠っています」と修道女がささやいた。

昼間の交代のときは、リブが手短に報告する時間しかなかったが、今ならもう少ししっかり、話ができるかもしれない。「シスター・マイケル――」そう言ってからリブは、夜間摂食の可能性については話さないことに決めた。そんなことを言えば、この修道女はまた口を閉ざしてしまうかもしれない。それよりも、この小さなベッドで眠っている少女に対する心配を土台にして話を進めよう。「アナがお兄さんを亡くしていたこと、ご存じでしたか」

「安らかに眠りたまえ」と修道女がうなずく。十字を切りながら。

それならなぜ、だれもリブに教えてくれなかったのだろう？　というよりもなぜ、リブはいつも棒のまちがったほうの先端を握らされているように感じるのだろう？

「アナはそのことに、とても心を乱しているようでした」とリブは言った。

「無理もありません」

「そうなのですが、でも――尋常ではないというか、すごく」リブは迷った。この修道女も迷信に目が曇り、泥炭地を舞う天使が見えているのかもしれない。だけどリブ以外で、この少女をずっと近くで見てきたのはこの人しかいない。「アナの心に、何らかの問題があると思うんです」とリブはささやいた。

シスター・マイケルの白目がランプの光にきらりと光る。「心を見よとは、指示されておりません」

「症状をまとめてみると」とリブは強引に続けた。「兄の死を思い詰めているのも、そのひとつだと思います」

「ライト夫人、それは推論です」そう言って修道女は人さし指をぴんと立てた。「このようなお話はできかねます」

「そんなことおっしゃらないで。わたしたちが交わす言葉のすべてがアナについてです。そうでなければならないはず」

修道女は激しく首を横にふった。「アナは食べているのか、いないのか。それだけがわたくしたちの答えるべき質問です」

「わたしの質問はそれだけではありません。あなたもほんとうに看護婦であるならば、尋ねたいことはそれだけではないはず」

修道女は口をきゅっと結ぶ。「上の者がわたくしをここに遣わしたのです。マクブレティ先生にお仕えするようにと。失礼いたします」修道女はそう言うと、外套をたたみ、腕に抱えて出ていった。

その数時間後、リブはアナのぴくぴくするまぶたを見つめながら、午後に寝ておくべきだったと後悔した。しかしリブにとっては、覚えのある戦場だ。看護婦であればわきまえているはず。自身を叱咤しさえすれば、勝つことのできる闘いだと。

体に与えなければならない。眠りでないのなら、食べ物。それも手に入らないのならば何らかの刺激を。リブは肩掛けを外し、床にじかに足をつけないですむように用意された、足元の温かなれんがから足をおろし、部屋を行ったり来たりした。三歩進み、三歩戻る。

ウィリアム・バーンはリブについて嗅ぎ回っていたのだ、とリブは考える。彼女のフルネームも、だれを師事していたかも知っていた。でも、リブは彼の何を知っている？　リブが目にしたこともない新聞の記事を書き、インドに行ったことがあり、カトリック教徒であるが懐疑的であるように見えることだけ。正直でずけずけとものを言うのに、自分のことはほとんど話さない。明かしたのはサデウス神父についての仮説だけだ――向こう見ずな単純化による、ありえない結論のようにリブには思えた。月曜日の朝からあの神父は、小屋に近寄ってもいない。アナに何を尋ねろというのだろうか。サデウスさんからの指示で食べないのですか、とでも？

リブは気づいたら、アナの呼吸を数えていた。一分間に一九回。でも、毎分ちがう。リズムも一定ではない。アナは目覚めているのかもしれない。

鍋で何かが温められている。カブ？　一晩かけて、軟らかくなる。小屋じゅうに、でんぷんを多く含む野菜特有の匂いが充満している。リブですら腹がすいてきた。ライアンの宿で、夕食をとったにもかかわらず。

リブは気配を感じて、ベッドに向き直った。黒く輝く瞳と目が合う。「いつから目が覚めていたのですか？」

小さく肩をすくめるアナ。

「ほしいものがありますか？　しびん？　水？」

「結構です。エリザベスさん」

アナの話し方に違和感がある。とてもかしこまっている。緊張しているような声だ。「どこか痛みますか？」

「いいえ」

「では、どうしたのですか？」リブは少女に近寄り、かがみこんだ。

「何でもありません」アナが息を吸う。

リブは思い切って尋ねた。「おなかがすいたのではないですか？　カブの匂いで目が覚めたのでは？」

アナは消え入りそうな、どこか寂しそうな笑みを浮かべた。

リブの腹が鳴った。空腹は人類共通の起床理由。赤子の体も朝になればもぞもぞ動きだし、泣きはじめる。ちょうだい。だけどアナ・オドネルの体は、もうそれをしない。ヒステリー、狂気、躁《そう》状態。どの言葉も、アナを表してはいない。食べる必要がない少女、としか呼びようがない。

いいかげんにしなさい、とリブは自分を叱る。もしアナが自分は女王の五人娘のひとりだと言いだしたら、それが現実になると？　この子は空腹を感じていないかもしれないけれど、確実に肉体、髪、皮膚は蝕《むしば》まれている。

少女は目を開けたまま眠っているのではないか、とリブが思うくらい長い沈黙のあと、アナが言った。「小さな人の話をしてほしいです」

「小さな人《ランプルド》？」

「しわくちゃの人」

「ああ、ルンペルシュティルツヒェンのことですね」リブは時間つぶしにおとぎ話を思い出そうとして、この話がとても奇妙であることに気づいた。娘は母親の虚栄心のせいで、藁を紡いで金を生み出すよう命じられる。娘はゴブリンに助けてもらうが、娘の最初の子をゴブリンに引き渡さなければならない。子供を娘の手元に置いておくためには、ゴブリンのややこしい名前をあてなければならない……

アナは話が終わっても、しばらくじっと横たわっていた。おとぎ話をほんとうの話だと思っているのかもしれない。超自然的存在についての物語であればすべて、この子は信じるのだろうか？

「ベット」

「ベットが何ですか？」とリブは聞いた。

「ベットって家族から呼ばれていたんでしょう？」

リブはくすっと笑った。「もうこのばかな遊びはやめにしましょう」

「だけど毎日エリザベスと呼ばれていたわけがないもの。ベッツィー？　ベティ？　ベシィですか？」

「外れ、外れ、ぜんぶ不正解です」

「でも、エリザベスという名前の音に近い呼び方でしょう？」とアナ。「それとも、ぜんぜんちがう名前？　ジェーンとか？」

「いいえ、それだと、だれのことだか分かりませんからね」とリブが言った。

リブという愛称で、呼ばれていた。だれの愛玩物《ペット》にでもなりえた日々の呼び名だ。エリザベスという名前は、幼い妹にとって長すぎたので、妹がそう呼びはじめた。リブにも家族がいた時代。両親が生きていて、姉は死んだも同然と妹に言われる前の日々。

灰色の毛布にあるアナの手に、リブは自分の手を重ねた。アナのむくんだ手は、氷のように冷たかった。リブはその手を毛布の下に入れた。「夜、だれかがいっしょにいるのはうれしいですか?」

少女は戸惑いの表情を浮かべている。

「ひとりぼっちではない、という意味です」

「でも、ひとりぼっちではありませんよね」とアナ。

「まあ、今はちがいますよね」見張り開始からはそうだ。

「ひとりのときなんて、ありません」

「そうですよね」とリブは同意した。ふたりの看守が代わる代わる、ひとりにはしてくれないのだから。

「眠るとすぐに彼がわたしに入ってきます」

青っぽいまぶたが閉じようとしていたので、リブは彼がだれなのか尋ねなかった。答えは明白だ。

アナの呼吸がふたたび深くなった。アナは毎晩、神の夢を見るのだろうか。長髪の男性の姿をしている? 光の輪のある少年、赤子? どんな慰めがそこにあるのだろう? 地球の食べ物よりもかぐわしいごちそうを運んでくるのだろうか?

眠っている人を見ていると眠くなる。リブのまぶたが、また重くなってきた。リブは立ちあがり、首を左右に曲げ、ほぐした。

〝眠るとすぐに彼がわたしに入ってきます〟。妙な言い回しだ。もしかしてアナは、キリストの話をしていたのではないのかもしれない。彼というのは男性、つまり――マラキ・オドネル？サデウス神父の可能性もある？――催眠状態で意識がもうろうとする状態のアナの口に、液体を流し入れたその人のことだったのかもしれない。アナは自分でもよく理解できない何かを、リブに伝えようとしていたのだろうか。

暇つぶしにリブは、少女の宝箱をあさった。『キリストにならいて』に挟んである祈りのカードが落ちないように、慎重に開いた。〈自分自身をまったく殺しつくそうと努め自己を超克《ちょうこく》しようとするならば〉とリブはページの最初の段落を読んだ。〈神聖なるものを味わうこともできる。〉

その言葉にリブは震えた。子供に死ぬように教える大人がどこにいるだろうか？　アナのその胸を燃やす常軌を逸した考えの数々、そのいくつを、これらの書物から学んだのだろう？それとも、カードのパステル画から？　たくさんの植物の絵。光のほうを向くヒマワリ、樹葉の天蓋《てんがい》に腰かけたキリスト、その木の下に集まる人々。ブラックレターで書かれた説教くさいモットーが、キリストを兄だとか花婿だとか呼んでいる。あるカードには、崖のてっぺんへと続く険しい階段が描かれていた。十字架を冠した心臓が、まるで夕日のように浮いている。次の一枚はさらに奇怪だった。〈聖カタリナの神秘の結婚〉。美しい若い女性が、母親とおぼしき女性の膝に座っている赤子姿のキリストから、結婚指輪を受けとっている。

しかし、リブの心をもっとも思い悩ませたのは、少女が大きな十字架の形をした筏《いかだ》で漂流しているカードだ。少女は眠っている。大波が迫っているとも知らずに。〈Je voguerai en paix sous la garde de Marie〉と書かれている。わたしは何かの中にいると、書いてある？　そこで、聖母マリアに守られている？　そのときリブは雲の中に描かれた悲しそうな女性の顔を見つけた。少女をじっと見つめている。

　リブは本を閉じ、宝箱に戻した。でもすぐに、あのカードが挟んであるページに何が書いてあるのか知りたくなり、ふたたび本を手にとった。しかし、聖母マリアのことも、海についての記述も、見つけられなかった。〈Vessel《ヴェッセル》〉という単語が目に入った。〈容れ物《ヴェッセル》が空っぽだとお感じになれば、恵みを与えてくださる。〉何が入っていなくて空っぽなのだろう？　食べ物？　思考？　それとも個人であること？　次のページに、意地の悪い表情を浮かべた天使が描かれ、そのそばに〈天なる糧とみ使いのパンを主は与えてくださる。〉数ページ先には、最後の晩さんの絵とともに〈神さまがそのお体を与えてくださるゆえ晩さんの楽しきことよ！〉とある。カードには〈いとしきお方、あなたこそがわたしの肉とワインである。〉とも書いてある。

　アナが装飾されたこれらの言葉を読み、誤解したとしても不思議はないとリブは思った。もしアナの本がこの数冊に限られ、病気になったときから学校にも行けず、適切な指導もなくこれらの言葉に沈んでいたなら……

　比喩が分からない子供なんて、ざらにいる。幼いころの級友に、ぜんぜんおしゃべりしない、石のような子がいたことをリブは思い出した。学者のように物知りな子だったが、日常にありふれたことにとても疎かった。アナはそんなふうには見えない。だけど、詩を読んでそれを文字通りに解釈するなんて、ばかとしか言いようがないではないか。リブはアナを揺り起こしたい衝動にふたたび駆られた。キリストは肉じゃないのだ、このぼんくら！

ちがう、ぼんくらでは絶対にない。アナは賢く知恵もある。ただ迷子になっているだけだ。

同僚看護婦の親戚が、ザ・デイリー・テレグラフ紙の記事に打たれたカンマとピリオドが彼宛ての暗号だと信じていたという話を、リブは思い出した。

朝五時になるころ、キティがドアから顔をのぞかせ、眠るアナの顔をしばらく見つめていた。おそらくアナはキティにとって、唯一生き残ったいとこなのだ、とリブは気づく。オドネル夫妻は親類については何も話さない。アナはこのいとこに秘密を明かしているのだろうか？

「シスター・マイケルだよ」と下女が言った。

「ありがとう、キティ」

しかし、部屋に入ってきたのはロザリーン・オドネルだった。

寝かせてあげて、とリブは言いたかった。ロザリーンがかがんでアナを起こし、きつく娘を抱擁し、祈りの言葉をささやいている間、リブはじっと耐えた。この母親はまるでグランドオペラの舞台にのぼるかのように、一日に二回、母親としての感情をひけらかさなければ気がすまないらしい。

修道女が来て、会釈した。彼女の口は固く閉ざされている。リブは荷物を抱え、外に出た。

小屋の外では下女が、火にかけられている大きな桶に、鉄製のバケツで水を注いでいた。

「キティ、何をしているのですか？」

「洗濯の日だからさ」

それにしては、衣類が牛糞の山に近すぎやしないかとリブは思った。

「ほんとうは月曜なんだけどね、金曜じゃなくて」とキティ。「でも今度の月曜日は偉大な聖母の日《ラ・フェラ・モア・モ》だからさ」

「それは何ですか？」

「聖母被昇天祭」

「ああ、なるほど」

キティは腰に両手をあて、リブをじっと見つめた。「マリアさまがのぼられたのが八月十五日」

リブはそれが何を意味するのか聞く気にもなれなかった。

「マリアさまが天に召された日さ」バケツを使って身ぶりでキティが説明する。

「死んだのですか」

「そうじゃないさ」とキティがあきれたように笑う。「愛する息子によって死を免れたんだ」

この生き物に話しても無駄だ。リブはうなずき、村に向かった。

リブはスピリット食料雑貨店へ、濁った暗闇を進んだ。少しかじられたような月が、地平線近くの空にある。上階に行きベッドに体を横たえる前に、マギー・ライアンに朝食のとり置きを頼んだ。

九時に目覚めた。まだ頭がぼんやりとして、しっかり考えられる感じはしなかった。雨が、まるで目が不自由な人の人さし指のように強く屋根を打っている。

食堂にウィリアム・バーンの姿はない。ダブリンにもう帰ったのかもしれない。神父の詐欺へのかかわりの可能性を暴くよう、リブに迫ったくせに。

マギー・ライアンが、冷たいパンケーキを持ってきた。かすかに、ぱりぱりする食感でリブは推察する——これは燃えさしの上で焼かれたんだ。アイルランド人は食べ物に恨みでもあるのだろうか。リブはマギーに新聞記者について尋ねようと思ったけれど、その質問がどう解釈されるのかを恐れて聞かなかった。

リブはアナ・オドネルのことを思った。五日目の朝、いっそう空っぽの状態で目覚める。リブは急に気分が悪くなり、皿を押しのけて部屋に戻った。

数時間、リブは読書をした——エッセイ集を一冊——しかし、何も頭に残らなかった。

リブはスピリット食料雑貨店を出て、歩いた。雨が傘を打ちつけたが、どうしても外にいたかった。数頭のみすぼらしい牛が草地に出ている。台地に近づくほど、土壌は痩せるようだった。アナがクジラと呼んだ台地は長く、一方は大きくどっしりとして、もう一方の先はとがっていた。その道がだんだんなくなり、泥炭地になるまでリブは歩き続け、そのあとは、ヘザーで紫に見える隆起して水気の少ない場所を目指して進んだ。視界の隅で何かが動く。野ウサギ？ところどころにくぼみがあり、熱々のココアがわいているように見えるものもあれば、汚い水がどんよりと光るものもあった。

革靴の内側に水が染みないように、リブはキノコのような形をした土の塊から塊へ跳び移りながら進んだ。ときどき、傘で土の硬さを確認した。リボンのようなスゲが密生し壁のように並ぶ道をリブはしばらく進んでいたが、足元で聞こえる水の流れる音に不安になった。おそらく地下の水脈だろう。この土地全体が穴だらけなのだろうか？

曲がったくちばしの鳥が後ろからリブを追い越し、高い鳴き声で不満を伝える。白いカモが、湿地のあちこちでうなずく。リブが変わった形のコケに目を凝らすと、二本の角のようなものが生えていて、まるで小さなシカのように見えた。

地面の大穴から、何かを切るような音が聞こえてくる。リブが近寄ってのぞきこむと、茶色の水が穴半分の高さまでたまっており、胸まで水に浸かった男がいた。土の階段のように見えなくもない出っ張りに肘をかけている。「待っていてください！」とリブは呼びかけた。

男はリブを見あげた。

「今すぐ助けを呼んできますから」

「大丈夫だよ、お嬢ちゃん」

「しかし――」そう言ってリブは男をのみこみそうな水を指さした。

「ひと休みしてるだけだよ」

またリブの早とちりだ。リブの顔が赤くなった。

男はもう一方の腕で土の出っ張りをつかんで、体を引きあげた。「あんた、イングランドの看護婦か」

「そうです」

「あんたのとこじゃ、泥炭はとらんのか？」

そのときリブは、土の出っ張りに羽根のような歯がある鋤がかかっているのに気づいた。「わたしの住む場所では、見たことがありません。どうしてこんなに深く掘るのですか？」

「そりゃあ、上のはぜんぜんよくないからだよ」穴の縁を指しながら男は答える。「動物の寝床とか、けがの手当てとかにはいいかもしれんけども」

この腐りかけの草を傷に触れさせるなど、リブには想像すらできない。戦場ですらやらないだろう。

「燃やすための泥炭をとるには、男ひとりかふたり分くらいの深さは掘らないと」

「まあ、面白い」リブは納得したふうに見せたかったのだが、パーティーにいる軽薄な女のような答え方をしてしまった。

「お嬢ちゃんは迷子なのかい？」

「いいえ、ご心配なく。運動をしていたのです。散歩です」運動という言葉を、この泥炭堀りが知らないかもしれないと思いリブは言い直した。

男はうなずいた。「パンがそのポケットに入ってないかね？」

リブは警戒し、一歩さがった。この男は物乞いなのか？「ありません。お金も持ち合わせていません」

「いや、金など役に立たんよ。そこいらを歩くとき、いっぱい来るからさ。パンがあればしのげると思って」

「いっぱい来る？」

「ちっちゃいのだよ」

ああ、また妖精の話？ リブは踵《きびす》を返して去ろうとした。

「あんた、緑の道《グリーンロード》を歩かないのかい？」

また超自然現象の話をしているのだろうか。リブはふり向き「何のことなのかさっぱり分かりません」と言った。

「知らんことはない。すぐそこなのに」

泥炭堀りが指す方向に、小道があるのを見てリブは驚いた。「ありがとうございます」

「あの子はどうしとる？」

リブは反射的に、持ちこたえていますす、と答えそうになったが、口をつぐみ、「この件については、話してはいけないと言われておりますので。ごきげんよう」と答えた。

近くで見ると、グリーンロードは砕石舗装された馬車道だった。泥炭地の真ん中から唐突にはじまっていた。となり町に続く道なのかもしれない。そしてその道の続きは――つまりオドネル家がある村への道だが――これから建設されるのだろうか。どこにも緑はないけれど、グリーンロードといわれる理由があるはず。リブは道の端の軟らかな部分を早歩きした。ところどころに花が咲いている。

三十分ほど歩いたところで、道は少し高い土地へ曲がり、さがり、あがり、うねうねと進む。なぜ曲がらなければならなかったのか、明確な理由は見あたらない。リブはいら立ち、舌打ちをした。どうしてまっすぐに歩ける道がここにはないのだろう？　しばらくすると、もとの道に戻った。何だか悲しげな、表面に割れ目のある道。道と呼ばれるそれは、はじまりと同じように前触れもなく消え、砕石が雑草にのみこまれていた。

アイルランド人というのは、何てとりとめがない。落ち着きもない。役立たずで希望もない。不幸で、いつだって過去の惨事の不平ばかり言っている。やつらの道はどこにも続かない。やつらの木に実るのは、腐ったぼろ布だけだ。

リブは大股で足を鳴らしながら、もと来た道を戻った。傘の下で水は飛び散り、外套を濡らした。こんなひどい道を歩けと言ったあの男に、文句を言ってやろうとリブは心に決めていた。しかし、あの穴まで戻ると、縁まで茶色の水がたまっている。別の穴？　大地をかじった跡のような大穴の横に、乾燥棚があり、その上で泥炭塊が雨に打たれていた。

ライアンの宿に戻る途中、小さなランのような花をリブは見つけた。アナのために摘んでいこうか。縁に足を置き、花に手を伸ばした瞬間、リブはぬかるみに踏み出していた。

真っ逆さまに転び、リブはべっとりとした泥の中ではいつくばった。すぐにひざまずいたけれど、全身びしょ濡れだ。スカートを持ちあげ、一歩進もうとすると、足が泥炭に深く沈んだ。罠《ワナ》にかかった動物のように、リブは必死の思いで泥からはい出た。

小道に戻ると、自分がスピリット食料雑貨店からそう遠くないところにいると気づき、リブはほっとした。こんな格好で村じゅうを歩かずにすむ。

入り口で宿主が、彼のふさふさの眉をあげた。

「あなた方の泥炭地はすさまじいですね」とスカートから水をしたたらせながらリブが言った。

「溺死者も出るのでは?」

主人はあざ笑うと、せきこみ、話せるようになってから「まあ、頭が弱いのは溺れるかな」と言った。「それか、月のない晩に出歩く酔っぱらいだ」

体を乾かし、替えの制服に袖を通した時点で午後一時を五分回っており、リブはできるだけ速足で歩いた。もし看護婦としての尊厳を打ち捨てていたら、全速力で走っていただろう。あんなに時間厳守だと言ったのに、二十分間も遅刻するなんて……。

今朝、洗濯桶があったところには灰色の水たまりがあり、四本脚のついた木製の洗濯棒が横たえてあった。小屋と、幹の曲がった木の間に張られたロープにシーツと衣類が干され、その下に茂みがある。

良いお部屋ではサデウス神父がバターを塗ったスコーンを片手に、紅茶をすすっていた。リブは怒りを感じた。

しかし、彼は訪問客として数えない、とリブは自分に言い聞かせた。教区の神父で委員会のメンバーだ。少なくとも、アナのとなりにはシスター・マイケルが座っている。外套を脱ぎながら、リブはシスター・マイケルと目を合わせ、遅刻したことへの謝罪の言葉を口の動きで伝えた。

「さて、敬虔《けいけん》な子よ」と神父が言った。「質問に答えよう。上でも下でもないんだよ」

「では、どこですか?」とアナが尋ねた。「どこかに浮いているのですか?」

「煉獄は実際の場所と考えるよりも、魂を清めるための時間と考えるといい」

「でもサデウスさん、どのくらいの時間ですか?」とアナが姿勢を正して尋ねた。背筋がぴんとしている。ミルクのように白い肌。「肉体の罪ひとつにつき、七年間というのは知っています。聖霊の七つのたまものに対する罪だから。だけど、パットの罪がいくつあるか分からないんです。だから何年かかるか分からないんです」

神父はため息をついたが、異論は唱えなかった。

リブはこのでたらめな計算式に吐き気がした。アナが宗教熱に浮かされているだけでなく、この国全体がそうなのだろうか？

神父はティーカップを置いた。

リブは彼の皿にくずが落ちていないか確認した。あったからといって、アナがそれをかすめとるだろうとは、もう考えていなかったのだが。

「特定の時間というよりも、過程なのだよ」と神父はアナに言った。「神の永遠の愛に、時間などないのだから」

「だけど、パットは神さまのところにはまだ着いていないと思うんです」

シスター・マイケルはアナの手に、自分の手を重ねた。

アナの姿に、リブの胸が痛んだ。ふたりきりだったから、兄と妹はつらいときも身を寄せ合ってきたのだろう。

「煉獄にいる者は祈ることすらゆるされないよ、もちろん」と神父が言った。「だけど、わたしたちは祈ることができる、罪を贖《あがな》うために――炎に水を注ぐようにね」

「でも、そうしてきました。サデウスさん」とアナが大きな目で乞うように言った。「聖霊のためのノベナも行いました。九日間、九カ月連続で。お墓でヘルフタのゲルトルードのお祈りも捧げました。聖体拝領も、すべての聖人が代わってご祈祷くださるよう、祈りも捧げました――」

神父は片方の手のひらを見せ、アナを制止した。「そうか。ということはもう、償いの半分はすんだということだよ」

「だけど、パットを焼く炎はまだ消えていないかもしれません。まだ水が足りないかもしれない」

リブは根負けしそうな神父に同情したくなった。

「ほんとうの炎を思い浮かべるのはやめるんだ」と神父はアナに言った。「神の存在の前に、魂の痛いくらいの無価値さをさらすこと自体が、罰なのだよ。分かるね？」

少女は声をあげて泣きだした。

シスター・マイケルはアナの左手を、両手で包んだ。

「さあさあ」と彼女は小さな声で呼びかけた。「主はこうおっしゃいましたね。〝恐れることはない〟。そう、お言葉にあるはずです」

「その通りだよ」とサデウス神父。「パットは神にお任せしたらいい」

アナのはれた頬に涙が伝ったが、彼女はすぐにぬぐった。

「ああ、主よ。やさしい娘にご慈悲を」とリブの後ろのドア口に立っていたロザリーン・オドネルが言った。キティはそのとなりにいる。

この輪の一員として自分が立っていることに、リブは落ち着かなくなった。もしかしたら、母親と神父が用意した劇だったのではないだろうか？　でもシスター・マイケルはどうだろう

――彼女はアナを慰めようとしていたのか、それとも、迷路のもっと奥深くに誘っていたのだろうか？

サデウス神父は両手をぱちんと合わせた。「では、お祈りしようか、アナ」

「はい」そう言ってアナも倣った。「〝崇敬します《アイ・アドア・ジー》。尊き十字架を。わたしの救世主キリストの、慈しみと光あふれるみ使いにより祝福され、主の尊き血潮のかかったその十字架を。アイ・アドア・ジー。おお、神よ。わたしの愛のために磔《はりつけ》にされたお方よ〟」

ドロシーの祈りだ！「〝崇敬します《アイ・アドア・ジー》。尊き十字架を〟」――この五日間リブが聞いていた言葉は、ドロシーではなく、アドア・ジーだったのだ。〔英語ではI adore thee. 直訳すると「I（わたしは）adore（崇敬します）thee（あなたを）」発音すると単語間の音の連結により「アィァドアジー」と聞こえ、リブは「ドァジー」を「ドロシー」という人名と聞き誤った〕

リブは謎の答えが分かった満足感を一瞬味わったものの、すぐに平常心に戻った。ただの祈りの言葉だ。これが分かったから、何だというのだろう？

「さてアナ、今日わたしがここに来たのはね」とサデウス神父が言った。「君が食べるのを拒絶していることについて、話したかったからだよ」

この神父、自分は手を尽くしたのだとイングランド女に委員会の前で証言させるためにこんなことを？　じゃあそのおいしそうなスコーンをその子に今、食べさせなさいよ、とリブは心の中で神父に迫った。

アナは、小声で何か言った。

「もうちょっと大きな声で」

「拒絶してなどいません」とアナは言った。「ただ、食べないだけです」

リブは真剣なその瞳を見つめる。はれぼったい目。

「主は心を見ることができるから」とサデウス神父。「アナの気持ちはきっと届いているはずだよ。食べるための恩寵《おんちょう》を授かれるよう、祈りを捧げよう」

修道女がうなずいた。

食べるための恩寵！　神秘の力だとでも言いたいのだろうか。犬も、芋虫も生まれさえすれば、食べはじめるというのに。

三人は沈黙のまま、数分間祈った。サデウス神父は残りのスコーンを食べ、オドネルとシスター・マイケルにあいさつし、出ていった。

リブはアナを寝室に連れ戻した。アナに言うべきことは何もなかった。彼女の信仰を侮辱することなく、先ほどの会話について話すことはできそうになかったからだ。世界じゅうで、とリブは自分に言い聞かせた。アミュレットや偶像、魔法の言葉を人々は信じてきたのだから。リブがどう思おうが関係ない。アナが何を信じようと構わないはずだ。もし、彼女が食べてさえくれれば。

リブはオール・ザ・イヤー・ラウンド誌を開き、少しでも興味をそそる記事がないか探した。

マラキが立ち寄り、娘と少し言葉を交わす。「何の花だい?」

アナは花瓶の花の名前を教えた。キンコウカ、ミツガシワ、エリカ・テトラリクス、ヨウシュヌマガヤ、ムシトリスミレ。

マラキは心ここにあらずといった表情で、アナの耳たぶに触れている。

娘の頭髪が薄くなっていることに気づいただろうか? とリブは思う。ところどころ表皮がめくれているところは? 顔の産毛は? むくんだ手足は? それともこの父親にとってのアナの姿は、いつも変わらないのだろうか?

今日は表のドアをたたく者はいない。降り続く雨が足止めしているのかもしれない。神父との話からずっと、アナは口を開いていない。賛美歌の本を膝に広げ、座っている。

五日間も、とリブは考える。アナをじっと見つめすぎたのか、目がちくちくする。この頑固な少女は、ほんとうに五日間ずっと水のみでしのいだのだろうか?

三時四十五分に、キティがトレーを運んできた。キャベツ、カブ、そしてやはりオーツ麦のケーキ——しかしリブは腹がすいていたので、まるでごちそうを前にしているかのように食べた。少し焦げている。中は生焼けだ。それでもリブは口に押しこんだ。リブは一メートルほど先にアナがいることもほとんど忘れ食べた。彼女が唱えるドロシーの祈りではっとわれに返ったときには、ほとんど食べてしまっていた。空腹とはそういうものだ。ほかのものが目に入らなくなる。オーツ麦が喉にこみあげてきた。

リブがスクタリで知り合った看護婦に、ミシシッピ州のプランテーションに滞在したことがある者がいた。いちばん怖かったのは、鎖も首輪もすぐに気にならなくなったことだと言っていた。人間はどんなことにも慣れる。

リブは自分の皿を見つめ、アナが言ったように皿の上のものを見てみようとした。馬蹄か木片か石。不可能だ。リブはもう一度試した。野菜を無関心なまなざしで見てみる。額縁に入っている、油のついた皿の写真。なめようとも思わない。雑誌のページを食べようとする者などいない。リブはガラス板をもう一枚、額縁をもうひとつ、それからだめ押しのガラス板をのせて、箱にしまった。〈食用ではありません〉。

だけどキャベツは、昔なじみの友達だ。熱々の食欲をそそる匂いがリブに語りかける。リブはフォークを突き刺し、口に運んだ。

アナは雨を見ていた。曇った窓に顔をくっつけるようにして。

N女史は、日光を浴びることが病人にとっていかに重要か熱っぽく説いた。リブは今でも思い出す。〝植物と同じで、人間も日の光がなくてはしおれてしまうのです〟。アナが光を吸収して生きているという、マクブレティの仮説も思い出した。

六時ごろ空が晴れた。もう遅いので訪問客もいないと踏んだリブは、二枚の肩掛けでしっかりアナを巻いてから連れ出し、家の前を一周した。

少女はひらひらと飛ぶ茶色のチョウにむくんだ片手を伸ばしたが、チョウはとどまろうとせずに飛び続けた。「あそこの雲、アザラシみたいに見えませんか?」

リブは目を細めて見つめた。「アザラシなんて見たことがあるのですか?」

「絵でなら、あります」

子供たちは決まって、雲が好きだ。形がない、というよりもむしろ、常に形を変える。万華鏡のように。この少女の未完成の心は、ずっと整理されないままなのだろう。食欲から解放された奇跡などという野望の餌食にされるのも無理はない。

ふたりが戻ったとき、ひげ面の背の高い男が、もっとも名誉ある場所のスツールに座っていた。男はふり向き、アナを見てにっこり笑った。

「わたしの目を盗んで、訪問客を入れたのですか?」リブはロザリーン・オドネルを小さな声で責めた。

「そんなことしていませんよ。ジョン・フリンは知らない人じゃないんですから」と母親は大きな声のまま言い放った。「道の向こうにある大きな農場の主ですよ。それに夜、マラキに新聞を届けてくれるのもこの方です」

「訪問客は禁止です」とリブは言った。

ひげ面の男がとても低い声で応えた。「わたしはあなたに給金を支払っている委員会から来た者だがね、ライト夫人」

またリブの早とちりだ。「失礼いたしました。知らなかったのです」

「ジョン、ウイスキーでもどうですか？」とオドネル夫人は言い、暖炉のそばの隅に置いてある客人用の酒瓶に手を伸ばした。

「今は結構。アナ、気分はどうかな？」フリンが柔らかな声色で尋ね、少女に手招きした。

「元気です」とアナが答える。

「君は素晴らしいね」と言った男の目はぼんやりしていた。まるで幻でも見ているような表情だ。少女の頭をなでるかのように、大きな手を伸ばす。「君はわたしたちの希望だ。暗い時代に必要なのは君のような存在だよ」と男は言った。「このあたりを照らす光。いや、この行き暮れた島全体を照らす光だ！」

アナは片方の足に重心をかけ、もじもじしている。

「いっしょに祈ってくれるかな」と男が聞いた。

「濡れた服を着替えなければなりません」とリブ。

「では、眠る前に祈りの言葉をわたしのためにささやいてくれるかな」と男は、リブに連れられて寝室に向かうアナに呼びかけた。

「もちろんです、フリンさん」とアナがふり向きながら応える。

「神のご加護を！」

ランプの明かりがないアナの部屋は、いっそうじめじめとして窮屈だ。「もうすぐ暗くなりますね」とリブ。

「〝わたしに従う者は暗闇を歩かず〟」と袖口のボタンを外しながら、アナが暗唱した。

「寝間着に着替えましょうか」

「はい、エリザベスさん。それともイライザさん？」疲労からか、うまく笑えないアナ。

リブはアナの小さなボタンに集中した。

「それともリジーさん？　リジーって好き」

「リジーではありません」とリブ。

「イジーさん？　イビーさん？」

「イドリーディドリーさん！」

そう言ってアナはひとしきり笑った。「そう呼びます。イドリーディドリーさん」

「許可いたしかねます、ゴブリン少女」とリブは言った。オドネル夫妻と友人のフリンは、寝室から聞こえるはしゃぎ声を、いぶかっているだろうか。

「もう決めました」とアナ。

「リブ」まるで咳をするみたいに、口からこぼれ出た。「リブと呼ばれていました」そう言いながら、リブはすでに愛称を教えたことを後悔しはじめていた。

「リブ」とアナは満足そうにうなずいて、繰り返した。

とても懐かしい感じがした。子供のころ、まだリブの妹が姉を尊敬していた日々に呼んでくれたみたいに。ふたりはいつも、いつまでも、いっしょだと思っていた。

リブは思い出を押しやった。「あなたのは？　アナにも愛称がありますか？」

アナは首を横にふった。

「アニーがありますよね。それか、ハナ、ナンシー、ナン……」

「ナン」と少女が言った。音を確かめるみたいに。

「ナンが気に入りましたか？」

「だけど、わたしじゃないみたいです」

リブは肩をすくめた。「女性は名前を変えることがあります。たとえば、結婚のときなどです」

「リブさんも結婚していた」

リブはうなずいた。ためらいがちに。「わたしは未亡人です」

「いつも悲しいですか？」

リブはまごついた。「夫とは、一年もいっしょにいませんでしたから」冷たく聞こえただろうか？

「愛していたんですよね」とアナ。

リブは答えに詰まった。ライト氏を思い出そうとしたけれど、顔がぼやけている。「悲惨な出来事に襲われ、手の打ちようがないときは、また一からはじめるしかありません」

「何をはじめるんですか？」

「すべてです。新しい人生をはじめたらいい」

静かに、少女はその考えを吟味しているようだった。

ふたりが暗闇にほとんど見えなくなったころ、キティが明々としたランプを抱えて入ってきた。

しばらくして、ロザリーン・オドネルがアイリッシュ・タイムズ紙を持ってきた。ジョン・フリンが置いていったらしい。月曜日の午後にライリーが撮影したアナの写真が載っていたが、木版で刷られているため、線や影がかなり粗く、リブをぞっとさせた。まるで窮屈な小屋で昼夜過ごしている彼女への警告であるかのような気がした。リブはアナが目にする前に、新聞をとった。

「その下の長い記事」と母親は震えながら、重々しく言った。

アナが髪をといている間、ランプの明かりのもと、リブは記事に目を通した。ウィリアム・バーンの最初の記事だ。ペトロニウスの格言を引用している箇所がある。水曜日の朝、確固たる情報も何もなく書きあぐねていたときのものだ。〈田舎特有の無知さ〉についてはやはり、リブも同意せざるを得ない。

次の段落は初見だ。

〈ご存じの通り、断食はアイルランドで長年培われてきた技術である。寝床は眠いまま、食卓

は空腹のまま去れと古い格言にもあるではないか。〉

こんなものはニュースではない、とリブは思う。ただの無駄話だ。浮ついていて不快な後味を残す。

〈都会で洗練されゲール語を打ち捨てた読者諸君に思い出してもらいたいのだが、もともと水曜日を表す言葉は「最初の断食」を意味し、金曜日を意味する単語は「二度目の断食」を意味した（そして両日とも慣習によると、赤子が我慢できず泣くならば、三回目までは泣かせ、四回目で乳をやるのがいいらしい）。木曜日は喜ぶべきことに、断食の中休みという意味である。〉

これはそもそも事実なのだろうか？　あのでたらめ記者の書くことを、リブはまったく信用する気になれなかった。バーンは博識だけれど、ユーモアに比重を置いた可能性も否めない。

〈われわれの先祖には無礼者や取り立て屋へ断食で抗うというしきたり（に加えて格言）が存在し、それはつまり、屋外で目立つように行うということである。かの聖パトリックですら、メイヨー州にある自らの名の由縁である山にのぼり、創造主への抗議の断食をしたといわれる。しかも、成功を収めたのだ。辱められた神は、最後の審判の日にアイルランド人を裁く権限をついに彼に与えた。インドでも、戸外での断食は抗議方法として浸透しており、インド総督は禁止することを提案している。少女オドネルは四カ月間朝食、昼食、夕食を拒否することで若き不満を表明しているのかもしれないが、現時点で記者がその詳細を確かめるに至っていない。〉

リブは新聞を火にくべてしまいたかった。あの男には心がないのか？ アナは問題を抱えた子供だ。新聞読者の夏の娯楽にされてたまるか。

「わたしのこと、何て書いてありましたか？」

リブは頭を横にふった。「書いてあったのは、あなたのことではありませんでした」

気を散らそうと、リブは大きな活字で書かれた世界の重要事項に目を走らせた。総選挙、ワラキアとモルダヴィアの統一、ベラクルス占領、ハワイの断続的噴火活動。

ぜんぜん効果なし。リブの関心事とはほど遠い。家庭で行う仕事は、視野が狭くなりがちだ。看護という仕事の特異さがそれに拍車をかけるような気がする。全世界が、その部屋に集約される。

リブは新聞を折りたたんで硬い棒状にし、ドアのそばの小さなトレーに置いた。それからベッドや写真の表面を確認した。修道女の当番の間にアナがベッドから抜け出して何かを食べたのではないかと疑っているわけではなく、ただ、手持ちぶさただったからだ。

寝間着姿でアナは毛糸の靴下を編んでいた。アナはやはり、口に出さないだけで悲しんでいるのだろうか。

「寝る時間ですよ」リブは枕をたたいて、アナの頭が適切な角度になるよう枕の形を整えた。リブは記録する。

〈むくみ　改善なし〉
〈歯茎　〃〉
〈脈拍　一分間に九八回〉
〈呼吸　一分間に一七回〉

修道女が交代時間に入ってきたとき、アナは眠っていた。

リブは修道女と話さなければならないと思った。リブのあらゆる申し出がすべて拒否されるとしても。「五日間の昼の当番と四回の夜の当番で、わたしは何も見つけられませんでした。患者のためだと思って教えてください。シスターは何か見つけましたか？」

ためらい。そして修道女は首を横にふった。そして消え入るような声でこう言った。「見つけるべきものが、ないからかもしれません」

というのはどういう意味だろう——密かに食べる様子がないのは、アナがほんとうに奇跡の人で、祈りのみで生きているとでもいうのか？　言い表しようのないくらいむっとした空気で充満するこの小さな部屋に――いや、この国全体に――リブは吐き気をもよおした。

リブは努めて、その場にそぐう言い方を考えた。「聞いていただきたいことがあります。アナというより、わたしたちのことで」

修道女は興味をそそられたようだった。しばらくして修道女は口を開いた。「わたくしたちのこと？」

「わたしたちは、観察するために呼ばれたのですよね」

シスター・マイケルはうなずいた。

「けれど、何かをじっと見ること自体、それに干渉することを意味します。観察という目的で魚を水槽に入れる、植物を植木鉢に移す。どちらにしろ、環境を変えることになる。どのようにアナが過去四カ月を過ごしていたにしろ――今の状態とは、ちがったはずです。そう思われませんか？」

修道女は首をかしげた。

「わたしたちのせいです」とリブははっきりと言った。「観察をすること自体が、観察される側の環境を変えてしまった」

シスター・マイケルの眉があがり、額に巻かれた白い布の後ろに消える。

リブは続けた。「もし過去四カ月の間、この家で何らかの不正が行われていたとしたら、わたしたちが観察を開始した月曜日に、それが停止されたと考えられます。つまり、かなり高い可能性として、わたしとあなたの存在が、アナが食べることを妨げているのです」

「わたくしたちは何もしていません！」

「わたしたちは、見ています。ひとときも目を離さず。わたしたちふたりが、アナを針で留められたチョウのようにしてしまった、そうは思われませんか」比喩を誤った。あまりにも陰鬱としている。

修道女は首を横にふった。一度、二度、何度も、何度も。

「思いちがいであってほしいと、わたしも思います」とリブは言った。「しかし、もし正しければ、この子はもう五日間も食べていないことになります……」

シスター・マイケルは、そんなことはありません、とかこの子に食べ物は必要ないのです、とは言わなかった。彼女が言ったのは、「深刻な変化に気づかれたのですか」だった。

「いいえ」とリブは認めた。「まだ確証はありません」

「まあ、そうでしたか」

「まあ、そうでしたか、とは何ですか？　シスター、〝神、そらに知ろしめす。すべて世は事も無し〟とでもおっしゃるつもりですか？　わたしたちは何をすべきでしょうか？」

「ライト夫人、わたくしたちに課された仕事をすればよろしいのです。それ以上も、それ以下も求められてはおりません」そう言うと修道女は椅子に座り、聖書を開いた。彼女の防塞だ。

農家出身で慈悲修道女会に仕えることになったこの修道女は、まちがいなく善人だ、とリブは疲れ切った頭で考えた。彼女にしかない頭のよさも持ち合わせている。でももし、雇い主とローマの教皇から与えられた枠線の外に少しでも踏み出してくれたら。〝お役に立つことを誓ったのです〟。そう言った彼女は、誇らしげだった。しかし、ここで何の役に立っているというのだろう？　リブはたったの二週間で、スクタリからロンドンに送り返された看護婦にN女史が言い放った言葉を覚えている。〝戦線では役に立たぬものはみな、妨害物であります〟。

キッチンでは、ロザリオの祈りが捧げられていた。リブが通り過ぎるとき、オドネル夫妻、ジョン・フリン、下女がひざまずいていた。全員が声をそろえ、唱える。「〝わたしたちに必要な糧を今日与えてください〟」

この人たちは、自分たちが言っていることが聞こえないのだろうか。アナ・オドネルの日々のパンはどこにあるというのだ？

リブはドアを押し開け、夜闇に歩き出した。

眠りがリブを何度も何度も、あの祈りのカードに描かれていた崖の下に連れていく。十字架が天高く浮かび、その下に大きな赤い心臓が浮いている。脈打っている。岩肌に刻まれた階段をリブは必死でのぼる。踏ん張る足が震えはじめ、何段のぼっても、頂上にはたどり着かない。

土曜日の朝だ、と暗闇で目を覚ましリブは思った。

小屋に着いたとき、茂みに広げて並べられた洗濯物が目に入った。昨日の雨のせいで、いっそう濡れている。

シスター・マイケルは、乱れた毛布の下で眠る少女の小さな胸が上下するのを、ベッドの横で見ていた。リブは眉をあげ、沈黙のまま問いかける。

修道女は首を横にふった。

「水はどれくらい飲みましたか」

「三さじほどです」とシスター・マイケルがささやいた。

さして重要ではない。ただの水なのだから。

修道女は荷物をまとめ、何も言わずに去った。

四角い日の光がアナの右手、胸、左手の順にゆっくりと通った。十一歳の子供がこんなに長く眠るだろうか、とリブは疑問を抱いた。それともアナの体が、燃料のない状態で稼働し続けているから？

そのとき、ロザリーン・オドネルがキッチンから寝室に入り、アナがぱちりと目を覚ました。

リブはふたりのあいさつのために、たんすのほうへ移動した。

娘とレモンのような色の薄い太陽の間に、母親は立った。いつものようにロザリーンがアナを抱きしめようと身をかがめると、アナが、母親の幅広い骨張った胸に手を置いた。

ロザリーン・オドネルは静止した。

アナは何も言わず、ただ首を横にふった。

ロザリーン・オドネルは背筋を伸ばし、少女の頬に指で触れた。寝室を出るとき、母親はリブをきっとにらみつけた。

リブは面食らった。責められる謂れはない。この少女が偽善者の母親にちやほやされるのがいやになったとして、それはリブのせいなのだろうか。ロザリーン・オドネルがこの詐欺の裏にいようが、ただ見て見ぬふりをしているだけであろうが、少なくとも娘が六日目の断食を決行しているのを黙って見ているだけではないか。

〈母親との朝のあいさつを拒否〉とリブは記録した。が、すぐに書いたことを後悔した。医学的なことしか書くべきではなかったのに。

その日の午後、宿への道の途中で、リブは墓地の錆《さ》びついた門を押し開けた。パット・オドネルの墓を見てみたかったのだ。

もっと古い墓石が並んでいるものとリブは想像していたが、それほどでもなかった。一八五〇年以前のものは見つけられなかった。土壌が軟らかいせいで墓石が傾き、湿気が多いからコケがむすのだろう。

〈……にご慈悲を……の思い出に……を愛とともに記憶します……ここに……が眠る……を祭る……彼の最初の妻のために……の繁栄のために……彼のふたり目の妻のために……の魂への祈りをこめて……主をあがめ歓喜して死に復活を信じてやまなかった……〉（本気だろうか、とリブは思う。歓喜して死ぬ者などいるのか？　あの言葉を考えた愚か者は、死に際にベッドの横にかじりついていなかったのだと容易に予想がつく〉。

〈五十六歳……二十三歳……九十二歳……三十九歳、彼女に勝利を与えてくださった神に感謝する〉。リブはほぼすべての墓標に同じ文字が彫ってあることに気づいた。〈ＩＨＳ〉という文字が太陽の模様《サンバースト》とともにある。その文字がわたしは苦しみました《I Have Suffered》を意味するのだと、リブはぼんやり思い出した。一区画だけ、墓碑がなく雰囲気のちがう場所があった。棺桶を並べたら二十基は入りそうだ。だれが眠っているのだろう？　そう思ってすぐにリブは、そこが集団墓地であることに気づいた。名前のない死者たち。

　リブは身震いした。職業柄、リブは死とは親しくやってきた。しかしその瞬間、彼女はまるで敵地に迷いこんだような気がした。

　子供の名前に気づくたび、リブは目をそらした。〈……の息子とふたりの娘……三人の子供たち……若くして亡くなった子供たちとともに……八歳……二歳十カ月〉（打ちひしがれた両親が何カ月かまで数えたのだ）。

〈やさしい天使が
　飛んできて
　咲き初《そ》める花を

摘んでいった
美しいおうちへ
連れていった
天なるくにのお花畑へ

リブは、自分の爪が手のひらに食いこんでいることに気づいた。もし神にとって地球が、自ら創造した最愛の標本にとってですら無価値なものだというならば、なぜわざわざここにわたしたちを植えつけたのだろう？　一瞬で破滅させられる命の意味とは？
リブが捜索をあきらめかけたそのとき、目の前に少年の墓があった。

パトリック・マリー・オドネル
1843.12.3 – 1858.11.21
神の内に眠る

リブはその彫りこまれた質素な文字を見つめた。アナがどう感じるのか、理解したかった。温かく、肉体のある、痩せっぽちの少年。破れた革靴に泥つきのズボン姿。十四歳らしい落ち着きのなさ。

オドネル家の墓に入っているのは、パットだけだった。ということは、マラキのファミリーネームを継ぐ、唯一の希望だったわけだ。少なくともこの村では。そしてこれはオドネル夫人がアナ以来、妊娠をしていない、もしくは妊娠していても出産までいかなかったことを意味する。リブはロザリーン・オドネルへの嫌悪をいったん忘れ、彼女がこれまでどんな人生を送ってきたのか、何が彼女を頑なにしてしまったのかに思いをはせた。七年間続いた飢饉と疫病とバーンがまるで聖書の出来事のように言ったけれど、その間、男の子とその小さな妹をわずかな食べ物、もっとも悪いときは、まったく食べさせる物がない状態で育てなければならなかった。そしてその最悪の年をやっとしのいだのに、育てた息子を一晩で亡くしてしまう……そんなつらい別れを経験したら、想像もできない変化が起こるのかもしれない。残された子供にありったけの愛を注ぐのではなく、彼女の心はブリザードで凍ってしまったのだ。与えるものが一切残っていない状態を、リブは身をもって知っていた。だからあの母親は、不気味なカルト集団を作ったのだろうか？　娘が生身の人間でいるよりも、聖人であったほうが好ましいと？

風が墓地を吹き抜けた。リブは外套をきつく体に巻いた。門を閉じると、錆びてきしむ音がした。リブは右に曲がった。礼拝堂を通り過ぎる。スレートぶきの屋根に立つ、石造りの小さな十字架以外は、礼拝堂も農家もあまり変わらない造りのようだった。しかしサデウス神父の祭壇から放つ力の偉大なことよ。

村に着くころには太陽がまた顔を出していた。すべてのものに光が反射している。リブが通りに出たところで、赤ら顔の女に袖をつかまれた。

リブはひるんだ。

「ちょっと、姉ちゃん。あの子はどうしてる?」

「お教えすることはできません」リブはだめ押しで、「機密事項ですから」と言った。

この女性の知らない単語だっただろうか? 彼女の表情からは分からない。

リブは右に曲がった。マリンガーの方角だ。まだそちらに行ったことがなかった。それに、食欲がなかったし、ライアンの宿で部屋にこもる気にもまだなれなかった。

リブの後ろから、ひづめの金属音が聞こえた。騎手が追いついたとき、その人の広い肩幅と赤い巻き毛がリブの目に入った。リブは会釈した。ウィリアム・バーンが帽子のつばに触れてあいさつし、そのまま通り過ぎるだろうと思っていた。

「ライト夫人、こんなところで会えるなんて」とバーンは言うと、鞍《くら》からおりた。

「日課の散歩です」としかリブは言うことがなかった。

「ポリーとぼくも日課の散歩です」

「では、ポリーの具合はもういいのですか?」

「もうずいぶん。そして田舎暮らしが気に入ったようです」バーンはポリーの滑らかな脇腹をたたいた。「あなたはどうですか? 名所を回られましたか?」

「いいえ、まだひとつも。ストーンサークルですらまだです。墓地には行きましたけど」とリブ。「しかし、古めかしい重要なものは見ることができませんでした」

「ああそれは、ぼくたちは長いこと家族を埋葬することを法で禁じられていたからですよ。だから、昔のカトリック教徒の墓はプロテスタントの墓地にある。となり町のね」とバーンが言った。

「そうなのですね。無知をおゆるしください」

「それは喜んでゆるしましょう」とバーン。「この素晴らしい風景にあなたが抗っていることのほうが、ゆるしがたい」と大げさな身ぶり手ぶりでバーンが言った。

リブは口をとがらせた。「延々と続くぬかるみではないですか。昨日なんて沼の中に落ちてしまったんですよ。もう一生、あのままかと思いました」

バーンはにこにこしている。「ほんとうに気をつけないといけないのは、揺れる沼地ですよ。しっかりした土壌に見えるが、実際は泥炭塊が浮いているだけ。それに足をのせた途端、濁った水の中へさよならです」

リブは顔をしかめた。しかし、内心は観察以外について話すことができて、うれしかった。

「それから、移動沼地もあって」とバーンは続ける。「これはこう、雪崩のようなものなんですが——」

「それはあなたの作り話ですね」

「いや、誓っていい」とバーン。「大雨が降ると、地表の一部が剥がれるんですよ。そして何百エーカーもの泥炭がぶわーっと流れてきて、人をのみこむほど速いんです」

リブは首を横にふる。

バーンは胸に手を置く。「ジャーナリストとしての名誉にかけて！　だれに尋ねてもいい」

リブは横目で見つめた。ふたりに迫りくる茶色の波を想像する。

「すごいんですよ、泥炭って」とバーン。「アイルランドの柔らかい肌です」

「よく燃えるのでしょうね」

「何がです？　アイルランドですか？」

リブはそれを聞いて、声を上げて笑った。

「あなたはすぐにでも、マッチで火をつけたいとお思いでしょう。まあ、まずは乾かせるかどうかが問題ですが」

「わたしは何も言っていません。あなたが勝手におしゃべりしているのです」

ウィリアム・バーンはにやにや笑った。「ご存じですか？　泥炭には中に入ったものを、そのままの状態にとどめておく力があります。たくさんの宝が見つかっているんですよ――剣、大釜、装飾写本――言うまでもなく、とてもよい保存状態の死体が見つかることもあります」

リブは眉をひそめる。「ダブリンの都会の娯楽が恋しくはないのですか？」リブは話題を変えたかった。「ご家族はダブリンに？」

「両親と、三人の兄弟がいます」とバーンが答えた。

リブが考えていたのはもっと別の答えだったのだが、まあ結果的に望んでいた情報が得られた。この男は独身だ。当然だ。まだ若い。

「実際のところ、ぼくは犬のように働いているんです。イングランドの数多くある新聞のためにアイルランド専門の記者として走り回り、ダブリン・デイリー・エクスプレス紙で厳格なユニオニズムを広め、フェニアン団主義の情熱を燃やすような記事をネーション紙のために書き、それからフリーマンズジャーナル紙は敬虔なカトリックの——」

「つまり、あなたは腹話術ができる犬なのですね」とリブが言い、バーンが笑った。リブは、マクブレティのアナについての手紙を思い出した。それこそが、この騒動の元凶だ。「それから、あのアイリッシュ・タイムズ紙の風刺記事も？」

「いえいえ、国政や国の関心事については、穏健な意見をお書きしますよ」とバーンはまるで老貴婦人のような、か細い震える声で言った。「そして時間のあるときは弁護士になるための勉強をしています」

バーンの話は機知に富んでいたので、自慢もそこまで鼻につかなかった。昨夜、燃やしたい衝動に駆られた記事のことをリブは考えていた。持ちうる情報での精いっぱい、というところだったのだろう。リブと同じだ。アナに会うこともできないのに、冗舌にうんちくを垂れる以外、何ができたというのだろう？

暑くなってきた。リブは外套を脱ぎ片方の腕に抱えた。風がツイードのワンピースをくぐり抜ける。

「観察対象の少女ですが、散歩に連れ出したりはするのですか」とバーンが尋ねた。

リブはけん制するように、バーンに視線を投げる。「あのあたりは何だか、波打っているように見えます」

「ジャガイモの畝でしょう」とバーンが言った。「苗を一列に植え、泥炭で覆うんです」

「だけど雑草が茂っているように見えます」

バーンは肩をすくめた。「飢饉で食べる人の数も、だいぶ少なくなりましたから」

墓場の集団墓地がリブの頭をよぎった。「ある種のジャガイモの疫病菌が原因だったのですよね？」

「菌だけであんなふうになるわけがないでしょう」とバーンが言った。あまりにも辛辣な言い方で、リブは面食らった。「この国で死んだ人の半数は、もし地主が穀物を輸出し続けなければ助かったはずだ。家畜を没収し、小作契約を解消し、小作人を追い出し小屋を焼き払ったりしなければね……もしくはウエストミンスターの政府が何の策も講じず、重い尻をじっと椅子に据えたままアイルランド人を見殺しにしさえしなければ！」バーンは汗ばむ額をぬぐった。

「あなたは、死なずにすんだようですね？」とリブは言った。彼の無礼さへのお返しのつもりだった。

バーンは怒らなかった。力なく笑った。「店主の息子は、めったに飢え死にしませんからね」

「飢饉のときもずっと、ダブリンに?」

「十六のときに特派員として雇われるまでは」とバーンは少し皮肉っぽく言った。「特派員といっても、編集長がぼくが渦中に飛びこんでいくのを許可してくれただけなんですけどね。それも、父の金で。ジャガイモの不作とその影響について記事を書くのが、ぼくの目的だった。最初は中立の立場を貫《つらぬ》き、だれかを批判することは避けようと思っていました。だけど、四回目の記事を書いていたとき、思ったんです。ここで何もしないのは、死に値する罪だと」

リブがバーンの張り詰めた表情を見つめた。

バーンの視線は、狭い道のずっと先にあった。「だからこう書きました。ジャガイモ疫病をもたらしたのは神かもしれないが、飢饉をもたらしたのはイングランド人だ、と」

リブはたじろいだ。「編集長はその記事を刷ったのですか?」

バーンは目を見開き、おどけた声色で「反政府的扇動行為である!と怒鳴られ、それでロンドンを去りました」と言った。

「それなのに同じイングランドの悪者のために書き続けているのですか?」とリブ。

バーンは心臓を突き刺されたしぐさをした。「痛いところを突くのが、ずいぶんとお上手ですね。そうです。それからひと月もしないうちに、ぼくは神に与えられたこの才能を、社交界と競馬についての記事を発表することに捧げると決めたのです」

リブはあざけるのをやめて、「最善を尽くされたのですね」と言った。

「十六歳のとき、ほんの少しの間はまあそうですね。それからは、銀貨のために口を閉ざしたままです」

ふたりはしばらく沈黙のまま歩いた。ポリーが止まり、草を食みはじめた。

「今でも、神を信じていますか」とリブは尋ねた。とても踏みこんだ質問だが、たわいもない世間話をする段階はとうに過ぎたように思えた。

バーンはうなずいた。「たくさんの残酷な光景を目にしてきたのに、なぜだか、まだ信じています。あなたはどうですか、エリザベス・ライト――神を信じてはいないのですか？」

リブは立ち止まった。まるで彼女が荒れ地でルシファーを召喚する魔女であるかのような言い草だ。「どうしてそんなふうに決めつけ――」

バーンが口を挟んだ。「あなたから聞いてきたんですよ。信仰心がある人なら、けっして尋ねないことだ」

一理ある。「わたしは目に見えるものしか、信じません」

「自分の感覚のみを信じていると？」赤毛の眉の片方があがる。

「試行錯誤です。科学だと思います」とリブ。「わたしたちが頼るべきなのは、科学です」

「未亡人になったことと、そのような考えになったことは関係がありますか？」

喉元から髪の生え際まで、リブの血がのぼった。「どうやってわたしのことを聞き回っているんです？　どうして女性の決断はいつだって、そういう私生活が関係していると思われるのでしょうか」

「では、戦争ですか？」

バーンは察しがよく、回り道をしない。「スクタリです」とリブが言った。「こんなひどい状況を創造主が止めることすらできないのなら、その存在が善であるわけはないと思うようになりました」

「神は止めることができないのではなく、止めないのだとしても、彼は悪魔なわけですね」

「そうは言っていません」

「ヒュームはそう言いました」

リブはその人を知らない。

「昔の哲学者です」とバーン。「卓越した頭脳の持ち主も、あなたと同じ袋小路にたどり着いた。偉大な謎です」

軟らかい土を進むふたりの革靴と、ポリーのひづめの軽やかな音が響いていた。

「なぜ、クリミアに行こうと思ったのですか？」

リブはうっすらと笑みを浮かべた。「新聞記事が、きっかけでした」

「タイムズ紙のラッセル記者ですか？」

「記者の名前までは知りません――」

「ビリー・ラッセルは、ぼくと同じダブリン出身なんです」とバーンが言った。「彼の前線からの報告は素晴らしかった。あれが出てからだれも、知らぬふりができなくなりました」

「兵士たちがみな朽ち果てていくのに」とリブはうなずいた。「助ける人がだれもいなかった」

「いちばんつらかったことは何ですか？」

バーンの率直さにリブはたじろいだ。しかし、答えた。「書類仕事です」

「どうして？」

「たとえば兵士にベッドが必要だったとします。するとまず、色のついた紙切れを病室長に持っていき著名をいただき、それから徴発官を捜して連署してもらい――そうしてはじめて――兵《へい》站《たん》部がベッドの使用許可を出すんです」とリブが説明する。「流動食も、肉や服や食事、薬品、緊急時の麻酔剤にまで、それぞれ紙切れの色が指定されており、医師に頼みこんで当該部署にかけ合ってもらい、医師以外のふたりの軍人に連署してもらわなければなりません。しかしサインをもらったときにはもう、兵士が亡くなっていることが多いのです」

「くそったれ」バーンは悪びれることなく、ののしりの言葉を発した。

リブがこんなにきちんとだれかに話を聞いてもらったのはいつぶりだろう。「非是認品目、と兵站部が呼ぶものは、その言葉通り、軍からは供給されないもの。背嚢《はいのう》に入れて兵士が持参すべきものだからと言われました。シャツやフォーク、そういったものです。しかし、船からその背嚢自体をおろせないときも多々ありました」

「役人どもめ」とバーンがつぶやいた。「冷血な弱虫ピラトの一団のくせに。自分たちの手は汚さないんだ」

「百人の兵士を食べさせなければならないのに、スプーンは三本しかありませんでした」スプーンと言うリブの声が震えた。「備品棚にたくさんあるといううわさはありましたが、まったく見つからず、しびれを切らしたナイチンゲール女史が自分の財布をわたしの手に握らせ、市場で百本のスプーンを買ってくるようにと命じたのです」

アイルランド人が控えめに笑った。

あの日、リブは急いでいたあまり、なぜ大勢の看護婦の中から自分が選ばれたのか、尋ねそびれた。でも今のリブなら分かる。看護の腕ではなく、やり切れるかどうかで判断されたのだ。あの雑用を任された事実は、外套につけた輝くどんなメダルよりも名誉なことのようにリブには感じられた。

沈黙のまま、歩き続けた。もう村外れだ。「たぶんぼくは、子供なんです。それか、愚か者だ。信じ続けているなんて」とウィリアム・バーンが言った。「〝なあホレーショー、この天地の間にはな、いわゆる哲学の思も及ばぬ大事があるわい〟とか何とか」

「そういうつもりでは――」

「いいえ、ぼくがそう思うのです。慰めなしに、恐ろしいものに目を向けることができないのだから」

「慰めになるのなら、わたしだって」とリブはひとりごちた。

ふたりの足音。ポリーの爪音《つまおと》。生け垣でさえずる鳥の声。

「ずっといつだって、どこでだって、人々は創造主に向かって叫んできましたよね」とバーンが言った。彼の表情はほんの一瞬、尊大な若者のように見えた。

「そしてそれは、わたしたちがその存在を求めていることの証明でもあります」とリブ。「求め続ける思いがこんなにも激しいのは、それ自体が夢だからだとは思いませんか？」

「それは、残酷ですね」

リブは口をすぼめた。

「死んだ者たちはどうです？」とバーン。「彼らがまだどこかにいると感じるのも、それも、ただの夢でしょうか？」

記憶がリブの胸を締めつける。まるで引きつりのように。腕に抱いたあの重み、あの柔らかく白い体、まだ温かい、でも動かない。涙があふれ、前が見えず、リブはつまずきながら急いでバーンから離れようとした。

バーンは、リブに追いつき、彼女の肘をつかんだ。

リブにはどう説明していいのか分からなかった。唇を強く噛んだせいで、血の味がした。

「申し訳なかった」とバーンが言った。何もかも理解したかのように。

リブは彼の手をふり払い、自分の体に腕を回した。抱えていた外套の防水生地を涙が伝う。

「おゆるしください。仕事の癖で」とバーンは言った。「でももう、余計なことは言いません」

リブはほほえもうとしたけれど、気味の悪い顔になるかもしれないと思ってやめた。数分間、ふたりは歩き続け、バーンはその言葉通り口を開かなかった。黙ることもできると証明しているみたいだ。

しばらくして、「わたしはどうかしています」とかすれ声でリブは言った。「少女のことで……動揺しているのかもしれません」

バーンはただうなずいた。

よりにもよって、この人に打ち明けるなんて——新聞記者に。だけど、この世界で彼以外に分かってくれる人がいるだろうか？　「あの子のことを、瞳が痛むくらい必死で見てきました。彼女は食べない。だけど、生きています。わたしの知るだれよりも、彼女は生きています」

「少女はあなたをも落としかけているのですね」とバーンは言った。「あなたの心をつかみかけている。これほど頑固者のあなたの心を」

リブにはバーンが意地悪を言っているのか、判断しかねた。「どうあの子を理解すればいいのか、分からないのです」とだけリブは答えた。

「じゃあ、ぼくの出番だ」

「ミスター・バーン——」

「ぼくの目は、新しい角度から彼女を見ることができる。それに自分で言うのも何ですが、ぼくは人との話し方を心得ています。何かしらの真実を少女から引き出せるかもしれない」

目を伏せ、リブは首を横にふった。ああ、ほんとうに話すのがうまい人だ。それはリブもよく知っている。話すべきではないと警戒している人にも話させてしまう力がある。

「五日間もここで走り回っています」とバーンが動じずに言う。「それなのに何も得ていない」

リブの喉元から頭に血がのぼる。それはそうだ。彼はジャーナリストなのだから、イングランドの看護婦との会話など、無駄で退屈としか思わないだろう。美しくもない、聡明でもない、若くもない。なぜリブは、バーンにとって自分が目的達成のための手段にすぎないということを忘れてしまったのか。

扇動家とこれ以上言葉を交わす必要などない。リブは踵を返し、村へと歩いた。

第四章

Vigil

vigil《ヴィジル》
寝ずの行
寝ずの番
教会祭日の宵《よい》祭り

茂みの洗濯物はなくなっており、小屋は熱された金属の臭いと蒸気で充満していた。午後じゅう、女たちがアイロンをかけていたのだろう。今夜はロザリオの祈りは捧げないようだ。マラキ・オドネルは、パイプをふかしている。キティは棚の下段に、ニワトリを追いこんでいる。

「奥さまはどちらかへ？」とリブは尋ねた。

「土曜日は婦人たちのソダリティの日さ」とキティ。

「それは何ですか？」

しかしキティはすでに、言うことを聞かない一羽を追いかけ回していた。

リブはその日の午後、目を開けたまま横になっていたとき、すぐに尋ねなければならないと思ったことがあった。どうしてかこの件にかかわりのある人で、リブはキティにもっとも信頼を置いていた。この若い女性の頭の中では、妖精や天使が飛び回っているというのに。そしてリブは、初日からもっと、この下女との関係を深める努力をしておくべきだったと後悔すらしていた。キティに数歩近づくと、リブは尋ねた。「キティ、あなたのいとこが誕生日の前日に最後に口にしたものが何だったか、覚えていますか？」

「もちろんさ。忘れるわけない」キティの声はいら立っているように聞こえた。体を折り曲げて食器棚の下段の戸を閉めると、キティは何か言った。トーストと聞こえた。

「トーストですか？」

「ホストと言ったんだよ」とマラキ・オドネルがリブのほうを見て言った。「キリストの体のパン、ホスチアのことだよ」

リブはアナが口を開け、焼きたての小さな円形の薄いパンを受け入れる様子を想像した。ローマカトリック教徒たちが、神の肉体だと信じているものだ。

腕組みして、下女が主人の言葉にうなずいた。「あの子の最初の聖体拝領さ。神のご加護を」

「最後の食事にとあの子が選んだのは、この地の食べ物ではなかったなあ、キティ？」とマラキは言って、炎に視線を戻した。

「そうさ」

最後の食事だなんて、まるで死刑囚のようだ。アナは最初で最後のミサのパンを口にした。そして何も食べなくなった。どの教義をどれくらいゆがめて解釈したらそんな行動につながるというのだろう、とリブは頭をひねった。アナは聖なる食物を与えられたから、もう地上の食べ物は必要ないとでも思ったのだろうか？

父親の表情には生気がなく、ちらちらと踊る炎に照らされてゆがんでいるように見えた。この数カ月間、だれかがアナを生かしている、とリブは考えを巡らせた。マラキなのか？　そうとは考えにくい。

もちろん、有罪と無罪の間には灰色の部分もある。もしこの父親が仕掛けに気づいたとしても――妻か神父、もしくはふたりによって仕組まれたと――気づいたときにはすでにうわさが広まっており、どうすることもできなかったのだとしたら？

寝室では、眠る少女の横でシスター・マイケルがすでに外套のボタンを留めていた。「マクブレティ先生が訪問されました」と修道女がささやいた。

リブの言ったことを、やっと理解したのだろうか。「何か指示がありましたか？」

「ございません」

「先生は何かおっしゃいましたか？」

「さして何も」修道女の表情からは何も分からない。

リブが今まで仕えてきた医師のうち、この愛想のいい医師がもっとも扱いづらい。

修道女は去り、アナは眠り続けた。

夜の番はあまりに静かだ。リブは部屋を行ったり来たりして眠気と闘った。ふと、ボストン土産のおもちゃを手にとった。鳴き鳥が表面に、鳥籠が裏面に描かれている。紐を引き、できるだけ速く回転させるとリブの知覚がだまされて、ふたつの絵がひとつに見えた。鳥籠で震え、鳴く鳥。

三時すぎにアナが目を覚ました。

「何かできることはありますか」とリブは身をかがめ、アナに顔を近づけて尋ねた。「どこか気持ちが悪いところなど、ありませんか？」

「足の」

「足がどうかしたのですか？」

「感覚が、ありません」とアナが答えた。

毛布の下の足の指に触れると、氷のように冷たい。この若さで血流がここまで悪くなっているなんて。「ベッドから少し出て、血の巡りをよくしましょうか」少女はゆっくりと、ぎこちなく体を動かした。リブは彼女を支えて部屋を歩かせた。「左、右、兵隊さんのように」

アナはその場で不格好な行進をする。開け放たれた窓を見つめる少女。「今夜は星がたくさん」

「見えていないだけで、いつも同じ数の星があるんですよ」とリブは言った。そして北斗七星、北極星、カシオペア座を指し示した。

「ぜんぶの星を知っているんですか?」とアナが目をまるくした。

「わたしたちの星座だけです」

「わたしたちの星はどれ?」

「北半球で見える星座、という意味で言ったんです」とリブ。「南半球ではちがう星が見えるんですよ」

「ほんとう?」そう言ったアナの唇は震え、歯がかたかた音を立てた。リブはアナがベッドに戻るのに手を貸した。

フランネルを幾重にも巻いたれんがは一晩じゅう炎に熱されていたのか、まだその熱を蓄えていた。リブは少女の足元の毛布に入れた。

「でもそれはリブさんの」とアナは言った。がたがた震えている。

「こんな穏やかな夏の夜に、必要ありません。少しは温かくなってきましたか？」

アナは首を横にふった。「でもきっとすぐに温まると思います」

まるで横たえられて埋葬を待つ十字軍の戦士のように、微動だにしない小さな少女を、リブは見おろした。「さあ、眠りなさい」

それでもアナの目は、大きく見開かれたままだ。ドロシーの祈りをささやいている。アナがいつも唱えているので、リブがたいして気にも留めなくなった祈りの言葉だ。それから賛美歌。ささやき声よりも少し大きい声で歌った。

〽静けき夜に
家路は遠い
導きたまえ

日曜日の朝、リブは連日の寝不足を補うためにも眠るべきだった。しかし、鳴り響く教会の鐘の音に、目は冴えている。リブはただじっと横になっていた。手足がこわばっている。それまで、リブがアナ・オドネルについて知りえたことを思い出していた。特異な症状ばかりだ。しかし、そのどれも、リブの知る病名とは結びつかなかった。マクブレティ医師と話すべきかもしれない。今度は逃がさない。

午後一時、修道女はアナがミサに行けないことに気落ちしていると報告した。そのため修道女のミサ典書の典礼文をともに読むことにしたらしい。リブがアナを散歩に連れて出たが、先日のように少女を疲れさせまいと、ゆっくりと歩くことにした。地平線に目を凝らし、見物人がいないことを確かめてから出発した。

家の前の作業場を横切るとき、革靴が滑った。「もう少し体力があるようなら」とリブが言った。「あちらの方角に一キロほど歩きたかったですね」――西を指さす――「布が結びつけてある奇妙なサンザシの木まで、いっしょに行きたかったです」

アナは喜々としてうなずいた。「聖なる泉の布の木です」

「水たまりのようなものはありましたが、あれは泉とは呼べないと思います」あの水のタールのような臭いをリブは思い出した。もしかしたら消毒作用のようなものがあるのかもしれない。しかし、迷信を科学的に考察しようとしても無駄だ。「布は捧げ物のようなものですか？」

「あの布を水につけて、痛いところや傷をぬぐいます」とアナ。「そのあと、布を木に結びつけます。分かりますか？」

リブは首を横にふった。

「布に悪いものを吸いとってもらって、その布ごと置いていくんです。布が腐って消えるころ、体の痛いところも治っています」

時間が薬というわけだ、とリブは思う。ずるい言い伝えだ。布が朽ちるには相当の時間がかかる。ほとんどの場合、治癒しているだろう。

アナはこけむした、ベルベットのような壁をさすっている。いや、体を預けて息を整えているのかもしれない。生け垣のアカスグリの実を、二羽の鳥がついばんでいた。

リブは輝くまるい実を手にとって、少女の顔に近づけた。「どんな味か覚えていますか？」

「たぶん」とアナ。アナの唇から手のひらひとつ分ほど離れたところに、その実はある。

「おいしそうでしょう？」リブは誘惑するように言う。

少女は首を横にふった。

「神がこの実も、お創りになったのではないですか？」あなたの神とリブは言いかけた。

「神はすべてをお創りになりました」とアナ。

リブはその赤い実を噛みつぶした。唇から果汁があふれそうだ。これまでに食べたどんなものよりも目の覚めるような味だ。

アナは小さな実を一粒、つまんだ。

リブの心臓がどくんどくんと打ち、音が耳まで届くかのようだ。待ちに待った瞬間がこんなにもあっけなく訪れるのか？　何の変哲もない、風に揺れる実。

しかし少女はぴんと広げた手のひらの真ん中にその実をのせ、勇敢な鳥がおりてくるのを待っている。

小屋に戻るアナの足どりは、まるで水の中を歩いているかのようにゆったりとしていた。

日曜日の夜、よろめきながらスピリット食料雑貨店に帰ったとき、リブは疲れ果てていた。頭が枕に触れた瞬間、眠りに落ちることができると確信していた。

しかし実際には、彼女の頭の中はうなるスズメバチのようにせわしなかった。昨日の午後、ウィリアム・バーンのことを見誤ったのではないかという疑念がつきまとっていた。彼はアナと面会させてほしいと頼んだだけではないか。リブを侮辱するようなことは一言も発していない。それなのにリブが敏感に結論に飛びついた。もしも彼がリブとの時間を面倒くさく思ったのならば、適当に話を進め、アナ・オドネルの話題のみにとどめることもできたはずではないか。

バーンの部屋は廊下の向かい側だ。おそらくまだ寝てはいないだろう。彼と話せたらいいのに、とリブは思った——頭脳明晰《めいせき》なローマカトリック教徒に聞いてみたい——少女が最後に口にしたものがミサのパンだったことについて。リブは少女について、だれかの意見が聞きたくてたまらなかった。リブが信頼する人の知恵を借りたかった。敵意むき出しのスタンディッシュでなく、非現実的な希望に満ちあふれたマクブレティでもなく、目隠しされた修道女でも、人当たりがいいだけの神父でも、夢の中をさまよっている罪深い両親でもなく。そうではなくて、リブが現実をきちんと見られているのかどうか、判断してくれるだれかと話す必要があった。

〝ぼくの出番だ〟。バーンの声がリブの頭の中で聞こえた。からかうような、魅力たっぷりの言い方。

ふたつのことが同時に正しいことはありえる。バーンはジャーナリストだ。真相を掘り起こすことで報酬を得ている。しかし彼はアナを助けようともしているのかもしれない。

リブがロンドンからここに来てから、ちょうど一週間。リブは自信満々だった——しかしそれは自らの正確さを過信していたにすぎなかったのだ。今ごろ、病院に戻っていると思っていた。それどころか、ここに閉じこめられている。脂でべとつくシーツに、いまだに包まれている。アナ・オドネルへの理解は、一週間前から一向に深まっていない。もっと混乱し、疲労し、自分が負っている役割について思い悩んでいる。

月曜日の夜明け前、リブはバーンが泊まる部屋のドア下の隙間から、一枚の手紙を滑りこませた。

五時きっかりに小屋に到着したとき、キティはまだ長椅子に横になっていた。守るべき聖日なので、必要最低限の仕事しかしてはいけないのだと下女は言っていた。

リブは立ち止まった。キティとふたりきりで話せるチャンスだ。「いとこのこと、かわいいと思っていますよね」と小さな声でリブが尋ねた。

「もちろんさ。あんなにいい子だよ」

声が大きすぎる。リブは人さし指を唇の前に立てた。「アナはこれまで内密に」――と言ってリブはもっと分かりやすい言葉を探した――「なぜ食べないのか、あなたに伝えたりしていませんか？」

　キティは首を横にふった。

「今までにアナに食べるように言ったことはありますか？」

「あたしじゃない」下女は長椅子に座り、おびえ、目をしばたたいた。「あたしのせいじゃないさ！」

「ちがう、ちがいます。わたしはただ――」

「キティ？」オドネル夫人の声が、アウトショットから聞こえる。

　ああ、作戦は失敗だ。リブは寝室にするりと入った。

　少女は三枚の毛布にくるまれて、まだ眠っていた。「おはようございます」とシスター・マイケルがささやいた。そしてリブに、夜の番の真っ白な記録を見せた。

〈スポンジによる清拭〉

〈水　ふたさじ〉

「ライト夫人、お疲れのようですね」

「そうですか？」といら立ってリブは返した。

「ほうぼう歩き回られていると、村人たちが話しておりました」

リブがひとりで歩いているのを見られたのだろうか？　それともジャーナリストといっしょのところを？　うわさになっている？　「運動するとよく眠れますから」とリブはうそをついた。

シスター・マイケルが去り、リブは自分がつけてきた記録をしばらく見つめていた。白いベルベット紙が彼女をあざ笑っているようだ。数字は何の結論も導かない。ただアナがアナであり、ほかのだれでもないということを示すのみだ。華奢、まる顔、骨張っている、快活、控えめ、笑みをたたえている、小さい。少女は変わらず本を読み、カードを整理し、刺しゅうし、編み、祈り、歌う。ふつうでは考えられないことばかり。では、奇跡？　リブはずっと、その言葉を遠ざけてきた。だけどなぜ、アナのことをそう呼ぶ人がいるのか今なら分かる気がする。

アナの大きな目。ヘーゼルにちらりと瞬く赤。リブは身をかがめた。「アナ、気分はどうですか？」

「素晴らしい気分です。今日は聖母被昇天祭ですから」

「というのは」とリブ。「聖マリアが天にのぼった日なのですよね？」

アナはうなずく。目を細めて窓を見ながら。「今日は光がたくさん。ぜんぶのものに光の輪があるみたいです。それに、ヘザーの香り！」

寝室はじめじめしてかび臭い。花瓶の紫色の房からは何の匂いもしない。しかし子供の感覚は研ぎすまされている。とりわけ、この少女の感覚は。

〈八月十五日　月曜日　午前六時十七分〉
〈睡眠は良好との報告あり〉
〈脇下での体温は低いまま〉
〈脈拍　一分間に一〇一回〉
〈呼吸　一分間に一八回〉

数字は上下していたが、全体的に増加傾向にある。危険な状態？　リブには判断しかねた。そういう判断の訓練を受けているのは医師だ。そうはいっても、マクブレティは例外のようだが。

オドネル夫妻とキティはアナのところに来て、礼拝に行くので留守にすると言った。「最初の収穫を捧げるの？」とアナが聞いた。顔が輝いている。
「そうだよ」と母親が答える。
「最初の収穫？」とリブが礼儀として尋ねた。
「収穫したての小麦をひいて焼いたパンだよ」とマラキが答えた。「大麦とオーツ麦も少し入ってる」

「ビルベリーもあるよ」とキティ。

「それから、親指くらいのジャガイモもね。神のご加護を」とロザリーン。

薄汚れた窓から、一団が出発するのをリブは見ていた。農夫が女たちの数歩あとに続く。観察二週目なのに、祭日を優先させるとはどういうことなのだろう？　良心が痛まないのだろうか、とリブはいぶかった。それとも冷淡な怪物なの？　キティは、冷淡な感じではない。心を痛めているように見える。しかしイングランドの看護婦を恐れるあまり、質問されただけで、アナに盗み食いをさせている犯人だと責められているのだと勘ちがいしてしまった。

リブは十時まで待って、アナと外に出た。彼女が手紙で指定した時間だ。美しい日だった。それまででもっとも良い天気。イングランドのような快晴だった。リブは少女の腕を両手で支え、注意深く進んだ。

アナの歩き方に、リブは強い違和感を覚えた。あごを突き出している。しかし、アナはすべてのものを、心から味わっているようだった。牛やニワトリの臭いではなく、バラの香油でも嗅ぐように、息を吸った。すべてのこけむした岩に触れながら歩いている。

「アナ、今日はどうしたのですか？」

「何でもないです。ただうれしいの」

リブは首をかしげて彼女を見つめた。

「聖母マリアさまがこんなにたっぷり光をくださっているから。すべてのものから香りが漂ってくるみたい」

ほとんど何も食べない、もしくはまったく食べないと気孔が開くのだろうか？とリブは思った。感覚が鋭くなる？

「自分の足が見えるけど」とアナ。「まるで自分の足ではないみたいです」兄のぼろ靴を見おろしている。

リブはアナをしっかり支えた。

小道の終わりに、黒いジャケットの人影が揺れる。小屋からは見えない場所にいる。ウィリアム・バーンだ。彼が帽子をあげると、巻き毛がのぞいた。「ライト夫人」

「ああ、この紳士は知り合いです」とリブはできるだけ何げなさを装って言った。この男の何を知っているのだろうと、内心では自問していたが。リブがこの面談を準備したことが委員会にばれたら、即刻、任を解かれるかもしれない。「ミスター・バーン、こちら、アナ・オドネルです」

「おはよう、アナ」彼はアナと握手した。リブはバーンが少女のむくんだ指を見ていることに気づいた。

リブは天気についてとりとめのない話をしていたが、気をもんでいた。だれにも見つからないようにするには、どこを歩けばいいのだろう？　ミサから三人が戻ってくるまで残された時間はどのくらい？　バーンとアナを村の逆方向に導き、往来の少なそうな馬車道を進んだ。

「バーンさんはお客さんですか？」

少女の質問にぎくりとしたリブは、首を横にふった。アナが両親に看護婦が自ら決めた規則を破ったと報告するのだけは、避けなければならない。

「ぼくはただの通りすがりです。名所を回ろうと思っていましてね」とバーン。

「お子さんもいっしょですか？」とアナ。

「悲しいことに、子供はいないのです。今のところ」

「奥さんは？」

「アナ！」

「気にしないでください」とバーンがリブに言った。「いないんですよ。そうなりかけた女性がひとりいたのですが、最後の最後で、彼女が心変わりをしてしまいました」

リブは目をそらした。泥炭地のところどころで、水たまりが輝いている。

「そんな」とアナは悲しそうに言った。

バーンが肩をすくめる。「彼女は現在、コークで暮らしているそうです。きっと、せいせいしているでしょう」

そう言ったバーンを、リブは好ましく思った。

アナが花を好きなことにバーンは気づき、これは奇遇だ、ぼくも花が大好きですと言った。ハナミズキの赤い枝を折り、ひとつだけ残っていた白い花をアナに差し出した。

「伝道のとき」とアナが口を開いた。「キリストが磔にされた十字架は、ハナミズキでこしらえられたのだと学びました。だからこの木は高く伸びず、ぐねぐねと曲がってしか生えないそうです。申し訳なく思っているから」

バーンは身をかがめて、アナの話を聞いた。

「花も十字架みたいでしょう、ほら？　二枚の長い花びらに、小さいのが二枚」とアナ。「この茶色いぼつぼつは、くぎの跡。真ん中にあるのが、茨《いばら》の冠」

「何て面白い」とバーンが言った。

リブはリスクを冒してこの面談を実現させてよかったと思いはじめていた。この件について冗談を言うだけだったバーンが、アナという少女をちゃんと見ている。

バーンはペルシアの王についての話をした。何の変哲もない一本の木を見るために、何日間も軍隊を足止めした王さまの話だ。話の途中で、そばを走るライチョウを指さした。用心深いその鳥は、緑を背景に色鮮やかだ。「ほら、赤い眉毛だ！　ぼくと同じ！」

「あなたのより、もっと赤いよ」と言ってアナが笑った。

ぼくもペルシアに行ったことがある、とバーンは言った。エジプトにも行ったことがある。

「バーンさんは旅がお好きなんですね」とリブ。

「いや、ほんとうはもっと遠くまで行ってみたいんですよ」とバーンが言った。

リブは横目でバーンを見る。

「カナダかな、それかアメリカでもいい。オーストラリアやニュージーランドも捨てがたい。地平がうんと広がります」

「しかし、すべてのつながりを断つのは、仕事などのこともそうですが……」リブは言葉を探した。「それって少し、死ぬような感じではないでしょうか？」

バーンはうなずいた。「移民になるとは、そういうことだとぼくは思います。新しい人生への代償を払う」

「なぞなぞしたいですか？」と急にアナが尋ねた。

「ぜひ」とバーン。

アナはリブに教わった、風、紙、火についてのなぞなぞを出した。リブのほうを向いて、一、二点確認しながら。バーンはどれも答えられず、アナが正解を言うたびに頭を抱えていた。

バーンはアナと鳥の歌声あてクイズをした。アナは抑揚のある、人間の泣き声のような歌が、ダイシャクシギ《カーリュー》のものだとあてた。それから、どどどどという羽音を沼の不平屋《ボグ・ブリーター》という名の鳥だとあてた。この鳥、イングランドでいうところのタシギ《スナイプ》だと判明した。

しばらくして、アナが少し疲れたと言った。リブは探るような目でアナを見てから、彼女の額に触れた。石のように冷たいままだ。日光にもあたり、運動もしたというのに。

「家に帰る前に、ここで少し休みましょうか」とバーンが尋ねた。

「お願いします」

バーンはコートを脱ぎ、一度大きく叩いてからアナのために大きな平らな岩に広げた。

「座っていなさい」と言ってリブはしゃがみ、バーンのぬくもりが残る茶色の裏地に軽く触れた。

アナは腰をおろし、一本の指でサテン生地をゆっくりとなでている。

「見ていますからね」とリブはアナに言った。

そしてリブとバーンは、数歩さがった。

ふたりは、朽ちた壁まで歩いた。リブはバーンのシャツの袖から彼の体温が感じられるくらい、彼の近くに立っていた。蒸気のような熱。「それで？」

「それで、何でしょうか？　リブさん？」張りつめたような彼の声色。

「アナのこと、どう思われましたか？」

「とても愛らしい子ですね」バーンはあまりにも静かに言ったので、リブはよく聞きとろうと前かがみになった。

「そうでしょう？」

「死にかけの愛らしい子です」

リブの呼吸が止まった。彼女は振り向いてアナの姿を見る。男性用の大きなジャケットの端に座っている利口な女の子。

「見えていますか」とバーンが尋ねた。やさしい言葉をかけるかのような柔らかな声色で。「あの子は、あなたの目の前で今にも力尽きようとしています」

リブは言葉がうまく継げない。「ミスター・バーン、ど、どう――」

「きっと、だからだ。あなたは近すぎて、見えていないのです」

「どうして――なぜそんなに確信があるのです？」

「ぼくは、今のアナよりも年が五つ上のとき、飢饉を記録するために派遣されたんですよ」バーンの声が、静かなうなり声のように聞こえた。

「アナはちがいます――彼女のおなかはふくらんでいます」リブは弱々しく反論する。

「早く飢える者も、時間をかけて飢える者もいる」とバーン。「遅いとき、ふくれるんです。だけど水だけで、腹には何も入っていない」その目は、緑の大地を見つめ続ける。「あのよたよた歩き、それにぞっとするような顔の産毛。最近、彼女の呼気を匂ったことは？」

リブは思い出そうとしたが、計測し記録すべきと指示されてきた項目にはない。

「自分の肉体に向かう、つまり、肉体が自らを貪《むさぼ》りはじめると言ってもいいのかもしれない、そうなると、呼気から酢のような臭いがするようになります」

リブが目をやると、しおれた葉っぱのように倒れているアナが見えた。リブは走った。

「気絶したりしてないよ」とアナは、ウィリアム・バーンのジャケットにくるまれ、彼の腕に抱かれて小屋に到着するまでずっと言い張った。「ただ休んでいただけなの」。泥炭をとるための穴のように深い瞳だ。

リブの喉が恐怖に締めつけられる。〝死にかけの愛らしい子〟。バーンは正しい。くそったれ。

「ぼくも入れてください」と小屋の外でバーンはリブに言った。「両親には、ぼくがたまたま通りかかって、手助けをしたと説明すればいい」

「ここから消えてください」リブはそう言って、彼の腕からアナを奪いとった。

バーンが小道へと曲がるのを見届けてから、リブはアナの顔に鼻を近づけ、思い切り息を吸いこんだ。ああこれだ。ほんのりと、おそろしいフルーツの香り。


月曜日の午後リブが目覚めると、激しい雨がライアンの宿の屋根に打ちつけていた。リブの頭はぼんやりとしていた。ドアの下にある白くて四角いものを見て、はじめは光が差しこんでいるのだと思ったが、ベッドからはい出てみると、手紙だった。走り書きされているが、正確な言葉のみが並んでいる。


〈思いがけない断食少女との出会いはごく短時間ではあったが、彼女が果たして極悪な詐欺に利用されているのか否かという、現在世間をもっとも騒がせている疑問に記者が自らの見解を持つにはじゅうぶんであった。

最初に断っておきたいのは、アナ・オドネルが素晴らしい女の子だということだ。彼女が受けてきた村の国民学校での教育は高い水準であるとは言えない。教師はその収入だけでは生計が立てられず、靴の修繕を副業にしている。しかし、ミス・オドネルの言葉からはやさしさ、落ち着き、正直さが感じられる。そして読者が期待しているであろう強い信仰心も見てとれた。自然への大きな関心と同情は、小さな少女のものとは思えぬほど大きい。五千年前のエジプトの賢人がこう書き残している。真に迫る言葉はエメラルドよりも貴重だ。そして、それらの言葉を発するのは奴隷の少女だ、と。

次に、アナ・オドネルの健康について、記者としてうそを告発する使命を果たさねばならない。彼女は自分に厳しく、精神は充実しているため真実が見えにくくなっている。しかし、少女は足を引きずり体を曲げてしか歩行することができず、寒け、指のむくみがあり、目も落ちくぼんでいる。そして何よりも、彼女の呼気が鼻を刺す。餓えの香りである。少女が栄養失調なのは明らかだ。

八月八日に観察が開始されるまでの四カ月間、アナ・オドネルがどのように生かされきたのか、その仕組みはいまだ不明であるが、彼女の状態に言及しておこう――いや、言葉を濁すことなく、明記すべきであろう。子供に重大な危険が迫っている。観察者は注意されたし。〉

リブはその紙をくしゃくしゃと小さくまるめ、握りしめた。言葉のひとつひとつが、痛い。手帳にいくつもの警告ととれる症状を書き留めたのに――アナが日に日に弱っているという明らかな結論にたどり着くのを、なぜ避けようとした？　傲慢だからだ、とリブは答えた。自分の考えが正しいと思い、自分の知っていることにのみ、しがみついた。希望的観測。それまで見てきた患者の家族と同じくらいにひどい。リブは少女に命の危険が迫っているなど、考えたくなかった。だからずっと、意識がないアナに夜間食べさせている人がいるとか、意志力が強くて持ちこたえているとかいう妄想に、現《うつつ》を抜かしたのだ。しかし、外からのぞいたウィリアム・バーンにとって、あの子が飢えていることなど一目瞭然だった。

〝観察者は注意されたし〟。

罪の意識に苛《さいな》まれ、バーンに感謝すべきところなのに、なぜ、彼の整った顔を思い出し、リブは怒りを感じるのだろう？

リブはベッドの下からしびんを引き出し、嘔吐した。昨夜食べた茹でハムだ。

＊＊＊

その夜、リブが小屋に到着する少し前に日が暮れて、満月が姿を現した。ふくれた白い天体。リブは紅茶をすするオドネル夫妻とキティに手短にあいさつして、素早く通り過ぎた。修道女に警告しなくては。それに、シスター・マイケルに真実を伝え、説得を試みてもらったほうがマクブレティ医師も受け入れやすいのではないかと、リブは考えていた。

しかし寝室では、アナがベッドであおむけになり、ベッドの端に修道女が腰をかけていた。少女は修道女の話に夢中で、リブのほうを少しも見ない。

「その百歳の老婦人は、ひどい痛みにいつも苛まれていました」とシスター・マイケルは話を続け、リブをちらりと見てから、視線をアナに戻した。「その女性は神父さまに告白しました。子供のころミサのパンをいただいたけれど、口を閉じるのが遅すぎて、床に落ちてしまった。恥ずかしくてだれにも言えず、そのままにして帰ってしまったのだと」

アナは息をのむ。

この修道女が滔々《とうとう》と話すのを、リブははじめて見た。

「それで神父さまはどうされたと思いますか？」

「ホスチアを落としてしまったとき？」

「いいえ、百歳の女性の告解を受けた神父さまです。彼は老女がホスチアを落としたという教会を訪ねました。ですが、教会は廃虚と化していました」と修道女は続けた。「しかし床石の割れ目から低い木が茂っているところがありました。その根元を神父さまが探ってみると何とホスチアがあるではありませんか。少女の口からこぼれ落ちたそのときのまま、焼きたてのままのホスチアが、一世紀のときを経てそこにあったのです」

アナは小さな感嘆の声をあげた。

リブは修道女の肘をつかんで部屋から引きずり出したい衝動に駆られた。どうしてアナにこんな話をする必要があるのだろう？

「神父さまはそのホスチアを持ち帰り、老女の舌にのせました。すると呪いが解けて痛みから解放されたのです」

少女はもそもそと動き、十字を切った。「〝彼女に永遠の安らぎを与えあなたの光の中で憩わせてください。彼女に安息を〟」

痛みからの解放が、女の死を意味することにリブは気づいた。これがハッピーエンドになるのは、アイルランドだけだ。

アナは目をしばたたき、リブを見た。「こんばんは、リブさん。そこにいたの、気づきませんでした」

「こんばんは、アナ」

シスター・マイケルは立ちあがり、持ち物をまとめると、リブのところにやってきて耳元でささやいた。「日中はずっと機嫌がよくて、次から次へと賛美歌を口ずさんでいました」

「それでアナの気持ちを落ち着かせるために、あのような悲惨な話を？」

布の枠の中で修道女の顔が固まる。「わたくしどもの物語の意味をあなたにご理解いただけるとは思っておりません」

シスター・マイケルの精いっぱいの敵意表明だ。そして修道女は滑るように出ていった。リブが午後じゅう、シスターに伝えようと思っていたことを伝えそびれた。わたしの見識では――バーンの名前は出せない――アナは危ない状態です、と。

まずはランプをともすために必要なものを確認した。燃料の入った缶、ランプばさみ。それから水差し、毛布を数枚。夜の準備は完了だ。リブは手帳をとり出し、アナの手首を持ちあげた。〝死にかけの愛らしい子〟。「気分はどうですか？」

「とても穏やかです」

アナの落ちくぼんだ目。今ならリブも直視できる。膨張した組織に埋もれている。「体の調子はどうです？」

「浮いています」としばらく沈黙してから、アナが答えた。

〈目眩？〉とリブは書き記した。「ほかに気持ち悪いところは？」

「浮いているのは、気持ち悪くありません」

「ほかに、いつもとちがうと感じることはありますか？」リブは鉛筆を構えた。

アナは上体をリブに近づけ、秘密を打ち明けるように言う。「遠くで鐘の音が聞こえる気がします」

〈耳鳴り〉とリブは書いた。

〈脈拍　一分間に一〇四回〉

〈呼吸　一分間に二一回〉


少女の動きは確実に鈍くなっている。証拠を集めようとするリブの目は、すべてをとらえる。アナの手足は一週間前よりも冷たいし、むくみもひどくなっている。しかし鼓動は速い。小鳥の羽ばたきのようだ。アナの頬は真っ赤だ。肌はナツメグおろし器のように荒れているところもある。少し酸っぱい臭い。スポンジで体を拭いてあげたいとリブは思ったが、体を冷やさないようにやめておいた。

「〝アイ・アドア・ジー。尊き十字架を……アイ・アドア……〟」アナがドロシーの祈りをささやく。天井を見つめている。

リブは急にいら立ちを覚えた。「どうしてその祈りばかり、何度も唱えるのですか？」

そう尋ねながらも、私的なものだから、という答えが返ってくるものだと思っていた。

「三十三」

「何ですか？」

「一日に三十三回だけです」とアナ。

リブは困惑した。一時間に一度以上唱えなければならないということだ。しかも睡眠時間には唱えられないから、起きている間は一時間に二回以上唱えているのだろう。バーンがもしここにいたら、何と尋ねるだろう？　アナとのこの会話で、何を明らかにする？「サデウスさんの言いつけですか？」

アナは首を横にふった。「それがお年でした」

リブは一瞬考えた。「イエス・キリストの？」

うなずき。「主が死に、そして復活したお年です」

「でもどうして、そのお祈りを一日に三十三回も唱えなければならないのですか」

「パットを出してあげるため――」と言ったところで、アナは口をつぐんだ。

開け放たれたドア口に、オドネル夫人が立っていた。両手を広げている。

「おやすみなさい、母さん」と少女が言った。

あの石のような表情。母親の悲しみが伝わってくる。それとも抱擁を拒否されたという、とるに足らないことに怒っているのだろうか。生んでやったんだから、子はそれくらいして当然だと?

ロザリーンは踵を返し、ドアをばたんと閉めた。

ああ、怒りのほうだ、とリブは思った。母親を拒否する娘に対してではない。その拒否を目撃している看護婦への怒りだ。

アナはもしかしたら、無意識のうちに母親を苦しめようとしているのかもしれないとリブは疑った。自分を見世物として仕立てあげた母親に抗って断食をしているのか。

壁の向こうから、ロザリオの祈りの呼びかけと、うなるような声が聞こえる。今夜はいっしょに祈りたいとアナが言わない。体力が残っていないのかもしれない。

少女は横向きに寝て、体をまるめている。どうして赤子のような深い眠りという表現があるのだろう、とリブは思った。赤ちゃんは故障しているもののように、もしくは負傷しているかのように体をまるめて、時間をさかのぼり引きずり出される前の、長い無の状態に戻してほしいと願っているみたいなのに。

リブはアナに毛布をかけたけれど、それでも少女は震えていたので、四枚目をかけた。アナが眠り、となりの部屋のロザリオの祈りが途絶えるまで、リブはそこに立っていた。

「ライト夫人」シスター・マイケルがドアから顔を出した。

「まだいらっしゃったのですか」とリブ。彼女と話す機会に恵まれて、内心ほっとしていた。

「ロザリオの祈りのために残ったのです。少しだけ――」

「どうぞ、お入りください」きちんとすべて説明しよう。修道女の心を変えるのだ。

シスター・マイケルはそっとドアを閉めた。「あの言い伝えですが」と彼女は小さな声で言った。「わたくしがアナに聞かせていた話ですけれども」

リブは眉をひそめた。「それが何か？」

「告解についてなのです。ホスチアを落としたことで罰せられたのではありません」と修道女が言った。「秘密を告白しなかったことで罰せられたのです」

こねくり回して解釈しているだけだ。こんな話をしている時間はない。「謎かけでもされているのですか」

「最後に老女が告白したとき、彼女は重荷をおろしたのです」と修道女はささやいた。ベッドを見つめている。

リブは目をしばたたかせた。この修道女は、アナが告白すべき深刻な秘密を抱えていると言わんとしているのだろうか――この少女は、奇跡の存在などではないと？

リブは、先週の短いふたりの会話を思い出そうとした。この修道女はこれまで一度でも、アナが食べ物なしで生きていることを信じていると言っただろうか？

一度もない。偏見に目がくらみ、シスター・マイケルが真意を明かさない、もしくはごまかしのために当たり障りのないことしか言わないものだと、リブが思いこんでいただけだ。

リブは修道女にうんと近づき、ささやいた。「ずっと、ご存じだったのですね」

シスターは両手をあげた。「わたくしはただ――」

「あなたもわたしも、栄養についての知識はあります。最初からこの件がごまかしだと知っていた」

「知、り、ま、せ、ん」とシスター・マイケル。「わたくしたちはまだ何も知りません」

「アナは急速に衰えています。日に日に弱っている。体は冷たくなり、感覚も失いはじめています。彼女の息の臭いに気づかれましたか？　胃が自らを食らっているのです」

修道女の大きな瞳がぎらりと光った。

「あなたとわたしで真実を掘り起こさなければ」とリブは言い、修道女の手首を握りしめた。「わたしたちにこの仕事が課されたからではなく、あの子の命のために」

シスター・マイケルは踵を返し、部屋を出ていった。

リブには追いかけることができない。鎖でこの部屋につながれている。リブはうめき声をあげた。

しかし翌朝になればまた、修道女は来る。そのときのために、準備を整えよう。

アナはその夜、何度か目を覚ました。頭や体の向きを変え、まるまっている。最終日まで、残り六日間だ。ちがう、とリブは思い直す。それはもし、アナが六日間持てばの話だ。ほんの少しの水だけで、子供はどのくらい生きることができるのだろう？

〝死にかけの愛らしい子〟。それが分かったのが今でよかったのだと、リブは自分に言い聞かせた。そうと分かれば、行動できる。しかしアナのためにも、慎重に動く必要があった。傲慢さや一時の感情に流されてはいけない。忘れてはだめ、とリブは自分に語りかける。ここでのあなたは、ただの通りすがりの人。

断食《ファスト》はまったく速《ファスト》くない。かなりゆっくりとしている。固《ファスト》く閉じられたドア。fast《ファスト》という単語は、速さ、強度も示す。断食は空虚にしっかりとしがみつくこと。拒否し続けること。ノー、ノー、そう、何度でも。

ランプの明かりによって壁に映し出された影を、アナはぼーっと見ていた。

「何かほしいものがありますか」

アナが首を横にふった。

〝見知らぬ子らがうそをつき、見知らぬ子らが消え失せ、見知らぬ子らの道は閉ざされた〟。リブは座り、少女を見続けた。目が乾けば、まばたきをした。

修道女が朝の五時にドアから顔を出したとき、リブはあまりにも勢いよく立ちあがったので、足首の後ろが引きつった。ロザリーン・オドネルが部屋に入る寸前で、リブはドアを強く閉めた。「聞いてください、シスター」ほとんど声になっていなかった。「マクブレティ先生にお伝えしましょう。アナが兄の死を嘆くあまりに自殺をしようとしていると。観察を終えるべきだと話しましょう」

「わたくしたちは、仕事をお引き受けいたしました」と修道女は消え入りそうな声で言った。まるで一音一音が、地中深くから聞こえてくるかのようだ。

「しかし、こうなることがわたしたちに想像できたでしょうか」リブはベッドで眠る少女を指さす。

「アナは特別な子です」

「そうはいっても、死を免れるほど特別ではありません」

シスター・マイケルは苦悩の表情だ。「わたくしは従順を誓った身です。わたくしたちに与えられた指示は明確です」

「それでわたしたちはこれまで、一言一句たがえず従ってきました。拷問者がそうするように」

リブは修道女がその言葉に衝撃を受けたのが表情で分かった。疑念が顔をもたげる。「別の指示を受けているわけではないですよね、シスター？　サデウス神父や教会の上の者たちから」

「どういう意味でしょうか？」

「何があっても耳をふさげ、口を開くなと言われているのではないですか？　この小屋で行われていることについて、あなた自身がどう思おうとも」リブの言葉はののしりのように響いた。

「奇跡だと証言するようにと言われているのではないですか？」

「ライト夫人！」修道女の顔は怒りに満ちている。

「もしも不適切なことを言ったのなら謝ります」とリブは暗い声色で言ったが、修道女のことは信じていた。「では、もしそうでないのなら、わたしとともにマクブレティ先生のところに来てください」

「わたくしはただの看護婦です」とシスター・マイケルが答える。

「だからこそ、わたしはあなたに頼んでいるのです」とリブは怒りに震えながら言った。「あなたが看護婦だから！」

ロザリーン・オドネルがドアを開ける。「自分の娘におはようも言わせてもらえないのかね」

「アナはまだ眠っています」とリブは言い、ベッドのほうを向いた。

しかし、少女の目はぱっちりと開いている。今の会話をどのくらい聞いていたのだろう？

「おはようございます、アナ」リブの声が震えた。

少女はとてももろく見えた。古い羊皮紙に描かれた少女のようだ。「おはようございます、ライト夫人、シスター、それに母さん」彼女の弱々しい笑顔に寝室が少し明るんだ。

九時――リブは待てるだけ待った。非礼を避けるために――そしてマクブレティ邸に向かった。

「先生は外出されています」と召使いが言った。

「どこへ？」リブは疲労感に震え、礼儀正しい言葉遣いすらできない。

「オドネルさんとこのお嬢ちゃん、具合がよくないのですか」

リブはそのにこにこしている女性の顔をじっと見た。ぱりっとした縁なし帽をかぶっている。あの子は四月からちゃんとした食事をとっていないんだよ、とリブは怒鳴りつけたかった。それでどうやって具合がよくなるのか教えてもらおうじゃないの。「緊急を要するのですが」

「オトウェイ・ブラケット様の病床に呼ばれていきました」

「それはどなたですか？」

「准男爵です」と、リブが知らなかったことに面食らったように召使いは答えた。「常駐の執政官でもあります」

「邸宅はどちらに？」

看護婦が医師の居場所を嗅ぎ回っていることを召使いは警戒したようで、何マイルも先なのでライト夫人は出直したほうがよいと言った。

リブはふらついてみせて、もう歩くことができず戸口で倒れてしまうとほのめかした。

「まあ、下の応接間でお待ちいただいてもよろしいですが」と召使いが言った。

ナイチンゲールの資質さえも疑われているのが、リブには分かった。応接室でなくキッチンに放りこむべきではないかと思われていることだろう。

リブは冷え切った紅茶を前に、一時間半じっと座っていた。あの頑固な修道女の後押しがあったらどんなによかったか。

「先生が戻られましたよ」と召使いが言った。

リブはあまりに勢いよく立ちあがったので、一瞬だけ視界が真っ暗になった。

マクブレティ医師は書斎で漫然とした様子で、書類をまさぐっていた。「ライト夫人、わざわざお越しいただいて」

落ち着くことが肝要だ。女の甲高い声ほど、男の耳をふさぐものはないと、リブは自分に言い聞かせた。まずは准男爵について尋ねよう。

「ただの頭痛でしたよ。大事ではなくてよかった」

「先生、今日はアナのことで来ました」

「ああ、またですか」

「アナは昨日気を失いました。脈は速くなり、血行が悪化しすぎて足の感覚もなくしています」とリブ。「呼気も――」

マクブレティは片手をあげ、リブを止めた。「うむ、わたしもアナについて思い巡らせておりました。ひらめきを求め、歴史的書物を片っ端から開きましたよ」

「歴史的書物？」リブは復唱し、頭がくらくらした。

「ご存じでしたか——って知るわけはないか——中世には何年もの間、食欲を感じなくなった聖人が多くいたそうです。何十年も続いた場合もある。イネディア・プロディジオーサ、つまり驚異的断食と呼ばれていたそうです」

ちゃんとした名前もあったと。化け物のような見世物としての名前が。この医者はまるで石や靴と同じくらい実体のあるものとでも言いたいのか。中世、なるほどね。中世はまだ終わっていないと、そう言いたいわけだ。リブはラホールのフェキアのことを思い出していた。どこの国にも尋常ならざる生存のほら話があるのだろうか？

老いた医師は、生き生きとしゃべり続けた。「聖母マリアのようになろうとしたのですよ。あのお方は幼いとき、日に一度しか乳を吸わなかったそうです。それに聖カタリナは——無理に少しの食べ物を飲まされたときには、小枝を口に突っこんで戻したそうですよ」

身震いするリブの頭に浮かんだのは、馬巣織り衣《ヘアシャツ》〔馬やラクダの毛などを織りこんだ、苦行者・悔悛者が着た衣服〕とびょうベルト。そして通りで女性たちをひどく打ちつける僧侶たち。

「肉体を鎮めることで、魂を浮上させるのです」と医師は言った。

どうして魂だけでなく、肉体も浮上させないのだろう？　とリブは思った。どちらも必要でしょう？　「先生、今は中世ではありません。そしてアナ・オドネルは、まだほんの子供です」

「そうです、そうですとも」と医師は言った。「しかし、このような古《いにしえ》の話に、わたしたちの心の謎が隠されているかもしれぬと思いませんか。アナの手足の先が冷たいとおっしゃっていましたね。それについても仮説があるのです。アナの代謝が哺乳類のそれでなく、より爬虫《はちゅう》類に近づいているのかもしれないと考えることができませんか？」

爬虫類？　リブは叫びたかった。

「毎年地球のあらゆる場所で、科学的には説明できないことがたくさん発見されているではないですか。われらが小さな友人も今はまれな症例かもしれないが、将来はもっと出てくるかもしれない」マクブレティの声が興奮で震えている。「あの子は、人類に希望を与える存在なのやもしれません」

この男はどうかしてしまったのか？　「希望とは？」

「飢えからの解放ですよ、ライト夫人！　食べ物なしに生きることができるなら――パンや土地を巡って争うこともしなくていいのですよ？　そうすれば、チャーティズム運動も社会主義も、戦争もなくなる」

世界じゅうの独裁者が大喜びするだろう、とリブは思う。国民がみな、何も食べずにじっと我慢している。

医師は至福の表情だ。「偉大なる医師にとって、不可能はないのやもしれません」

一瞬、だれのことを話しているのかリブには分からなかったが、いつだって神だ――ここ一帯では神こそが独裁者。リブは同じ言葉を使って、医師と話そうと試みた。「神によって与えられた食べ物がなければ」とリブ。「わたしたちは死にます」

「これまではそうです。今までは、死ぬしかなかった」

リブにははっきりと見えた。この医師の哀れな夢が。

「しかし、アナについてはどうでしょう」とリブはマクブレティの注意を本題に引き戻した。「アナは急激に衰弱しています。わたしたちが邪魔立てする前は、どうにかして何かを口にしていたはずです。わたしたちのせいです」

医師は眉をひそめ、眼鏡のつるをいじった。「どうしてそうなるのか、理解ができませんな」

「先週の月曜日、はじめてアナに会ったとき、あの子は元気でした」とリブ。「しかし今では、立つことすらままならない。そのことから、観察は直ちに中止し、彼女に食べてもらえるよう説得することに注力すべきだと判断しますが、どうでしょうか？」

医師は紙のように白い両手をあげた。「ちょっとお待ちなさい。あなたの役割を思い出されたほうがよろしい。あなたは判断するために呼ばれたのではないのですよ。あの子を守りたいという気持ちは理解できますがね」と医師はやさしく言った。「そして看護婦という職業上、このように若い患者を相手にするときは、胸の底に眠る母性を刺激されるのかもしれません。その上、あなたは自分の赤子を失っていると聞いていますよ」

リブは顔をそらし、表情が読まれないようにした。医師は彼女の古傷をえぐった。しかも警告なくえぐった。痛みでぐらぐらする。怒りがあふれる。看護婦長はリブのあの男との関係までも明かしたというのか。

「しかし個人的な喪失で、判断を曇らせてはなりません」とマクブレティは、曲がった人さし指で天をさす。まるで楽しんでいるかのように。「手綱なしでは、母性に駆られたこの手の不安は理性的でないパニックにつながるものです。自己裁量を忘れてしまうのも致し方ない」

リブは自分を抑え、できるだけ穏やかに、女性らしく話そうと努めた。「お願いします、先生。委員会を招集し、アナが衰弱していることをお伝え――」

医師は手ぶりでリブの言葉をさえぎる。「今日の午後、顔を出しますよ。それで気がすみますか?」

リブはドアへとおぼつかない足どりで進んだ。

リブは好機を逸した。もっと慎重にマクブレティに話すべきだった。マクブレティ自身が考えつき、彼自身の責務であると思わせるように――観察をはじめたのと同じように、彼自身の考えで終えるのだと。八日前にここに来てから、リブはしくじってばかりだ。N女史が見ていたらあまりの屈辱に頭を抱えるだろう。


午後一時、アナはベッドに入っていた。彼女の足を囲むように置かれた、熱いれんがで毛布が盛りあがっていた。

「家の前を少し歩いたら、眠たいと言いましたので」とシスター・マイケルが外套のボタンを留めながら言った。

リブは言葉がなかった。日中、アナがベッドに入りたいと言ったのはこれがはじめてだ。しびんには小さな水たまりがある。せいぜい、ひとさじ分。濃い色だ。尿に血が混じっているのだろうか？

アナが目覚め、リブと日光について言葉を交わした。脈拍一一二回、今までいちばん高い。

「アナ、気分はどうですか？」

「とてもいいです」とやっと聞こえるくらいの声。

「喉が渇いていませんか。水を飲みましょうか？」

「そうすべきなら」アナはそう言って、座り、水を飲みこんだ。

スプーンに小さな赤い跡がついた。

「口を大きく開けてください」リブはのぞきこんだ。アナのあごを、光のほうに向けさせる。数本の歯の根元から血液が滲《にじ》んでいる。歯茎からの出血。内臓からの出血よりましかもしれない。奥歯一本、不思議な角度に傾いている。リブは爪で軽く押してみた。すると、歯が倒れた。人さし指と親指で挟んで口から出した。乳歯ではない。永久歯だ。

アナは歯を見て目を見開き、リブをじっと見つめた。説明を求めるかのように。

リブは歯を前掛けのポケットに入れた。マクブレティに見せるためだ。指示を守り、情報を集め、彼女の主張の裏づけをとり、好機を待とう——しかし時間はあまり残されていない。

少女の唇の周りと目の下は黒くなっていた。リブはすべてを記録した。頬のサルのような産毛は濃くなり、首にも生えていた。鎖骨のあたりに茶色の跡が浮かびあがり、皮がめくれている。肌の色が白いままのところにもぶつぶつができ、まるで紙やすりのようだ。アナの瞳孔はいつもより開いているように見える。黒目が日に日に大きくなり、明るい茶色の部分をのみこむかのようだ。「目はどうですか？　見え方は変わりませんか？」

「見るべきものは見えています」とアナ。

〈視力の衰え〉と手帳に書き加えた。ほかに何を尋ねるべきだろう……「痛いところはありますか？」

「ここを」――腹のあたりをぼんやり指した――「通っています」

「あなたの中を通っているのですか？」

「わたしの中ではありません」アナのか細い声に、リブはちゃんと聞きとれているのか不安になる。

痛いのはアナじゃない？　痛みが通っている体はアナではない？　アナはアナではない？

少女の脳も、力を失っているのかもしれない。もしかしたらリブも。

少女は詩篇のページをめくり、ときおり、数行を読みあげた。「〝神はその門からわたしをすくいあげる。わたしの神よ、わたしを苦しめる者の手から助け出してください〟」リブには、アナが文字を読むことができているのか、もう読めずただ暗唱しているのか分からなかった。

「〝獅子の口、一角獣《ユニコーン》の角からわたしをお救いください〟」

ユニコーン？　リブは空想上のこの生物を、捕食動物だと考えたことはなかった。

アナはたんすに手を伸ばし、本を置き、またベッドに戻った。ゆっくりと。夜が来たみたいに。

静けさに、リブは何か話をして聞かせようと思いついた。子供は自分で読むより、読んでもらうのが好きなのでは？　しかし、何も浮かばなかった。歌さえも。そういえばアナは歌をよく口ずさんでいたけれど、歌わなくなったのはいつだろう？

少女の視線が壁から壁へと動いた。出口を探しているみたいに。休まる場所さえない。あるのは、部屋の四隅と看護婦の疲れた顔だけだ。

リブは花瓶を手に、下女を呼んだ。「キティ、清潔なシーツをお願いします。それから、花を摘んできてもらえますか？」

「どんな？」

「色鮮やかなものを」

十分ほどでキティは戻り、二枚のシーツと草花をリブに渡し、ベッドの少女を首をかしげて見つめている。

リブは下女の素朴な顔をじっと見つめた。滲み出ているのはやさしさ、それとも罪悪感だろうか。キティは最近までアナが食べさせられていた方法を知っている、もしくは食べさせていた張本人なのか？　リブは下女を警戒させずに問うためにはどうしたらいいのか考えた。アナを助ける可能性があるから、どんなことでもいいから教えてほしいと伝えるにはどうすればいい？

「キティ！」いら立ったロザリーン・オドネルの声。

「今すぐ」と言って下女は足早に去った。

リブはアナを支え、椅子に座らせた。寝具を交換するためだ。

アナは背をまるめ、花瓶の草花を整えていた。そこに、ハナミズキもあった。リブはその十字架の磔の形をした花をむしりたくてたまらなかった。ローマのくぎを示す茶色のしるし。

その子は何の変哲もない葉っぱをなぞる。「見て、リブさん、ここに小さな歯みたいなのがいっぱいあるでしょ。その小さい歯にも、もっと小さな歯がたくさん」

リブは前掛けのポケットに入れた抜け落ちた奥歯を思い出した。シーツをぴんと張り、しわひとつ残さない（しわはムチのように皮膚を傷つけますからね、とN女史はいつも言っていた）。

リブはアナをベッドに運び、三枚の毛布をかけた。

午後四時の夕食は、魚の煮こみ料理だった。オーツ麦のパンで皿のソースをぬぐっていると、マクブレティが部屋に飛びこんできた。リブはさっと立ちあがった拍子に、椅子を倒しそうになった。食事姿を見られたことが、どうしてか気まずかった。

「ごきげんよう、先生」と少女が言った。起きあがろうとふらついていたので、リブは枕を少女の後ろに置いた。

「アナ、顔色がいいようですね」

慌てて顔を赤らめているのを健やかさの印だと、本気でこの老人は思っているのだろうか？

医師は少なくとも、少女にやさしかった。例年にない素晴らしい天気などについて話しながら、診察した。そしてリブのことを話すときは、なだめるような言い方でわ、れ、ら、が、や、さ、し、い、ラ、イ、ト、夫人と呼んだ。

「アナの歯が抜けました」とリブが報告した。

「そうですか」と医師が答えた。「アナ、わたしが今日持ってきたものをあててごらん？　オトウェイ・ブラケット様が、ご親切にも貸してくださったんだよ。幌つきの車椅子だよ。車輪がついているんだ。だから新鮮な空気を吸いたいときは、疲れる心配などせずに外に出るといい」

「ありがとうございます、先生」

一分ほどして、医師は診察を終えた。リブは彼を寝室の外へと追いかけた。

「大変興味深い」と医師はつぶやいた。

その言葉にリブはあぜんとする。

「手足がはれ、皮膚が黒ずみ、唇と爪は青くなっている……アナのシステムが変化しているのです」と医師はリブの耳元でささやいた。「食べ物以外から力を得ている体が異なる動きをするというのは、理にかなっておりますな」

リブは激しい怒りが伝わらないように、顔を背けた。

准男爵の車椅子は、表のドアのすぐそばにあった。くたびれた緑のベルベットが張られた不格好な椅子に、三つの車輪と折りたたまれた幌がついている。キティは長机の端に立っている。タマネギを切っているからか、涙を流している。

「しかし、体温が急激にさがっているわけでも、いつも夜目にも白い顔色でいるわけでもないのだから、そんなに危ない状態ではないでしょう」とマクブレティは続けた。頬ひげをさすっている。

夜目にも白い！　この医師はフランスの小説でも読んで医学を学んだのだろうか？「死ぬ間際の人をたくさん見てきましたが、顔色が真っ白ではなく、黄色っぽい人も、赤い人もいました」とリブが言った。声を荒げずにはいられなかった。

「そうかもしれませんが、しかしアナは混乱もしていないし、あなたにも分かると思うが、せん妄の類いもありません」と医師は話を終わらせようとしている。「当然、深刻な消耗の症状があった場合は、すぐに知らせてください」

「あの子はもう寝たきりではないですか！」

「数日間休めば、きっと元気になります。今週末にはすっかり回復していてもおかしくない」

マクブレティは、リブの想像をはるかにしのぐ愚か者だったわけだ。「先生」とリブが言った。

「もしこの観察をおやめにならない場合――」

彼女の声にかすかに響いた脅しに、医師の表情がこわばる。彼は声を荒らげた。「そもそも、そのためには委員会からの満場一致での許可が必要になりますし」

「では、判断を仰いでください」とリブ。

医師がいきなりリブの耳元に口を寄せ、リブはたじろいだ。「食べ物を与えていた何らかの方法を妨げてしまっているから観察を終わらせてくれとわたしが提案したとして、オドネル家はどうなる？　善き友人を悪しき詐欺師だと宣言しているも同然ではないか！」

リブはささやき返す。「では、その善き友人が娘を死なせてもよいと？」

マクブレティは短く息を吸った。「ナイチンゲール女史は、目上の者にこのように話せと、教育なさったのですか」

「ナイチンゲール女史は、患者の命のために闘えとお教えになりました」

「とにかく、袖を放していただけるかな」

リブは、つかんでいたことにすら気づいていなかった。

老人はリブをふり払い、外に出た。

キティはぽかんと口を開けている。

リブが寝室に急ぎ戻ると、アナはふたたび眠っていた。しし鼻からかすかないびき。こんなにも状況は悪いのに、不思議と愛らしい。

本来なら、荷物をまとめ洒落た馬車にのせてもらい、アスローンの駅に向かうことだってできたはずだ。この観察に弁解の余地がないと信じるならば、ここにいる必要はない。

しかし、リブには去ることができなかった。

火曜日の夜、十時半、ライアンの宿でリブは忍び足で廊下を進み、バーンの部屋をノックした。

応答なし。

もうダブリンに戻っていたらどうしよう。アナ・オドネルをこんな状態にしたリブに憤慨している？　別の客が出てきたら？　何と言い訳すればいい？　今のリブの姿が第三者からどう見えるか、リブは急に意識した。男の寝室の前で必死に待つ女。

リブは三秒数えた、そして——

ドアが開いた。ウィリアム・バーンだ。髪はぼさぼさで、ワイシャツを着ている。「あなたでしたか」

リブの頬は紅潮し、痛いくらいだった。彼が寝間着姿でなかったことだけがせめてもの救いだ。「ほんとうにごめんなさい」

「いいえ、いいえ。しかし、どうしましたか？　部屋の中に——」彼の視線がベッドに行き、そして戻ってきた。

彼の小さな部屋であっても、彼女の部屋であっても、同等に会話向きではない。下にいっしょに来てほしいと頼むこともできない。この時間にそんなことをすれば、もっと人目につく。

「謝罪しなければなりません。アナのこと、あなたが正しかった」とリブはささやいた。「この見張り自体が醜行でした」言葉が大きく響き、マギー・ライアンが駆けつけるのではないかとリブは案じた。

バーンはうなずいた。勝ち誇った様子ではない。

「シスター・マイケルと話しましたが、彼女は上の者の指示なしには何も行動を起こせないようです」とリブは話した。「マクブレティ先生に観察を中止し、飢えるのをやめさせるよう説得すべきだとかけ合いましたが、わたしの非論理的なパニックだと一蹴されました」

「あなたのしたことは、まったく論理的だとぼくは思います」

バーンの穏やかな声にリブの心は少し楽になった。いつの間にかリブにとって、この男との会話がなくてはならないものになっていた。まだ出会って間もないというのに。

ドア枠に寄りかかり、バーンは尋ねた。「あなたも誓約を立てましたか？　医師がよくやるヒポクラテスの誓詞などですよ。癒やし、けっして殺さない、とかいう」

「あんなものは偽善者《ヒポクラッツ》の誓いと呼ぶべきです！」

バーンがにっこり笑った。

「わたしたちに誓いなどありません」とリブ。「職業としての看護は、まだ生まれたばかりですから」

「ということは、あなたは良心に従っていると」

「そうです」と答えながら、リブは改めて実感する。指示などどうでもいい。もっと大事な責務がわたしにはある。

「そしてそれだけではないですよね」とバーンが言った。「あなたはあの子のことを、とても大事に思っている」

リブが何を言っても、バーンにはお見通しだ。「もしそうでなかったら、とっくにイングランドに帰っています」

〝度が過ぎた親しみは戒むべきこと〟。アナはそう言った。N女史も個人的な愛着を持つことは、恋愛感情を抱くことと同じくらいに避けるべきだと口を酸っぱくして言っていた。どんな執着にも注意を払い、根絶やしにするようにと。ではリブは、なぜこんな事態を招いてしまったのだろう？

バーンは尋ねた。「アナに食べるべきだと、率直に話してみたことがありますか」

リブは記憶をたどる。「話をしたことはあると思うのですが、ただ、今まではできるだけ中立に、客観的であろうと努めてきました」

「今はもう中立などと言っている段階ではありません」とバーンが返した。

階段に足音が響く。だれかがのぼってくる。

リブは自室まで急いで戻ると、音を立てないようにそっとドアを閉めた。

熱い頬。どくどくする頭。ひんやりする手。夜遅く、イングランド看護婦とジャーナリストが話しているところに出くわしたら、マギー・ライアンは何と思うだろう？　そして彼女の考えがまちがっていると言える？

〝だれもが秘密をためこんでいる〟。

こうなることは予測できたはずだ。もしアナのことに心をとらわれていなければ、危険に気づくことができたかもしれない。でも、そうではないかもしれない。だって、こんなふうに感じるのははじめてだから。ライト氏に対しても、今まで会ったどの男性に対しても、抱いたことのない気持ち。

バーンはリブよりもいくつ年下なのだろう？　若々しい熱意と滑らかな白い肌。N女史の声が聞こえる。〝乾いた看護婦の人生に雑草のように生える、くだらない切望にすぎません〟。リブに自尊心はないのか？

リブはへとへとに疲れていたのに、なかなか寝つけなかった。

グリーンロードに立っていた。どうしてかリブは、彼女の弟だという男の子と手をつないでいる。その夢では、草の道がうっそうとした沼地に消えている。前に進めない。沼に足をとられ、抗議の声をあげるが、弟は彼女を無視して手をふりほどき、ずんずん先へ向かう。次第に弟の声は不明瞭になり、鳥の鳴き声なのか彼の声なのか分からなくなる。しかしそのとき、彼がパンくずで道筋の目印をつけていったことに、リブは気づく。それなのに、彼女が進むより早く、鳥がパンくずを運んでいく。鋭いくちばしでついばんでいる。目印はもうない。ひとりぼっちのリブ。


水曜日の朝、鏡に映ったリブの顔はげっそりしていた。

五時前に小屋に到着した。車椅子は戸外に出してあり、朝露でベルベット生地が濡れていた。

アナは深い眠りに沈んでいる。皮膚に枕のしわの跡がついている。しびんには黒っぽい液体が数滴あった。

「ライト夫人」とシスター・マイケルが声をかけた。まるで申し開きをするように。

リブはその目をじっと見つめた。

修道女はためらい、何も言わずに出ていった。

夜の間にリブは作戦を立てていた。少女を揺り動かすための、もっとも有効な武器。聖書だ。

アナの信仰に関する書物をすべて手にとり、膝にのせて開き、手帳のページを裂いてこしらえた紙切れをめぼしいところに挟んでいった。

しばらくして少女が目を覚ました。リブの準備はまだだ。だから本はいったん、宝箱にしまった。「なぞなぞがあります」

アナはほほえみ、小さくうなずいた。

リブは咳払いをした。

〝わたしがあなたを見たところに、
あなたはいたことがないし、
これからも行かないだろう。
だけどまったく同じ場所で
わたしはあなたを見ることができる〟

「鏡」とすぐにアナが答えた。

「やりますね」とリブ。「なぞなぞがなくなってしまいます」と言ってから、アナの顔の前にさっと手鏡を出した。

アナはびくりと体を震わせた。そして、自分の顔をじっと見つめた。

「あなたは最近、こんな顔をしているのですよ」

「そっか」とアナ。そして十字を切るとベッドからはい出した。

しかし、あまりにもふらつくので、リブはアナをすぐに座らせた。「着替えましょう」とリブが言い、洗いたての衣服を引き出しからとった。

小さなボタンにアナが手間どっていたので、リブは手を貸した。ナイトドレスを頭から引っぱって脱がせるとき、肌が茶色に変色した大きな部分がいくつもあり、リブは息をのんだ。赤っぽい青のあざは、ばらまかれたコインのようだ。新しいあざもある。不可解な場所にいくつも。寝ている間に、目には見えない攻撃者から痛めつけられたかのようだった。

服を着たアナはがたがた震えていた。リブは二枚の肩掛けで彼女をくるみ、水をひとさじ飲ませた。「キティ、マットレスをもう一枚、お願いします」とリブはドア口から下女を呼んだ。

キティは皿洗い中で、肘までバケツの水に浸けている。「ないから、あたしのを使って」

「あなたはどうするのですか」

「寝るまでにどうにかするさ。平気だよ」キティの声色は暗い。

リブはためらった。「分かりました。そうしましょう。それから、上からかける何か柔らかいものをください」

下女は眉を、真っ赤な腕でぬぐった。「毛布？」

「それより柔らかいものを」とリブが答えた。

リブは三枚の毛布をベッドから剥ぎとり、ふった。バサバサと音を立てて思いきり。〝家じゅうの毛布をパットの上に集めたよ〟。ロザリーン・オドネルはそう言った。これはパットのベッドだ、とリブは気づく。両親が眠るアウトショットか、ここしかない。すすけたシーツを持ちあげると、マットレスが現れた。彼女は染みをじっと見つめる。ここでパットは死んだんだ。妹の温かな腕の中で冷たくなった。

アナは椅子の上に、ほとんど存在しないかのようにまるまっていた。リムリック土産のクルミに入った手袋みたいだ。キッチンから口論が聞こえる。

十五分ほどたって、ロザリーン・オドネルが部屋に入ってきた。コーコラン家から借りたシープスキンとキティのマットレスを抱えている。「今朝は静かだね、お寝坊さん」と言って母親は、娘の形の崩れた手を握った。

この母親はほんとうに、この弱々しい娘にふさわしい言葉がお寝坊さんだと思っているのだろうか。小ろうそくのように、アナの命の火が消えようとしているのが見えないのだろうか。

「まあでも、言わずとも母は子を知るってことわざもあるくらいだし。ほら、父さんも来たよ」

「おはよう、ペット」マラキがドアのそばで言った。

アナは咳をして「父さん、おはよう」と答えた。

父親は近づき、娘の髪をなでた。「調子はどうだね」

「いいよ」と娘は言った。

父親は納得したかのようにうなずいた。

貧すれば鈍する、そういうこと？　とリブは問う。状況をどうすることもできないから、道の遠くばかりを見て悲観しないようにしているのだろうか。

それとも、この罪人たちは自分たちが娘に強いていることの意味を重々承知なのかもしれない。

ふたりが出ていくと、リブはベッドを整える作業に戻った。マットレスを二枚重ね、シーツを敷く前にシープスキンをのせる。「ベッドにさっと戻って休みなさい」

さっとなんて、はいつくばっている少女に使うべき言葉ではない。

「柔らかい」と少女が言った。スポンジのような表面をなでながら。

「床擦れを防ぐためです」とリブは説明した。

「リブさん、どうやって生き直したの？」のっそりとして小さなアナの声。

リブは首をかしげた。

「未亡人になったとき、新しい人生をはじめたと言っていたから」

この少女が苦しみにあっても、他人の過去に興味を示す姿を、リブは哀れみながらも敬うような気持ちになった。「東部で凄惨《せいさん》な戦争があっていました。病の人や、傷ついた人を助けたいと思いました」

「それで、助けてあげたの？」

男たちは吐き、垂れ流し、噴き、滲み、そして死んだ。リブの患者だった。N女史に担当を任された男たちだった。みんな、死んだ。リブの腕の中で死ぬときもあったけれど、多くの場合、リブがオートミール当番のときや包帯をたたんでいるときに、死んだ。「いくらかの、助けにはなったのかもしれません」リブは少なくとも、そこにいた。努力はした。だけどそれが何になったというのだろう？「わたしの先生は、この世は地獄の王国だと言いました。だからわたしたちの仕事は、少しでも天国に近づくように手を尽くすことなのだと」

アナはうなずいた。そんなことは言わずもがなだというふうに。

〈八月十七日　水曜日　午前七時四十九分〉とリブは記録する。〈観察十日目〉。

〈歩行不可能〉

〈呼吸　一分間に二二回〉

〈脈拍　一分間に一〇九回〉

リブはまた本をとり出し、必要な箇所がぜんぶ見つかるまでページをめくり続けた。アナが何をしているのかと尋ねるかと思ったが、尋ねなかった。彼女はただまっすぐ横たわり、朝日にきらきら舞うほこりを見つめていた。

「なぞなぞしましょうか」とリブがやっと言った。

「ええ、ぜひ」

〝わたしにはふたつの体があります
だけどふたつはつながっている
じっと立つほど、
速く走る〟

「〝じっと立つほど〟」とアナが小さな声で復唱した。「〝ふたつの体〟」

リブはうなずき、待った。「降参ですか？」

「もう少し待って」

懐中時計の秒針が一周回った。「分かりましたか？」

アナは首を横にふった。

「砂時計です」とリブ。「時間がガラス内の砂のように落ちていく。だれにも止めることはできません」

子供はリブを見つめている。動揺した様子はない。

リブはベッドに椅子を寄せた。いざ、勝負。

「アナ、あなたは神によって選ばれたと信じていますね。ほかのだれでもなく、あなたが食べずとも生きる少女なのだと」

アナは答えようと、息を吸った。

「まずはわたしの話を聞いてください。あなたの聖なる本には、まったく反対のことが書いてあります」そう言ってリブは、『魂の庭』を開き、印をつけておいた一文を見つけた。「〝食べ物や飲み物は、健康に欠かすことのできない薬と思うべし〟。それにここ、詩篇にもあります」リブはページをめくる。「〝打ちひしがれた心は、草のように乾く。パンを食べるのを忘れてしまったゆえに〃。ほらここにも！　〃飲み食いし、楽しむ以上の幸福はない〃。そしてあなたたちがいつも唱えていますよね。〃わたしたちに必要な糧を今日与えてください〃」

「それは、食べ物のパンではありません」とアナ。

「生きる子供に必要なのは、食べ物のパンです」とリブは言った。「キリストは、パンと魚を五千もの人に分け与えたのでしょう？」

アナはゆっくりと唾をのんだ。小石が喉に詰まっているみたいに。「みんなが弱っていたからお哀れみになったのです」

「それはみんなが人間だったからです。空腹でも説教に耳を傾けなさいと、キリストは言わなかったはずです。食事を与えたのですから」リブの声が怒りに震えていた。「最後の晩さんでは、使徒たちとパンを分かち合われましたね。そのとき、主は何と言われたのですか？」

とても小さな声。「〃取って食べなさい〃」

「まさに！」

「けれど聖変化によって、パンはパンでなく、キリストになりました」とアナは早口で言った。「マナと同じです」アナは革で製本された詩篇が、まるで猫であるかのようになでていた。「何カ月間もマナで生きていたもの」

「アナ！」リブは少女の手から詩篇をとりあげた。強く引いた拍子に床に落ち、大切なカードが散らばった。

「何の騒ぎだい？」ロザリーン・オドネルがドアから顔を出す。

「何でもありません」とリブが答えた。ひざまずいて小さなカードを拾う彼女の心臓は早鐘のように打った。

恐ろしい沈黙。

リブは顔をあげなかった。目に映る感情を見られるのがいやだったからだ。

「ペット、大丈夫かい？」ロザリーンは娘に尋ねた。

「うん、大丈夫」

なぜイングランド女が本を投げ捨てていじめ、断食をやめさせようとするのだと言いつけないのだろう？　そうすればオドネル夫妻は委員会に苦情を伝え、リブは直ちに荷物をまとめるよう命じられるはずだ。

アナが何も言わなかったので、ロザリーンは姿を消した。

またふたりきりだ。リブは立ちあがり少女の膝に本をのせた。カードの束をその上に置く。

「ばらばらにしてしまって、ごめんなさい」

「どこに行けばいいのか、知っています」そう言ってアナはむくんだ指で、カードをそれぞれの場所に戻した。

リブはこの仕事を首になっても構わないのだと、自分に言い聞かせた。ウィリアム・バーンは十六歳のときに飢え死にしそうな国民を見て、政府にとって都合の悪い真実を暴いたから解雇されたのではなかった？　きっとその経験が、彼の根底にはある。失ったことではなく、生き抜いたことに。失敗しても、またやり直すことができると気づいたことに。

アナはゆっくりと息を吸いこむ。リブはかすかに喘鳴《ぜんめい》を聞いた。

肺に水がたまっているのだと、リブには分かった。もう時間がない。

〝わたしがあなたをみたところにあなたはいたことがないし、これからも行かないだろう〟。

「わたしの話を聞いてください」大切な子、とリブは呼びかけたかったけれど、それは母親のやさしい言葉。リブはシンプルに話すべきだ。「悪くなっていると、自分でも分かるはずです」

アナは首を横にふった。

「これは痛みますか？」リブはかがみ、アナの腹部の膨張しているところを押した。

アナの顔に苦痛の表情が、一瞬浮かぶ。

「すみません」とリブは言いはしたが、あまり心はこもっていなかった。アナの帽子を外して見せた。「ほら、毎日こんなに髪の毛が抜けています」

「〝あなたがたの髪の毛までも一本残らず数えられている〟」と少女がささやいた。

科学がリブの知るもっとも強力な魔法。この少女を縛る呪文を解くことができるとするならば――「体はエンジンのようなものです」とリブは言った。N女史の教師然とした声色を思い出しながら。「消化は燃料を燃やすことです。燃料を拒否すれば、体は自らの組織を破壊します」リブは腰をかけ、手のひらをアナの腹に置いた。今度はそっと。「これがストーブです。あなたが十歳のときに食べたもの、その年に成長できたのはその食べ物のおかげですが――それはぜんぶ、これまでの四カ月間で使い果たしてしまいました。九歳のときに食べたもの、八歳のときに食べたものを思い出してみてください。燃えて燃えて、もう灰になってしまいました」悪趣味な時間の逆行だ。「七歳のとき、六歳、五歳のとき。お父さんが一生懸命働いて用意した食べ物。お母さんが作ってくれた料理。それはすべて、必死で燃え続けようとするあなたの体の炎によって焼き尽くされようとしています」四歳のアナ、三歳のアナ、まだ単語ふたつ、三つをつなげた発話しかできないアナ。二歳のアナ。よちよち歩きの一歳のアナ。最初の日まで戻ろう。この子が母乳を吸ったその瞬間まで。「だけど、きちんとした燃料がないと、エンジンは動くことができなくなります。分かりますか?」

アナの穏やかさは、絶対に壊れないクリスタルの層のようだ。

「毎日あなたが減っていくわけではありません」とリブは言った。「あなたを動かしている仕組みがスピードを落とし、今にも止まろうとしているのです」

「わたしは機械ではありません」

「機械みたいだと、ただそう言っているのです。あなたの創造主をけなすつもりはありません」とリブは言った。「神さまがもっとも優れた発明家だと言っているのです」

アナは首を横にふった。「わたしは神の子です」

「ライト夫人、キッチンで話したいんだけどね」ドア口に、ロザリーン・オドネルが立っていた。両手を腰にあて、肘を張っている。

どのくらい聞かれていたのだろう？「今は困ります」

「今すぐ聞きたいことがあるんだよ」

リブは小さくため息をつき、立ちあがった。

アナをひとりにしてはならないという規則を破ることになるが、今更それが何だというのだろう？ あの子が手を伸ばして、どこかに隠してある残り物やパンくずを食べているとは思えなかったし、正直に言えば、リブはそうしてほしかった。だましてくれていい。隠れてくれていい。食べてくれるなら、何だっていい。

リブはドアを閉め、アナに一言も漏れ聞こえないようにした。

ロザリーン・オドネルはひとりきりで、いちばん小さなキッチンの窓から外を見ていた。彼女はふり向き、新聞を高くあげた。「マリンガーで今朝、ジョン・フリンが手に入れたんだよ」

リブは面食らった。ということは、さっきアナに話していたことで呼ばれたわけではないのだ。新聞に目をやると、ある面が見えるように折りたたまれていた。上部の題字でアイリッシュ・タイムズ紙だと分かる。すぐにバーンの記事が目に留まった。アナの衰弱についてだ。

〈思いがけない断食少女との出会いはごく短時間ではあったが……〉

「このろくでなしがどうやってわたしの娘と偶然会ったのか、教えてもらおうじゃないの」とロザリーンが要求した。

リブはどの程度、白状するべきか考える。

「しかも重大な危険なんてでたらめ、何で思いついたんだろうね。今朝、キティが前掛けに顔をうずめて泣いていたよ。聞いたらあんたが先生に死ぬとか何とか話していたそうじゃないか」

リブは反撃することに決めた。「オドネル夫人だったら、どういった表現をなさいますか？」

「よくもそんなことが言えるね！」

「最近の娘さんの姿、見えていますか？」

「ああ、あんたは医者よりもあの子のことがよく分かっていると思っているみたいだからね。死んだ子供と生きている子供の区別もつかなかったくせに！」ロザリーンはあざけり、炉棚の銀板写真を指さした。

痛いところを突かれた。「マクブレティ先生に至っては、あなたの娘さんはトカゲか何かに変身するとお思いのようですよ。そんなもうろくしている人に、娘さんの命を託すおつもりですか」

母親の両手は固く握られ、関節が白く浮きあがる。「委員会に雇われていなかったら、今すぐ、あんたをつまみ出しているところだよ」

「あら、そうしたらアナがもっと早く死ぬからですか？」

ロザリーン・オドネルはリブに向かって突進してきた。

リブはひるんだが、一歩横にずれて衝突は免れた。

「あんたに何が分かるんだい！」と母親が怒鳴った。

「アナが飢え、ベッドから出ることすらままならないことくらいは分かります」

「もしあの子が……苦しんでいるとするならば、囚人のようにいつもいつも見張られて緊張しているからに決まってるだろ」

リブは鼻を鳴らして笑った。母親に近づいた。母親は体をこわばらせている。「そんな状況を招いた母親の顔をぜひ、拝みたいものです」

ロザリーン・オドネルはリブがまったく予期しなかったことをした。大粒の涙を流したのだ。

リブはぼうぜんと母親を見つめた。

「これ以上どうしろと？」母親は泣きわめいている。涙が、彼女の顔に何本も筋を描く。「血肉を分けた娘だよ。最後の希望だ。この世に産み落としてやさしく育ててきたつもりだよ。それにあの子がゆるしてくれる間は、ちゃんと食わせてやったじゃないか！」

その瞬間、リブには見えた。春の日、オドネル家のいとしい良い子が十一歳になり――何の説明もなく、一口も食べなくなった。両親の恐怖は、計り知れなかっただろう。その前年の秋に息子を病で亡くした親にとっては、なおさらだ。ロザリーン・オドネルは、どうにかこの大きな変化を理解しようとし、神の計らいの一部だと信じることにしたのかもしれない。「オドネル夫人」とリブは話しかけた。「安心してください、わたしは――」

しかし、母親は逃げた。小麦粉袋カーテンの後ろのアウトショットにかがみこんだ。

リブは寝室に戻った。震えていた。あんなに嫌いだった女性を、強く哀れんでいる自分がよく分からなかった。

アナが口論を聞いた様子はない。重ねられた枕に上半身をもたせかけ、横になっている。祈りのカードをじっと見つめている。

リブは心を落ち着かせようとした。アナの肩越しに、十字架の形の筏にのった少女の絵を見つめた。「川と海のちがいを知っていますか？」

「海はもっと大きいです」とアナ。アナはまるで水に触れるように、カードに指先をつけた。

「とっても大きいですよ」リブは少女に言った。「そして川は一方向に進んでいくけれど、海はまるで呼吸をしているかのような動きです。吸って、吐いて、吸って、吐いて」

アナは息を吸いこんだ。胸いっぱいに空気を入れようと苦しそうだ。

リブは懐中時計を見る。そろそろ時間だ。リブは夜明け前に〈正午〉とだけ書いた紙を、バーンの部屋のドア下に滑りこませてきていた。濃い青ネズミ色の雲が集まっているのが気がかりではあったが、仕方がない。それにアイルランドの天気は、十五分ごとに変わる。

十二時ちょうど、キッチンからお告げの祈りが聞こえた。祈る二人が、リブたちの動きを気に留めないことをリブは期待していた。「少し歩きましょうか、アナ」

ロザリーン・オドネルと下女はひざまずいていた――「〝主のみ使いのお告げを受けて、マリアは聖霊によって神のみ子を宿された〟」――リブは戸外にある病人用の車椅子まで急いだ。

「〝今も、死を迎えるときも、お祈りください、アーメン〟」

キッチンまで押していくと、後輪がききききっと音を立てた。

アナはベッドから自力ではい出て、車椅子の横にひざまずいた。

「〝おことばどおりになりますように〟」と唱えている。リブは椅子を毛布で覆い、少女を座らせ、三枚の毛布をさらにかけた。むくんだ足を毛布で包む。そして祈る大人たちの横を、車椅子を押して素早く外に出た。

夏はもう過ぎ去ろうとしている。長い茎の先に星のように咲いていた黄色の花は、茶色になりつつあった。大きな雲の塊に、まるで裂けた縫い目のような亀裂があり、光がこぼれていた。

「お日さま」と毛布に頭をもたれたまま、アナが声を出した。

わだちや石に足をとられながらも、リブは車椅子を押して小道の先へと急いだ。小道を曲がると、ウィリアム・バーンが数メートル先に立っていた。

バーンはほほえまなかった。「気を失っているのですか?」

そう言われてはじめて、アナが姿勢を崩し、横向きになっていることにリブは気づいた。頬をそっとたたくと、まぶたが動いた。リブは胸をなでおろす。「寝ているだけです」とリブは言った。

今日のバーンは無駄口をきかない。「それで、説得はうまくいきましたか?」

「まったく聞く耳を持ちません」とリブは認めた。車椅子を村と逆方向へと押して歩き続ける。

アナを眠らせておくためだ。「この断食はアナにとって重大なもので、日課、いえ、使命であるようです」

バーンは厳しい顔でうなずいた。「こんなに早く衰弱しているのであれば――」

バーンは何を言わんとしているのだろう？

彼の瞳は暗い。ネイビーブルーに近い色。「あなたは――彼女に無理やり摂取させることができますか」

リブは想像した。アナを押さえつけ、管を喉から入れて流しこむ。リブは前を向き、バーンの燃えるような目を見つめた。「わたしにはできません。手が震えるとか、そういう理由ではありません」とリブは説明した。

「失うものはけっして小さくないと、ぼくにも分かります」

そういうことではない、いや、そういうことなのかもしれない。うまく説明できない。

三人は一、二分間黙って進んだ。家族が散歩をしているように見えるかもしれないと、リブは思った。バーンはふたたび、はきはきした口調で言った。「それから、神父は白でした」

「サデウス神父ですか？　なぜそう言い切れるのです？」

「教師のオフラハティに聞いたんですよ。委員会を結成するのはマクブレティの案だったそうです。しかし、神父が少女に護衛をつけるべきだと主張した。腕のいい看護婦を、と」

リブは聞いたことを整理する。バーンは正しいのかもしれない。犯人がアナの観察を勧めるだろうか。バーンの説に飛びついたのは、あの神父に辟易していたからかもしれない。

「この前アナが話していた伝道についても、分かったことがあります」とバーン。今年の春、ベルギーから至聖贖罪主修道会《レデンプトール》の一団が村にやってきたのです」

「レデンプトール？」

「伝道宣教師ですよ。キリスト王国各地へ、教皇の命で派遣されています。信心深い者たちを集め、非正統な教義を信奉する者を執拗《しつよう》な番犬のように嗅ぎ分ける。田舎者の脳みそに規範を打ちつけ、神への畏れを魂に呼び戻すのです」とバーンは言った。「三週間、日に三度、ここいらの泥炭地の住人たちを彼らは苦しめた」まだら模様の大地を、バーンが指さす。「マギー・ライアンによると、その中でもかなり見世物じみた説教があったようで、地獄の業火の話で子供たちが泣きわめいた。そのあとは長い長い告解希望者の列ができ、あまりの人に、群集の下敷きになり、あばらがつぶれた人もいたそうです。伝道の最後には大がかりなクワラントーレが――」

「クワ……何ですか？」と話についていけず、リブが尋ねた。

「四十時間を意味する言葉です――主が墓の中で過ごした時間だとされています」それからバーンは、強いアイルランドなまりに切り替えて言った。「異教徒は何も知らんのか」

リブはほほえんだ。

「ここから歩いていけるすべての礼拝堂で四十時間、聖体のパンが捧げられ、信仰心の強い群衆がその前にひれ伏そうと、われ先に列をなしました。大騒ぎは地域の男女の堅信式に続いたそうです」

「そこにアナもいたのですね」とリブ。

「十一歳の誕生日の前日だったそうです」

堅信式、決断のときだ。子供でいる最後の日。アナはそう呼んだ。彼女の舌に置かれたホスチア——小さなまるいパンに宿る神。しかしなぜ彼女は、それが自分の最後の食事だと決断したのだろう？　異国の神父たちが人々をパニックに陥れたそのとき、何かを誤解したのだろうか？

リブは吐き気をもよおし、立ち止まって車椅子の革製のハンドルにもたれかかった。「みんなが恐れおののいたという、説教の内容についてはご存じですか？」

「姦淫《かんいん》についてに決まっています」

その言葉に、リブは顔を背けた。

「あれはワシ？」小さな声にふたりはびくっとした。

「どこですか？」バーンが尋ねる。

「ずっと向こう。グリーンロードのところ」

「ワシではないと思うよ」とバーン。「カラスの王さまだ」

「先日、そのグリーンロードと呼ばれる道を歩きました」とリブは言った。「曲がりくねった長いだけの道で、歩く価値などありませんでした」

「イングランド人が造らせたんですよ」とバーンが言った。

リブは横目で男を見る。またからかわれているのだろうか？

「一八四七年の冬でした。アイルランド史上はじめて、胸の高さまで雪が積もったんです。あの当時は慈善が汚職だといわれていましたから」とバーンが皮肉たっぷりに続ける。「飢え死にしそうな人々は、土木工事に従事するよう言われたんですよ。つまりこのあたりでは、辺鄙《へんぴ》なところから辺鄙なところへ道を建設することを意味しました」

リブは眉をひそめ、少女のほうに頭をふり、バーンの注意を引いた。

「ああ、アナはこんな話、いくらでも聞かされていると思いますよ」と言いながらもバーンは身をかがめて少女の様子を伺った。

また眠っている。椅子の隅でだらりとした頭。リブはアナの体に、もう一度毛布をきつく巻きつけた。

「それで男たちは石を掘り起こし、ハンマーで砕いて集めたバケツ一杯分をはした金に換えた」と小さな声でバーンが説明する。「女たちはバケツを運び、砕石をきれいに合わせて並べ、子供たちは――」

「ミスター・バーン」とリブは抗議の声をあげた。

「あの道の話をはじめたのはあなたですよ」とバーンが言った。

バーンは彼女を、イングランド人であるという理由で恨んでいるだろうか。もしリブがどんなふうにバーンのことを思っているか知ったら、気味悪く思うだろうか？　哀れむだろうか？哀れまれるのだけはいやだ。

「もうちょっとで終わりにしますから。風邪をひいたり飢えや熱で起きあがれなくなった人たちは道の脇に埋められた。袋に入れられ、ちょっと掘っただけの穴にね」

リブはグリーンロードの道の端の、軟らかい土を歩いた革靴の感触を思い出した。泥炭地はけっして忘れない。〝そのままの状態にとどめておく力があります〟。「もうやめましょう」とリブ。「お願いします」

やっと訪れた沈黙が、リブにはありがたかった。

アナがかすかに動き、ぼろぼろのベルベットから顔を背けた。雨がぽつ、ぽつ。リブが錆びたちょうつがいのついた黒い幌を引き出し、バーンの手を借りて眠る少女を覆った途端、本降りになった。

ライアンの宿でリブは、眠れず、読書もできず、ただ焦っていた。夕食をとるべきだと分かってはいたが、何も喉を通りそうになかった。

真夜中、たんす上のランプが、弱々しく部屋を照らした。枕に広がる少しの髪と小さな体。毛布もほぼ平らだ。ほとんど一晩じゅう、リブは少女と話し続け——少女に話し続け——声もかれ果てた。

自分のベッドを整えながらリブは、管のことを考えていた。とても細く、よく曲がり、油が塗られた管。藁よりも細い。少女の唇の間からゆっくりと入れる。細心の注意を払うのだ。そうすればアナは眠り続けるかもしれない。あの子の腹にミルクを流し入れる。少しずつ。

もしアナの執着が断食を引き起こしたのではなく、断食が執着を強めているとしたら？　腹が空っぽのまま、きちんと思考できる人がどこにいるというのだろう？　逆説的だけれど、少し食べ物を摂取すれば空腹感が戻るのではないだろうか。もしも管を使って食べさせたら、この子の体力は戻るだろう。崖っぷちから連れ帰り、正気に戻る時間を稼ぐことができるかもしれない。無理やり行うというより、責任を遂行するのだ。つまり、大人たちの中で、ライト看護婦だけが勇敢にも、アナ・オドネルを己から救うために必要な手だてを構じる。

リブは痛いほど強く、歯を食いしばった。

子供のためだと言って、苦痛を与えるなど大人がいつもやることではないか。看護婦と患者の関係でも珍しくない。リブはこれまでにやけどの創面切除もしたし、傷口からりゅう散弾の破片をとりのぞいたことだってある。生ける者たちの大地へ送り返せるのならばと手荒な処置をたくさんの患者に施してきたはずだ。それに、精神障害者や囚人の中には、日に数回強制摂食されて生き延びた人もいる。

リブは想像した。アナが目を覚まし、身をよじり、むせ、もだえ、裏切られたことに目を潤ませる姿を。リブは彼女の鼻をつまみ、枕に頭を押しつける。じっとしていて、いい子だから。わたしに任せて。命令です。管に流し入れる。冷淡に。

〝やめて！〟。頭にあまりにも大きく響き、リブは一瞬、ほんとうに声に出したのかと思った。効き目はないと思います、と今日の午後、バーンに言うべきだった。生理学上は、うまくいくはず。流動食を無理やり喉から流しこめば、エネルギーを与えることはできる。しかし、彼女を生かすことはできない。何よりも、彼女をこの世界からより遠ざけてしまう。精神が打ち砕かれるからだ。

懐中時計で一分間の呼吸を数えた。二十五回。多すぎる。危険な速さだ。しかし、規則正しい呼吸。薄くなった髪、茶色のあざ、唇の端の切れ目。それにもかかわらず、彼女の寝顔は子供らしく、美しかった。

〝何カ月間もマナで生きていたもの〟。アナは今朝、言った。〝マナによって生かされています〟。心霊術者には、そう言っていた。だけど今日は、とリブは思う。今日は言い方がちがっていた。切なそうに過去形で話していた。〝何カ月間もマナで生きていたもの〟。

リブの聞きちがいだろうか？　四カ月と言ったのかもしれない。ほんとうに何カ月と言った？　〝四カ月間もマナで生きていたもの〟。アナは四カ月前の四月に断食をはじめ、マナによって生かされていた——その栄養摂取の方法が何であれ、おそらくそれは実際に行われていた——看護婦たちが到着するまでは。

いや、でもそれではつじつまが合わない。完ぺきな断食を行っているという症状は数日間で現れたはずだ。リブがそれらに気づいたのは、バーンに注意を促された二週目の月曜日。ほんとうに七日間、衰えることなく断食をやり遂げたというのか？

リブは手帳を開いた。遠い戦場から、途絶え、途絶え、届いた電報。一週目は毎日これといって変化がない。だけどある日——

〈母親との朝のあいさつを拒否〉

リブは整った文字を見つめた。観察開始から六日目、土曜日の朝だ。医学的な気づきではない。リブはただ、子供の行動の変化に気づき、説明がつきかねたから書き留めたのだ。

どうして見落としていたのだろう？

一日に二度、ただあいさつをするだけではない。抱擁をしていた。あの骨っぽい女の体が、子供の顔を隠した。ひなに餌を与える母鳥の口づけ。

リブはN女史の言いつけを破り、アナを揺り起こした。

アナは目をぱちりと開け、鋭いランプの光に顔をしかめ目をそらした。

リブはささやいた。「マナに生かされていたとき、だれが——」、いや、尋ねるべきはだれが与えたのかではない。神が与えたのだとアナは答えるだろう。「だれが運んできてくれたのですか？」

アナは抵抗し否定するだろうとリブは思っていた。天使などの手のこんだ作り話でもするかもしれない。

「母さん」とアナが言った。

この少女はこれまでも、尋ねられさえすれば、正直に答えるつもりだったのだろうか？　もしリブが宗教の伝説への偏見を抑えていれば、少女が伝えようとしていたことにもっと早く気づけたかもしれない。

ロザリーン・オドネルが朝と夜のあいさつをゆるされた時間に、娘ににじり寄った姿をリブは思い出した。ほほえんでいるけれど、なぜか何も言わない。いつもおしゃべりなのに、娘に抱擁しに来るときだけはしゃべらない。そうだった。ロザリーンは娘を抱きしめ終わるまで、一言も発しなかった。

リブは小さな耳元でささやいた。「お母さんが口で渡してくれたのですか？」

「聖なるキスです」とうなずきながらアナが言った。罪の意識はないようだ。

怒りがリブの血管を駆け巡る。ということは、あの母親がキッチンで食べ物を噛み砕き、看護婦たちの眼前でアナに食べさせていたのか。一日二回の娯楽とでもいうかのように。「マナはどんな味がするんですか？」リブは尋ねた。「ミルクみたいなもの？　それともオートミール？」

「天なる味」まるでそれが当たり前だといわんばかりに、アナは答えた。

「お母さんに、天から届いたと教えてもらったのですか？」

アナはその質問に戸惑った表情をした。「マナとは、そういうものです」

「このことを知っている人はいますか？　キティやお父さんは知っている？」

「だれも知らないはずです。話したことはないから」

「どうして？」とリブは尋ねた。「お母さんに言ったらだめと言われましたか？　脅されたりした？」

「私的なものだからです」

　密かな交わり。神聖で、言葉にしてはならない。きっとそうだ。あの気の強い母親が娘にそう言って説得する姿が、リブの目に浮かんだ。とくにアナは、神秘にあふれた世界に生きている女の子なのだから。子供は大人に身をゆだね、その手に絶大な信頼を置く。この方法はアナの十一歳の誕生日にはじまったのだろうか、それともその前から少しずつ行われてきたものなのだろうか。聖書のマナの箇所を娘に朗読し、神秘的なごまかしで娘を混乱させたのだろうか？それとも暗黙のうちにそれぞれが、この死の遊びに加担したのだろうか？　とどのつまり、母親よりも娘が頭がいいし、字もよく読める。それぞれの家庭には、よそ者には理解できない奇妙なところがあるものだ。

「ではなぜ、わたしに教えてくれたのですか？」

「お友達だからです」

　少女がそう言って、小さなあごをかすかに持ちあげたとき、リブの胸は張り裂けそうだった。

「もうマナはとっていませんね？　土曜日から食べていないはずです」

「もう、いりません」とアナ。

〝それにあの子がゆるしてくれる間は、ちゃんと食わせてやったじゃないか〟。ロザリーンはそうわめいた。リブは母親の悲しみと後悔を聞いたけれど、いまだに理解できなかった。母親が、アナを台座にのぼらせ、世界を照らす光にしようとした。あの母親は密かに食べ物を与え続けることで、娘を生かし続けようとした。だけど観察開始から一週間後、それを終わらせたのはアナだ。

この子は自分のしていることの結末が見えないのだろうか？　まだ分からない？

「お母さんがあなたの口の中に吐き出したものは」――リブはできるだけ直接的な表現を選んだ――「キッチンで用意された食べ物です。その噛み砕かれた食べ物で、あなたはこの数カ月間生きることができた」

リブは話すのをやめて、アナの反応を伺った。しかし、少女の目はうつろだ。

リブはむくんだアナの両腕を握った。「お母さんはあなたにうそをついたのです、分かりますか？　みんなと同じように、あなたにだって食べ物が必要です。あなたは、特別な存在などではないのですよ？」言葉が裏切る。これではののしりの雨を降らせているだけだ。「アナ、食べなければ、あなたは死ぬのですよ」

アナはリブをまっすぐに見た。うなずき、ほほえんだ。

第五章

Shift

shift《シフト》

変化、変えること

勤務時間

方便、急場の手段

動き、はじまり

木曜日はじりじりと焼けるような暑さで、うそのように青い空が広がっていた。正午、ウィリアム・バーンが食堂に入ってきたとき、リブはひとりきりでスープを見つめていた。リブは顔をあげ、バーンにほほえみかけようとした。

「アナはどうですか」とバーンは尋ねた。リブの正面に座る彼の両膝が、スカートに触れる。

リブは、答えることができなかった。

バーンはうなずいて碗に目を落とした。「きちんと眠れていないのならせめて、ちゃんと食べないと、あなたが持ちませんよ」

碗を金属がこする音。リブはスプーンを持ちあげ唇まで運んだけれど、口に入れることなく、戻した。スープがはねた。

バーンは身をのり出した。「それで?」

リブは碗を脇に押しのけた。ドアのほうを見ながらライアンの娘がいないことを確認する。マナが抱擁に紛れて届けられていたことを、リブは打ち明けた。

「まったく」と目をまるくするバーン。「何て肝が太い女性だ」

ああ、打ち明けることができてリブの胸のつかえがとれた。「朝夕二回ずつ、ロザリーン・オドネルの口に含むことのできる量の食べ物だけで、アナはここ数カ月生きてきた。それだけでも状況は最悪なのに」とリブ。「この五日間、アナはマナさえ拒絶しています。それについて母親からは、何の申し出もありません」

「自分が責めを負わずに説明する方法が分からずにいるのでしょう」

突然、リブは不安になる。「このことはまだ、記事にしないでください」

「なぜです？」

バーンはなぜ尋ねるのだろう？　「あなたの職務として、すべてを伝えなければならないのは分かります」とリブはとげとげしく言った。「しかし、大切なのはアナを救うことです」

「それは重々承知の上です。しかし、あなたのご職業は何でしたっけ？　アナとずっといっしょにいて、何かを成し遂げたのでしたっけ？」

リブは両手で顔を覆った。

「すみません」と言って、バーンはリブの指を握った。「ぼくも焦っていて」

「すべて真実です」とリブ。

「もしそうだとしても、ひどいことを言いました」

リブは彼の手から、自分の手を引き抜いた。じんじん、燃えるよう。

「聞いてください」とバーン。「ぼくはアナのためにも、世界にこのことを知らしめるべきだと思います」

「しかし、世間から糾弾されることで彼女が食べるとは思えません！」

「なぜそう言い切れるのですか？」

「アナはたったひとりで、これを行っているからです」リブの声が震えた。「死ぬことを望んでいるように見えるのです」

バーンは巻き毛を顔から払った。「しかし、どうして？」

「あなた方の信仰が、暗たんたる出まかせで彼女の頭を支配してしまったからではないですか？」

「暗たんたる出まかせを、真の信仰だと思いこまされているだけでは？」

「わたしにも、なぜなのか分からないのです」とリブは認めた。「兄への思いと関係があること以外は、何も分かりません」

バーンが困惑に顔を曇らせた。「マ、マナについてシスターと話しましたか」

「今朝はそのような時間はありませんでした」

「マクブレティには？」

「このことを話したのは、あなただけです」

リブを見つめるバーンの表情に、言うべきではないことを言ってしまったと彼女は感じた。

「では、この発見を今夜、委員会に伝えるべきです」

「今夜ですか？」リブは当惑して繰り返した。

「あなたとシスターも呼び出されているのでしょう？　今夜十時に、ここの奥の部屋で会合があるらしいではないですか」――バーンは剥げかけた壁紙のほうに頭を揺らす――「医師が懇願したそうですよ」

マクブレティは結局、昨日のリブの話をむげにしたわけではないのかもしれない。「それはありません」と皮肉っぽくリブは言った。「わたしたちは看護婦です。たかが看護婦の話を、だれが聞くというのですか?」組んだ手にあごをのせる。「今からわたしがマクブレティのところに行って、マナについて報告するくらいのことはできるかもしれませんが――」

バーンは首を横にふった。「会合にのりこんで、委員たちの前で言うのです。あなた方から課された役目を果たすことに成功しましたってね」

成功? リブには、絶望的な失敗としか思えなかった。「しかしそれがなぜ、アナを救うことになるのです?」

バーンは両手を広げた。「観察が終われば、アナにも余裕ができるだろうし――時間だってある――それに公の目を気にする必要もなくなります。心変わりをするチャンスになるとは思いませんか」

「アナはアイリッシュ・タイムズ紙の読者を感心させようと断食をしているわけではないのですよ」とリブは言った。「これはアナと、あなた方の欲深い神との問題なのです」

「信者の愚行を、神のせいにするべきでしょうか。神がぼくたちに望むことは、生きることだけです」

ふたりはにらみ合った。

そしてバーンがにっこり笑った。「あなたはぼくがこれまで会ったどんな女性――いや、どんな人よりも――神を冒涜していますよ」

バーンに見つめられ、リブの体じゅうにゆっくりと、熱が広がった。

目を刺すような鋭い太陽の光だ。もうすでに、リブの制服の裏地が汗で脇下にべったりとくっついていた。小屋に到着したとき、リブは夜の会合に参加しようと決めていた。招かれようが、招かれまいが行くのだ。

小屋は静かだった。ロザリーン・オドネルと下女が、長机で貧弱なニワトリの羽をむしっていた。ずっと黙ったまま作業しているのだろうか、それとも会話があったのだろうか――イングランドの看護婦について話していたのかもしれない――リブが来たから黙ったのだろうか。

「ごきげんよう」とリブ。

「ごきげんよう」とふたりが声を合わせた。目は死骸に向けられたままだ。

リブはロザリーン・オドネルのひょろっとした背中を見ながら心でつぶやく。正体を知っているんだから、悪魔め。ある種の甘美さがある。あの女の穴だらけのだましを破壊する武器が、リブの手中にあるのだ。

でも、まだだ。使ってしまえば、引き返せないのだから。もしロザリーンに追い出されたら、アナの心を変える機会さえ失われてしまう。

寝室でアナは体をまるめ、窓に顔を向けたまま横になっていた。胸があがり、さがりしている。ひび割れた唇が空気を求める。しびんには何も入っていない。

修道女はげっそりとした顔で、悪くなっています、と唇を動かし、荷物をまとめた。リブは修道女の腕に手を置き、引き留めた。「アナが告白しました」とリブは修道女にささやいた。ほとんど声は出ていない。

「神父さまに？」

「わたしにです。先週の土曜日まで、母親が食べ物を与えていました。嚙み砕いた食べ物を口移しで与え、マナであるとアナに信じさせていたそうです」

修道女は顔を真っ青にして、十字を切った。

「ライアンの宿で、今夜十時に委員会の会合があります」とリブは続けた。「報告に参りましょう」

「マクブレティ先生からのご指示ですか？」

リブはそうだとうそをつきたかったが、代わりにこう言った。「あの人の心は曇っています。アナが冷血動物になっているのだと思っているようです。今わたしたちのすべきことは、委員会に報告することだと思いませんか」

「指示通り、日曜日に」

「三日後まで待てません！　アナが持ちません」そしてリブはささやいた。「あなたも、お分かりのはずです」

修道女は顔を背けた。大きな目をしばたたいている。

「わたしが話します。しかしあなたにも、そこにいてほしいのです」

弱々しい返答。「わたくしは夜の当番です」

「一時間くらい見張りを代わっていただける方はいると思います」とリブ。「ライアンさんの娘に頼んでみましょう」

修道女は首を横にふる。

「アナをただ見ている暇があるのなら、そのすべてで彼女が食べるように努力するべきではありませんか？　彼女が生きるように」

しわひとつないコイフに包まれた頭が、まるで鐘のように左右に揺れる。「それはわたくしたちの受けた指示にはございません。ほんとうに悲しいですけれども、それでも――」

「悲しい？」リブは声を荒らげ、容赦なく言葉をぶつけた。「ほかに言うことはないのですか」

シスター・マイケルは顔をゆがめる。

「良い看護婦は規則に従います」そう言ってリブはいっそう声を張りあげた。「しかし、ほんとうに優れた看護婦は規則を破るべきときを心得ています」

修道女は足早に去った。

リブは深く、荒々しい息をつくとアナの横に座った。

アナが起きたとき、彼女の鼓動は皮膚のすぐ下で震えるバイオリンの弦のようだった。〈八

月十八日　木曜日　午後一時三分〉〈脈拍　一二九回　弱々しい〉とリブは記録した。文字が震える。〈息苦しそう〉。

リブはキティを呼び、家じゅうの枕を集めるように指示した。

キティはリブを一瞬凝視し、足早に指示に従った。

アナが座った状態でいられるように、背中の後ろに枕を積みあげる。これで呼吸が少しは楽になるはずだ。

「〝神はその門からわたしをすくいあげる〟」とアナ。目を閉じている。「〝わたしの神よ、苦しめる者の手から助け出してください〟」

今すぐにそうしてやりたいと、リブは強く思った。でもどうすればいいのだろう？　アナの鎖を今すぐに解いて、自由を与えたい。言葉を与えるように？　一撃を与えるように？　それとも生を与えるように？　「水、飲んでみましょうか」リブはスプーンを差し出した。

アナのまぶたが震えはしたものの、閉じられたままだった。彼女は首を横にふった。「〝おことばどおりになりますように〟」

「喉が渇いているとは感じないかもしれませんが、飲まなければいけませんよ」

開こうとする上唇と下唇がぴったりくっついて、なかなか離れない。やっとひとさじの水を受け入れた。

外のほうが気兼ねせずに話せそうだ。「車椅子で散歩に行きましょうか。いい天気ですよ」

「行きたくないです」

リブは鉛筆を走らせた。〈衰弱し、車椅子も拒否〉。彼女の手帳の役割は、記憶の補助から変化していた。犯罪の記録だ。

「この小舟《ボート》はわたしにちょうどいい」とアナが小さな声で言った。

ベッドのたとえにしては突拍子もない気がして、リブはいぶかった。兄の受け売りだろうか？　それとも断食によって思考能力に支障が出ている？　〈少しの混乱？〉と記録した。そう書いたあと、もしかしたらリブ自身がベッドをボートと聞きちがえたのかもしれないと思った。

「アナ」とリブは呼び、少女のむくんだ手を両手に包んだ。冷たい。陶器の人形みたいだ。「自殺という罪を知っていますか」

茶色っぽいヘーゼル色の瞳はリブのほうを見てはいるものの、焦点は合っていない。

「聞いてもらいたいものがあるのです。『良心についての考察』という本なのですが」とリブは言い、昨日印をつけたページを開いた。「〝命を短くしようとしたり、死に急いだりしたりしたことはありますか？　情熱や耐えることができないという理由から、自らの死を望んだことがありますか？〟」

アナは首を横にふり、ささやいた。「〝飛び去って、休みます〟」

「ほんとうにそう思いますか？　自殺した人は地獄行きでしょう？」リブはつらかったが続けた。「パットと同じ場所に埋葬されることもないのですよ。あなたは壁の外、教会の外に埋められるのです」

アナは枕に片方の耳を押しつけた。まるで耳の痛みを訴える子供のように。

幼いころ、はじめて覚えたなぞなぞをリブは思い出した。〝わたしはいません。目にすることはできません〟。リブは近づき、ささやいた。「どうして死のうとしているのですか？」

「わたしを捧げます」アナは否定する代わりに、リブを正した。そしてドロシーの祈りを唱えた。何度も、何度も。「〝アイ・アドア・ジー。崇敬します。尊き十字架を。わたしの救世主キリストの、慈しみと光あふれるみ使いにより祝福され、主の尊き血潮のかかったその十字架を〟」

午後の消えゆく光の中で、リブはアナを椅子に座らせた。毛布やマットレスなどを風にあて、シーツのしわを伸ばした。アナは膝を抱えて座っていた。しびんによろめきながらかがんだけれど、黒いしずくが出ただけだった。そしてベッドに戻った。まるで老婆のようだ。彼女がけっしてなることとのない、老婆のようだ。

少女がうつらうつらすると、リブは室内を行ったり来たりした。熱いれんがを持ってきてもらうくらいしかできない。昼間の光をありったけ集めても、アナの震えは止まらなかった。

十五分後、下女の両目が真っ赤にはれていた。四つのれんがを運び入れ――まだ炉火のすすがついている――毛布に包んだ。少女はぐっすり眠っている。

「キティ」と、リブは声をかけようと思っていたわけではなかったのに、気づいたら下女を呼び止めていた。鼓動が速くなる。もしリブが判断を誤れば――そしてもしこの下女がオドネル夫人くらい罪深く、画策の一端を担っているとしたら――話すことで状況が悪化するかもしれない。どこから、はじめればいい？　責めてはいけない。責めるでもない。同情心だ――今、リブがこの若い女性の心にかき立てなければならないものは。「あなたのいとこは死のうとしています」

キティの両目に涙があふれる。

「すべての神の子は食べなければ生きていけません」とリブは言った。リブは声を落とした。「数日前まで、アナは邪悪な手段で生かされていました。罪人が世界を欺いていたのです」罪人という言葉を使うべきでなかった、とすぐにリブは後悔した。キティの瞳が恐怖に揺れている。「わたしが何を言おうとしているか、分かりますか？」

「分かるわけがないさ」とキティ。キツネの匂いに気づいたウサギのような表情。

「あなたの女主人」――おば、と言うべき？　それとも親戚？――「オドネル夫人が口移しでアナに食べ物を与えていました。キスをするふりをしてね。分かりますか？」キティがアナを責めるのではないかと思い、リブは言葉を継いだ。「アナはただ、天与の糧が運ばれてきたと純粋に信じていたのです」

キティの大きな目が急に細くなる。うなるような声。

リブは身をかがめた。「今、何と言いましたか？」

答えはない。

「大変な驚きなのは分かります。ただ――」

「あんた！」聞きちがいようがないほどの大きな声。激しい怒りでゆがんだ顔。

「あなたのいとこの命をいっしょに救いたいのです」

ふたつの手がリブの顔をがっしりとつかみ、頬を強く挟んだ。「黙れ、このうそつき」

リブは後ろによろめいた。

「病気みたいな女！　急にやってきて、毒をまき散らす。神もいない、心もない。おまけに恥も知らないのか！」

ベッドで少女が動いた。声が気に障ったかのように。ふたりとも、静止した。

キティは両手をおろし、ベッドに二歩近づいてかがみこんだ。アナのこめかみに、やさしくキスをした。キティが背筋を伸ばしたとき、その顔に涙の筋がいくつもあった。

部屋を出たキティの後ろで、ドアがばたんと閉じた。

やるべきことはやった。リブは自分に言い聞かせ、じっと立ち尽くした。

どこで道をまちがえたのだろう。キティがオドネル夫妻を信じることしか知らず、無条件に味方することに気づけなかったことだろうか。キティには、世界じゅうであの人たちしかいない――家族、家、パンひとかけらを稼ぐための手だて。

何もしないよりはよかったはずではないか。リブの良心にとってはそうかもしれない、とリブは考える。しかし、餓死しようとしている少女にとっては、何の意味もない。

リブはしおれた花を捨て、信心書を箱に戻した。

しかしもう一度、確認したい衝動に駆られ、拾いあげてページをめくった。ドロシーの祈りの箇所を探す。こんなにたくさん祈りの言葉があるのに、なぜアナはドロシーの祈りを一日に三十三回唱えるのだろう?

ああ、ここだ――〈キルデアの聖ブリギットの前に降臨した聖なる魂への聖金曜日の祈り〉。並んだ文字からは、何も新しく学べることはない。〈アイ・アドア・ジー。尊き十字架を。救世主キリストの体を分かち合ったみ使いら、喜びあふれて光に満ちぬ、主の尊き血潮のかかったその十字架を仰がん。〉リブは、その下の小さな文字を判別しようと目を細めた。〈金曜日、三十三回唱える。断食を伴うと三つの魂が解放される。聖金曜日は、三十三個の魂〉。復活祭の贈り物として、褒美が十一倍になるなんて。リブが本を閉じようとしたそのとき、〈断食〉という言葉に気づいた。

〈三十三回唱える。断食を伴うと……〉

「アナ」リブはかがみ、少女の頬に触れた。「アナ!」

少女は目覚め、リブを見た。

「あなたの祈りの言葉、〝アイ・アドア・ジー。尊き十字架を〟、これがあなたが食べない理由ですか?」

アナのほほえみが歪んだ。喜びに満ちているのに、影がある。

やっと、とリブは思った。やっとここまできた。しかし、そこに達成感はない。ただ、悲しみだけだ。

「彼に教えてもらったの？」

「だれですか？」

アナは天井を指さした。

「ちがいます」とリブ。「ひらめいたのです」

「ひらめくときはね」と少女。「神さまが教えてくれているんだよ」

「お兄さんを天国に入れてあげようとしているのですね」

アナは子供らしい、確信に満ちた表情でうなずいた。「お祈りの言葉を唱えれば、断食しながら三十三回ずつ毎日唱えれば――」

「アナ」とリブが嘆いた。「断食というのは――一日に一度の食事を抜く、しかも金曜日にそれをすれば三つの魂を救うことができ、聖金曜日だけお祈りを三十三回唱えればよいのです」なぜリブはこのばかげた数字を繰り返して、帳簿に記載された数字であるかのように重みを持たせているのだろう？「聖書には一切、食べるのをやめろとは書かれていません」

「魂は、うんときれいにしないと」アナの瞳がぎらりと光った。「神さまに不可能はないから、あきらめないの。お祈りの言葉をずっと繰り返して、パットを天国に連れていってくださるようお願いする」

「けれどあなたの断食は――」

「それは償うため」とアナは息切れしながら言った。

「そんな恐ろしい愚かな取引は聞いたことがありません」とリブは言った。

「神さまは取引しません」アナはリブを咎めるような口調だ。「神さまはわたしなんかと約束しません。けれどパットのことを哀れんでくださるかもしれない。もしかしたら、わたしのことも」とアナが言う。「そうすればパットとわたしはまたいっしょになれる。妹と兄として」

どこか不思議な説得力が、この計画にはあった。夢の中だけで可能で、十一歳にとっては曲げようのない論理。「まずは、生きてください」とリブが迫った。「パットは待っていてくれます」

「パットはもう、九カ月も待っているの。燃やされながら」アナは泣き声をあげたが、頬は粉を吹くように乾燥したままだ。

もう涙を流すための水分さえ、体内に残されていないのだろうか。「お父さんとお母さんがどんなに悲しむか考えてもみなさい」としかリブは言葉が出なかった。ロザリーン・オドネルはこの悲惨なままごとを思いついたとき、結末がどこに向かうのか少しでも考えただろうか？

アナの顔が引きつる。「パットとわたしが天国で守られていると分かれば大丈夫」そう言って、言い直した。「神さまがもしそうしてくださるなら」

「濡れた大地の深いところが、あなたの行く場所です」とリブは言い、硬い土の床をかかとで踏み鳴らした。

「それは体だけ」と言った少女の声に、あざけりが滲む。「魂はこう――」そう言ってアナは体をよじる。

「何ですか？　魂はどうするのですか？」

「体を脱ぎ捨てます。古いジャケットを脱ぐみたいに」

そのとき、リブは思い至った。この世でこの子が死のうとしていると確かに知っているのは、リブ、ただひとりなのだと。鉛のケープが、リブの肩にかけられたみたいだ。

「あなたの体は――あなたの体だけでなく、みんなの体は奇跡です。創造物すべてに奇跡が宿っています」リブは言葉を探した。異国の言葉を。この小さな狂信者に生きる喜びや幸せなど話しても意味はない。話すべきは、義務だ。バーンは何と言っていた？「あなたが目を開けたそのとき、神があなたに求めたのは、ただひとつ。生きることです」

アナはリブをじっと見つめた。

「死んで生まれた赤ちゃんを、見たことがあります。生まれて何週間も、何カ月も苦しんで、闘いをやめた赤ちゃんもいました」リブの声が意志に反して、かすれてしまう。「そこに理由や答えなど、ないのです」

「み心のまま」苦しそうな呼吸。

「そう思うなら、それでいいでしょう。しかし神のみ心は、あなたに生きてほしいと願われている」リブは教会の敷地にあった、飢饉で亡くなった人のための大きな墓地を思い出した。「何百人、何千人――おそらく何百万人というあなたの同胞たちが、あなたがまだ幼いときに亡くなりました。つまり、あなたに課された聖なる役目は、生きることです。息をし続けること。みんなと同じように食べ、日々の生にとり組み続けることです」

リブは少女のあごが小さく動くのを見た。ノーと言っている。いつだって、ノーだ。

リブは、すさまじい疲労感に襲われた。グラス半分の水を飲み、座って、虚空を見つめた。

夜八時、マラキ・オドネルがおやすみを言いに来たとき、アナは熟睡していた。父親は心もとなそうだ。脇の下に汗が滲んでいる。

やっとの思いで、リブは立ちあがった。マラキが出ていこうとした瞬間を見計らって、リブは口を開いた。「オドネルさん、お伝えしなければならないことがあります」とリブはささやいた。「娘さんはもう、そう長くないでしょう」

恐れが彼の瞳に揺らめく。「先生はでも――」

「先生はまちがっています。アナの心臓の鼓動は速まり、体温はさがっています。肺にも水がたまっています」

「そんな!」マラキは毛布の下の小さな体をじっと見おろした。

マナのことすべてをぶちまけてしまおうと、リブの舌先まで言葉が出かかった。しかし、夫と妻を隔てるにはあまりにも重いものだ。そしてリスクが高い。どうしてマラキがロザリーンの言葉ではなく、イングランド女を信じるというのだろう？　リブが女主人を責めたことであんなにキティが怒るのであれば、マラキも同じように反応してもおかしくはない。結局、突きつけられる証拠を握っているわけではないのだから。アナを起こして、父親に告白するように無理強いするしかないし、リブはそれに成功する自信はまったくなかった。

ちがう。今、いちばん大事なのは、真実を明らかにすることではない。大事なのは、アナだ。マラキ自身が何を見るのか、そこに期待しよう。覆いをとろう。マラキの中に眠る父親としての防衛本能が目を覚ますだろうか。「アナは死ぬつもりです」とリブは言った。「息子さんを煉獄の火から救いたいのだと言っています」

「何と」父親はろうばいしている。

「取引のようなものです」とリブ。ちゃんとこの悪夢のような話を伝えられているだろうか？

「いけにえになると」

「神よ、お救いください」とマラキはつぶやいた。

「アナが目覚めたら、いけないことだと言ってあげてくれませんか？」

マラキは両手で顔を覆っている。言葉がくぐもってよく聞こえない。

「何ですか？」

「アナは何を言っても聞かないよ」

「そんなことおっしゃらないでください。アナは子供です」とリブ。「あなたの子です」

「この子はわたしより二倍も三倍も頭がいい」とマラキが言った。「だれに似たのか分からんけど、頭がいい子なんだよ」

「ですがすぐに行動しなければ、アナを失うことになります。しっかりと話をしてください。彼女の父親でしょう」

「地上のね」とマラキは悲しそうに言った。「あの方の話しか、アナは聞く耳を持たんよ」マラキは天を指すように頭を揺らした。

ドアのそばに、修道女が立っていた。九時だ。「こんばんは、ライト夫人」

マラキは部屋から出ていった。困惑したリブを残したまま。この人たちはいったい何なの？ 外套を着ている最中に、悲惨な会合が待っていることを思い出した。「委員会の会合は今夜です」とリブは修道女にもう一度言った。

修道女はうなずいた。見張りの代役を連れてきていないことに、リブは気づいた。つまり、会合に参加しない決意は揺るがないというわけだ。

「お鍋に湯を沸かすと、蒸気でアナの呼吸が少し楽になるかもしれません」リブはそう声をかけて、部屋を出た。

二階でリブは待った。腹が締めつけられる。リブが緊張していたのは、雇い主たちの会合に押し入るからだけでなく、大きな葛藤があったからだ。もし観察の目的が遂げられたと委員会を説得できたとしても――マナのことを告げ口しなければならない――礼を言われて任を解かれるだけかもしれない。もしそうなれば、おそらくアナにさよならも言えないまま、イングランドに帰されるだろう(リブは職場の病院を思い浮かべたが、以前のように自分が働くところが想像できなかった)。

わたしの喪失などとるに足らない、とリブは自分に言い聞かせた。どの看護婦も、患者にさよならを言うべきときが来る。それがどのような別れにしろ。しかし、アナはどうなるのだろう？　だれが彼女の世話をし、だれが、どのようにして、死に向かう断食をやめさせるのだろう？　リブはその皮肉に気づいていた。彼女はまだアナに、パンのひとかけらすら食べさせることに成功していないのに、それができるのは自分しかいないと信じていた。ひとりよがりな彼女の妄想だろうか？

〝ここで何もしないのは、死に値する罪〟。バーンはそう思い、飢饉についての記事を書いた。リブは懐中時計に目をやった。十時十五分すぎ。アイルランド人は時間に遅れがちだが、もう集まっているだろう。リブは立ちあがり、灰色の制服を整え、髪をなでつけた。

店の奥にある部屋の外でリブが待っていると、聞き覚えのある声がした。医師と、神父だ。リブはドアをノックした。

返事はない。聞こえなかったのだろうか。女性の声？　シスター・マイケルが来てくれたのだろうか。

リブが部屋に入ったとき、目に飛びこんできたのは、ロザリーン・オドネルだった。目が合った。その後ろにマラキ。看護婦の姿に、ふたりともたじろいでいるようだ。

リブは唇を噛んだ。両親が出席するなど、思いもしなかった。

年季が入ったブロケードの上着に身を包んだ、背が低く鼻が高い男が、滑らかに彫りこまれた背もたれの大きな椅子に腰かけ、架台を三つ合わせただけの急ごしらえの机に議長然としている。オトウェイ・ブラケット准男爵にちがいない、とリブは推察した。あのふるまいからして、おそらく退役軍人だろう。卓上に、アイリッシュ・タイムズ紙が置かれている。バーンの記事について話していたのだろうか？

「この者は？」と准男爵が尋ねた。

「イングランドの看護婦ですよ。招かれてもいないのに」とジョン・フリンがとなりの席で発言した。

「関係者のみの会合ですよ、ライト夫人」とマクブレティが言った。

ライアン氏が――宿主だが――頭をドアのほうに揺らし、リブに二階に戻るよう命じている。

ひとりだけ、リブにはだれか分からない男がいた。

脂ぎった髪のあの男はおそらく、オフラハティ、つまり、教師だ。リブはそれぞれの顔をじっと見据えた。恐怖など、抱くものか。まずは手帳の記録に基づいて証言し、一歩も引かない。

「紳士のみなさん、非礼をおゆるしください。ただ、みなさんにアナ・オドネルの健康状態についての最新のご報告をしなければならないと思い、参りました」

「何の報告だい？」ロザリーン・オドネルがあざ笑う。「ついさっき、家を出るときは穏やかに眠っていたけどね」

「わたしから報告はすんでいますよ、ライト夫人」とマクブレティが叱りつけるように言った。リブは言い返した。「では、委員会のみなさんにアナの浮腫が悪化し、もう歩けないこともお伝えになったのですね？　気を失い、体温は冷たく、歯が何本も抜けていることもご報告なさいましたか？」リブは手帳のページをめくった。何かを思い出すためでなく、記録されている事実だと委員たちに示すために。「毎時間、脈は速くなっています。肺に水がたまり内側から溺れているため、喘鳴が認められます。皮膚はあざや傷に覆われ、まるで老女のように頭髪はごっそりと抜け落ち――」

准男爵が手をあげて彼女を制止していることに、リブは気づいた。「ご主張は承知した」

「だからこんなのでたらめだって言ったんだ」と酒場の主ライアンが沈黙を破った。「だってそうだろ――食わずに生きられるやつがどこにいる？」

最初から懐疑的だったのなら、とリブはぜひとも聞きたかった。どうしてこの見張りにお金を出し協力したりしたのですか、と。

ジョン・フリンが噛みついた。「口を慎め」

「おれだって委員会のメンバーだ。あんたとおんなじな」

「つまらない言い争いはよしましょう」と神父が言った。

「サデウスさん」とリブは進み出て、発言した。「なぜアナに、断食をやめるよう言わないのですか？」

「やめるよう説得しようとしたところに、あなたもいたでしょう」と神父。

「あんなに遠回しな言葉で！　彼女は兄の魂を救わなければならないと思いこみ、飢え死にしようとしています」そう言ってリブは、そこにいるすべての人の顔を見つめた。アナの状況をしっかりと心に落としこんでほしかった。「しかも、両親からの祝福も受けながら」リブは手をあげ、オドネル夫妻を指さした。

ロザリーンがわめき散らす。「この礼儀知らずの異端者め！」

やっと本音を叫べて、さぞ爽快だろう。リブはサデウス神父に向き直った。「あなたはこの村でローマ教皇の言葉に代わる方です。アナに食べるよう命じてください」

神父は体をこわばらせた。「神父と教区民の関係は神聖なものだよ。お分かりにならないかもしれないけれど」

「アナがあなたの言葉にも耳を貸さない場合、司教さまをお呼びすることはできないのですか？」

神父の目玉が、今にも飛び出しそうだ。「そんなこと――そんなことができるわけがない――司教さま、それにカトリック教会を巻きこむわけには」

「巻きこむとは、どういう意味かね?」とフリンが声をあげた。「アナが信仰によってのみ生かされていると証明されれば、教会にとっての誉《ほま》れではないか。十三世紀以来のアイルランドの聖人として、われらの少女が列聖することになるかもしれないのに」

サデウス神父は両手を前に出した。まるで柵をこしらえるように。「その手続きは開始されてもいない。さまざまな証言を得て、どのような仮説にも可能性がないと判断された時点で、彼女が代表委員を派遣し、その人物の神聖さにより奇跡が行われたかどうかの調査がなされるのだ。確たる証拠がないうちは、彼女はまったくこの件に関与すべきではない」

彼女。サデウスが教会を彼女と呼んでいることにリブは気づいた。あんなに温厚だった神父が、こんなに冷淡に話すなんて。まるで指示書でも読みあげているかのように。確たる証拠がないうちは。神父はオドネル家の主張は虚偽であるとほのめかしているのだろうか? もしかしたら、この男たちの中にもひとりくらいは、リブの味方がいたのかもしれない。サデウスは一家の親しい友人ではあるが、リブの記憶が正しければ、きちんとした調査を委員会に望んだのもこの人だったはずだ。神父の顔が小さくけいれんした。言いすぎたことを悔いているかのように。

ジョン・フリンは身をのり出し、顔を真っ赤にしてサデウスを指さした。「貴様などあの子の小さな靴紐の結び方すら分からんくせに!」

大きな革靴です、とリブは言いたかった。アナの足は膨張し、死んだ兄の革靴を履くしかなくなっていた。この男たちにとって少女は象徴でしかなく、もう、生身の人間ですらないのだ。リブはこの混乱に乗じて口を開いた。「みなさん、もうひとつ、すぐにお耳に入れなければならない事実が判明しました。それが、招かれていないのにわたしがここに来た理由です」リブはロザリーン・オドネルのほうをあえて見なかった。あのワシのような母親ににらみつけられ、覚悟が揺らぐのがいやだったからだ。「少女がどのように生き永らえていたのか、その方法――」

きぃっと音がして、ドアが開いた。そしてすぐに、閉まりかけた。まるで、幽霊が入室したみたいだった。その隙間に現れたのは、黒い影。シスター・マイケルだ。車椅子を引いている。リブは言葉がなかった。修道女に来るように言ったけれど、アナまで連れてくるなんて。

小さな子供は准男爵の車椅子にだらりと横になり、毛布にくるまれていた。頭の角度は奇妙だったけれど、目は開いていた。「父さん」とアナは小さな声で言った。「母さん、リブさん、サデウスさん」

マラキ・オドネルの頬が濡れている。

「良い子よ」とサデウス神父。「体調が優れないと聞いたよ」

アイルランド人の遠回しな表現のもどかしいことよ。

「とても元気です」とアナはか細い声で答えた。

リブはそのとき、マナについては話せないと悟った。ここではだめだ。今は、だめだ。ただの伝聞にすぎないのだから。子供から聞いた話でしかない。ロザリーン・オドネルは金切り声で、イングランド女が神を冒涜するでたらめ話をしていると言うに決まっている。委員会はアナのほうを向いて、何が真実なのか尋ねるだろう。そうしたらどうなる？　アナを看護婦と母親の間に立たせるなど、リスクが高いことはリブにも分かっていた。母親の味方をしない子供がどこにいるというのだろう？　それに、とてつもなく残酷なことをアナに強いることになる。

戦略を変え、リブは修道女にうなずき、車椅子のそばに行った。「こんばんは、アナ」

少女はゆっくりとほほえんだ。

「毛布をとってもいいですか？　みなさんにお見せしましょう」

アナがかすかにうなずく。苦しそうに息をしている。

リブは毛布をとり、車椅子を押して机に近づけた。ろうそくの炎が彼女のナイトドレスを照らし、委員会の連中に少女のグロテスクなまでにアンバランスな姿を見せつけた。小妖精《エルフ》の体に、巨人の手とふくらはぎが接合されている。落ちくぼんだ目、力なくだらりとした手足、消耗による紅潮、青い指先、足首と首の奇妙なあざ。アナのぼろぼろの体が、リブが用意できるどんなものよりも正確に、すべてを物語っていた。「みなさん、ここにいる同僚とわたしはこの子のゆっくりとした死刑に立ち会っているかのようです。二週間というのは、任意で決められた期間ではないのですか？　お願いですから、今夜この観察を中止し、アナの命を救うために力を尽くしていただけないでしょうか」

長い間、何の言葉もなかった。リブはマクブレティをじっと見つめた。もう自分の仮説を信じられなくなっていることが、リブには見てとれた。彼の薄い唇が震えている。

「もうじゅうぶんである」とオトウェイ・ブラケット准男爵が言った。

「同意します。アナを連れて帰っていいですよ、シスター」とマクブレティ。

修道女は今までにないくらい小さく身を縮め、うなずき、車椅子を押した。

オフラハティが立ちあがり、ふたりのためにドアを開けた。

「オドネル夫妻、あなた方も帰ってよろしい」

ロザリーンは不服そうだったが、マラキといっしょに出ていった。

「そしてライト夫人も――」サデウス神父はリブにも退室するよう促した。

「この会合が終わるまではここにいます」とリブは歯を食いしばったまま言った。

オドネル夫妻が出ていき、ドアが閉まった。

「この観察を中断し、最初に同意した計画からそれるという決断をするからには、まず一同が納得すべきであるという理解でよろしいか」と准男爵が尋ねた。

うんうん、そうだそうだ、と声があがる。「まあ残りも数日だけですしね」とライアンが言った。

一同がうなずいている。

日曜日は三日後だから、中断せずにそれまで続けようと言っているのだとリブは理解し、頭がくらくらした。日曜日までこれを続ける？　あの子を見なかったの？

准男爵とジョン・フリンは手続きがどうのとか、証拠の提示が負担だとかぐだぐだ話している。

「そもそも、観察は真実を確かめるために行ったのです」とマクブレティは委員会に向かって言った。「科学のため、人類のために――」

リブはもう耐えられなかった。声をあげ、医師を指さした。「あなたは、医師としての登録を抹消されるでしょう」はったりだ。どういう手続きで医師が医療行為ができなくなるのか、リブには見当もつかない。「そしてあなた方――みなさんは過失の罪に問われるでしょう。子供の命のために必要なものを与えなかった」リブは思いつくままに口を動かしながら、ひとりひとりの顔を指さした。「そして、司法による介入、自殺阻止を妨げたのですから」

「ご夫人!」と准男爵が怒鳴った。「君はどうも忘れているようである。君はじゅうぶんな報酬と引き換えに、二週間観察するために雇用されている。少女が食べている否かを観察し、その結果を証言すればよろしい。次の日曜日に!」

「アナはそれまでに死んでしまいます!」

「ライト夫人、落ち着きましょう」と神父が言った。

「この女、規則も守れないのか」とライアンが指摘する。

ジョン・フリンがうなずいた。「残りの日数が三日でなかったら、代わりを探しているところですよ」

「まったく同意する」と准男爵。

「危険なくらい、情緒不安定である」

リブはよろめきながらドアに向かった。


夢の中、引っかく音。ネズミが細長い病室を埋め尽くす。廊下にもひしめき合っている。ベッドからベッドへと跳び、鮮血の中でしぶきをあげる。男たちが叫んでいる。しかしその声にかぶさるようにして、引っかく音。木に爪を立てる怒り任せのガリガリガリガリ――

ちがう、ドアだ。リブの部屋のドアをだれかが爪で引っかいている。ここはライアンの宿の二階だ。リブだけを起こしたいだれかが、そこにいるのだ。

リブはベッドからよろよろとはい出し、ローブを捜した。ドアをほんの少し開ける。「ミスター・バーン！」

バーンはリブを起こしたことを謝らなかった。彼の揺れるろうそくの火に、ふたりは見つめ合った。リブは暗い空っぽの廊下をちらりと見る。いつだれが来てもおかしくない。リブは彼を部屋に招き入れた。

ためらいなく、バーンは部屋に入った。暖かい匂いがする。今日の午後はずっと馬にのっていたのだろうか。リブは唯一の椅子に座るよう、バーンに合図し、彼は従った。リブはしわくちゃのベッドの端にちょこんと腰かけた。彼の足に触れないくらい遠く、でも、ひそひそ話ができるくらい近くに。

「会合のことを聞きました」とバーンが言った。

「どの委員から？」

バーンは首を横にふった。「マギー・ライアンです」

彼が女中と親しい間柄だと考えると、愚かしくもリブは胸にちくりと痛みを覚えた。

「彼女も部分的にしか聞けなかったみたいなのですが、あなたがオオカミの群れにいじめられているような会だったと言っていましたよ」

リブは思わず笑いそうになった。

リブはバーンにすべてを話した。アナが兄の幼稚な罪を贖うという頑迷な希望に、自分自身を燃ゆるいけにえとして差し出そうとしていること。神父が看護婦を雇い入れたのは、奇跡ではないことを証言させ、偽の聖人をあがめ奉るという恥辱からカトリック教会を守るためだとリブが推測していること。そして委員会は計画からの逸脱を拒絶していること。

「やつらのことは忘れましょう」とバーンが言った。

リブはバーンを見つめた。

「アナに食べるよう説得できる人は、委員会にはいないようです。だけど、あなたはちがう――アナはあなたを好いています。あなたはあの子を動かすことができる」

「わたしの力はそんなに大きくありません」とリブは反論した。

「もしあの子が箱の中に伸びているところを見たくないのなら、その力を使うのです」

そのときリブが想像したのは、アナの宝箱だった。だけどすぐに、バーンが言った箱は、棺桶なのだと気づいた。〈一一六センチ〉と最初にアナの身体測定をしたとき、記録した。地上で毎年十センチずつ大きくなったアナの身体。

「リブ・ライト、ぼくはベッドの中であなたのことを考えていました」

リブは体をこわばらせた。「わたしのことを？」

「あの子を救うために、あなたはどこまで行くつもりなのでしょうか？」

バーンがその質問をしたとき、リブにはもう答えが分かっていた。「どこまでも、行きます」

疑いに、片方の眉毛があがる。

「ミスター・バーン、わたしはあなたが思うような人間ではありません」

「ぼくがあなたをどのように思っていると？」

「頑固者、厄介者、お高くとまった未亡人。ほんとうのわたしは、未亡人ですらないんです」

リブの口から、警告なく言葉がこぼれ落ちていく。

アイルランド人は姿勢を正し、座った。「結婚していなかったのですか？」彼の顔にあるのは好奇心？　それとも嫌悪？

「していました。今でも、しているのだと思います」リブはバーンに彼女の暗い秘密を打ち明けているのが信じられなかった。よりにもよって、新聞記者に。しかし、そこには高揚感もあった。すべてを賭けているその感覚。「夫は死んではいません。彼は……」逃走した？　錨綱を切って出帆《しゅっぱん》した？　「彼はいなくなりました」

「なぜ？」バーンは半ば叫ぶようにその音を発した。

リブは肩をすくめたけれど、力が入っていたせいで肩に痛みが走った。「彼が去った理由が、わたしにあったとお思いですか」リブは赤ん坊のことを話すべきかもしれなかった。だけど、そんな気にはなれなかった。今は無理だ。

「そうではなく、ぼくが言おうとしているのは、そのつまり、あなたが――」

彼が言葉に詰まっているところを、リブはこの瞬間まで見たことがあっただろうか。

バーンが言った。「あなたを置いていくだなんて、どうしてそんなことができるんだ」

リブの瞳に涙があふれた。彼女のために怒っている彼の声が、思いがけずリブの心を揺らした。

リブの両親は、彼女に同情すらしなかった。むしろ、リブのことを忌み嫌うようになった。夫を見つけて一年もしないうちに失うなんて（口には出さなかったけれど、両親はリブが妻としての務めを怠ったのだろうと思っていたようだった）。親の義務としてリブをロンドンに引っ越させ、未亡人として生活させるところまでは手助けをしてくれた。しかし、このことでリブの妹はかなりの衝撃を受けた。彼女は、両親ともリブとも一切の連絡を断った。そしてその中で一度も、両親がリブに尋ねなかった問いがあった。〝どうしてそんなことができるんだ？〟。

リブはぎゅっと目を閉じ、開いた。ライト氏を思って泣いていると、バーンに思われると考えるだけでいやだった。あんな男、涙一粒すら値しない。リブは少しほほえんだ。

「イングランド男には、アイルランド人をばか者呼ばわりする資格はありませんね」とバーンは言った。

リブは思わず大きな笑い声をあげ、慌てて手で口を押さえた。

ウィリアム・バーンが、リブにキスをした。唐突で、とても力強いキス。リブは後ろによろめいた。言葉はない。そのキスだけ。そして、彼は部屋から出ていった。


奇妙なことに、リブはぐっすり眠った。頭の中では相変わらず、いろいろなことが渦巻いていたはずなのだが。

目を覚ましたリブは、テーブルに置いた懐中時計を手探りで見つけボタンを押した。何時なのか、手のひらを打って教えてくれる。一、二、三、四、つまり金曜日の朝四時。そのとき、ウィリアム・バーンとのキスがよみがえる。彼がどんなふうに口づけたか。いや、ちがう。どんなふうにわたしたちが口づけたか。

罪悪感に、リブは背筋をぴんと伸ばして座った。夜の間にアナの状態が悪化しているかもしれないのに。もしかしたらもう息絶えてしまったかもしれないのに。〝起きているときも、眠っているときも、わたしを救い、守ってください〟。あの息苦しい小部屋に早く戻りたい。そもそも会合であんな発言をしたのに、オドネル夫妻はリブを中に入れてくれるだろうか？

リブはろうそくをつけることなく、指先の感覚だけを頼りに、服を着た。壁伝いに階段をおりた。ドアを開けるのに手こずったが、大きなかんぬきをあげ、外に出た。

まだ外は暗い。欠けていく月に、包帯のような雲がゆるく巻きついている。静かで、うら寂しい夜。まるで何かの災害で国が壊滅し、リブがこのぬかるんだ道を歩く最後の人であるかのようだ。

オドネル家の小さな窓に明かりが見えた。十一回の夜を休むことなく照らし続けている。まばたきの仕方を忘れた恐ろしい目のようだ。リブはその燃える四角のそばまで歩き、のぞきこんだ。

シスター・マイケルがベッドの横の椅子に座り、アナの横顔をじっと見つめている。眠り姫。無垢なまま。少女は完ぺきな存在に見える。おそらくそれは、彼女が動いていないからだ。何も求めず、悪さをしたりしないから。安価な新聞の挿絵のような姿。見出しは〈最後の宵祭り〉もしくは〈小さな天使の最後の休息〉。

リブは身じろいだのだろう。もしくはシスター・マイケルには自分が見られていることを察知する不気味な能力があるのかもしれない。修道女が顔をあげ、弱々しくうなずいた。

リブは表のドアから入った。追い出されるだろうと思っていた。

マラキ・オドネルは炉のそばで紅茶をすすり、ロザリーンとキティは鍋からすくった何かを別の鍋に移し替えていた。下女は下を向いたままで、女主人はリブのほうを見た。しかし、ちらっとだけだ。まるでただ、隙間風を感じたみたいに。オドネル家は委員会がリブを小屋の出入り禁止にしなかったことに抗議しなかったようだ。少なくとも、今日は。

寝室でアナは深い眠りについており、蝋人形のように見えた。

リブはシスター・マイケルの冷たい手を、ぎゅっと握りしめた。修道女は目を見開く。「昨晩は来ていただいて、ほんとうにありがとうございました」

「けれど、あまりお役には立てませんでしたね」とシスター・マイケル。

「それでも、です」

六時十五分すぎに夜が明けた。光に呼び起こされたかのように、アナは枕から頭を離し、空っぽのしびんに手を伸ばした。リブは慌てて、彼女に渡した。

少女の吐物は太陽のような黄色で、透明の物体だった。胃には水以外何も入っていないはずなのに、どうやってこんな派手な色のものを作り出すことができるのだろう？　アナはがくがく震えながら、しずくを落とそうとするかのように口をすぼめている。

「痛みがありますか」とリブが尋ねた。もうほんとうに、この子は長くない。

アナが唾を吐いた。もう一度吐いた。それから枕に頭をのせた。たんすのほうに顔を向けている。

リブは手帳に記録した。

〈胃液を吐く。二十ミリリットル程度？〉
〈脈拍　一分で一二八回〉
〈呼吸　一分で三〇回、吸うときも吐くときも喘鳴あり〉
〈首の血管が盛りあがっている〉
〈体温　とても冷たい〉
〈ぼんやりとした目つき〉

アナはまるで、時間が早く進んでいるかのように老いている。皮膚はくしゃくしゃの羊皮紙みたいだ。一度書いた文字を、線を引いて消したような傷がある。少女が鎖骨をさすったとき、皮膚がひだになったままもとに戻らないことにリブは気づいた。暗い赤色の髪の筋が、高い位置に置かれた枕にいくつも広がっていた。リブはそれを集めて、前掛けのポケットに入れた。


「首が痛いですか？」

「いいえ」

「ではなぜ、そんなふうにするのですか？」

「窓がまぶしいです」とアナ。

〝その力を使うのです〟。バーンの声が響く。どんなふうに、説得できるだろう？

「アナ」とリブが口を開いた。「あなたの命とお兄さんの魂を引き換えにする神など、いるでしょうか?」

「彼はわたしを求めています」とアナがささやいた。

キティがトレーにのせて朝食を運び入れ、平坦な声でとても良い天気だと言った。「ペット、今日はどう?」

「とても元気だよ」喘鳴交じる声でアナは答えた。

下女は真っ赤な手で口を押さえ、キッチンに戻った。

朝食はパンケーキに非発酵バターが塗ってあった。リブは聖ペトロ《ピーター》が門のところに立っているところを想像した。〝ピーターぼうや、バターケーキをまってます〟。灰の味だ。〝今も、死を迎えるときも、アーメン〟。気持ちが悪くなり、リブはパンケーキを皿に戻し、トレーをドアのそばに置いた。

「リブさん、ぜんぶ広がっています」とアナが鼻声でささやく。

「広がる?」

「お部屋。お部屋の外が、中にすっぽり」

せん妄だろうか?「寒いですか」とベッドの横の椅子に腰をかけてリブが尋ねた。

アナは首を横にふる。

「暑い?」

「何にもない。ちがわない」

彼女の瞳の輝きが、銀板写真の絵筆で描き入れられたパット・オドネルの瞳と重なる。ときおり、細かく震えているように見える。見ることが困難になっているのかもしれない。「目の前にあるものが、見えていますか？」

ためらい。「ほとんど」

「ほとんど見えているということですか？」

「ぜんぶ」とアナが言った。「ほとんどの時間は」

「でもときどき、見えないときもあるのですか？」

「真っ暗になって、別のものが見えます」と少女。

「どんなものが見えるのですか？」

「きれいなもの」

あなたは飢え死にしているんだよ、とリブは叫びたかった。だけど怒鳴りつけて子供の心を変えられた人など、どこにもいないはずだ。そう、リブに必要なのは、もっと強い説得力で人生でいちばん雄弁に語りかけること。

「リブさん、なぞなぞをしてくれる？」と子供が尋ねた。

リブは驚いた。しかし死ぬ間際の人にも娯楽は必要なのかもしれない。

「そうですね、ああ、そうだ。あれがあった。ええっと――〝小さければ小さいほど、怖いものは何だ？〟」

「怖い？」とアナが繰り返した。「ネズミ？」

「でもネズミは大きくても小さくても、人を怖がらせるでしょう。これはネズミの何倍も大きいものですけどね」とリブが教えた。

「そうか」と言って、アナが大きく息をついた。「小さければ小さいほど、怖いもの」

「薄い、と言ったほうが正確かもしれません」とリブが修正した。「狭いかな」

「矢」アナはつぶやいた。「ナイフ？」ぜえぜえと息をつく。「ヒントちょうだい」

「その上を歩くことができます」

「痛い？」

「足を踏み外せば、痛いです」

「橋」とアナが言った。

リブがうなずいた。どうしてか、リブはバーンのキスを思い出していた。けっしてあのキスだけは、だれも彼女から奪えない。これからずっと、あのキスは彼女だけのもの。リブはそれだけで、勇気がわいた。「アナ」とリブは言った。「もうじゅうぶんです」

少女は目をぱちくりさせた。

「断食も祈ることも、もうじゅうぶん、あなたはよくやりました。天国でパットも、きっと幸せだと思いますよ」

アナのささやき声。「そうじゃないかもしれない」

リブは別の戦略を試す。「あなたに与えられたもの——賢さ、やさしさ、強さ——そのすべては、この地上で必要とされています。神さまはあなたに、それらを使ってここで働いてほしいはずです」

アナは首を横にふった。

「わたしたち、友達でしょ」リブの声が震えた。「あなたはすごく大事な子。わたしにとって、世界でいちばん大切な子」

アナはかすかにほほえんだ。

「アナ、胸が張り裂けそうです」

「ごめんなさい、リブさん」

「じゃあ食べてほしい。一口でいいから。ほんの少しでいいの。お願いします」

アナの表情は重く、動かない。

「お願いだから！　わたしのために。みんながあなたを——」

ドア口からキティの声がした。「サデウスさんだよ」

リブはぱっと立ちあがった。

黒を何枚も重ね着している神父は、かなり暑そうだった。昨晩の会合でリブは、彼の良心に少しでも働きかけることができたのだろうか？　アナにあいさつする神父の口角は上を向いていたが、瞳は悲しみに包まれていた。

リブはこの男への嫌悪感を抑えた。もしだれかがアナを彼女の愚かな神学から救い出せるとすれば、論理的に考えて、神父しかいない。「アナ、サデウスさんとふたりきりにしましょうか？」

かすかに首を横にふる。

オドネル夫妻が神父の後ろにいる。

神父はリブの意図を汲《く》み、アナに尋ねた。「わが子よ、告白したいことがあるかい？」

「ありません」

ロザリーン・オドネルは節くれ立った指を組んだ。「そりゃあそうですよ。この子はずっと天使みたいに横になっていたんだから、どんな罪深いことができたっていうんですか」

あんたはマナについてばらされるのが怖いだけ、とリブは心の中で言った。この化け物！

「では賛美歌を？」とサデウス神父が言った。

「それはいい」とマラキ・オドネルがあごをさする。

「すてき」とアナがあえいだ。

リブはグラス一杯の水を勧めたが、子供は首を横にふった。

キティも静かに加わった。六人入ると、部屋がはち切れそうだった。

ロザリーンが最初の節をはじめた。

〽さすらいの地で
あなたに向かって
泣き叫びます
母なるマリアの
み心深し

なぜアイルランドがさすらいの地なの？　とリブは思った。
残りの者たちも加わる——夫、下女、神父、ベッドのアナさえも。

〽めぐみたまえ
うるわしみ母
祈る汝が子らを
かえりみたまえ

激しい怒りがリブの後頭部にくぎのように打ちこまれる。ちがう、アナはあなたの子。あなたの助けを求めている。リブはそう静かにロザリーン・オドネルに語りかけた。
キティが次の節を、意外にも低音の美しい声で歌った。彼女の顔のしわが、歌っているときだけ消えた。

〽苦しき闇にも
腕《かいな》を伸べて
抱き迎えて
みちびきたまえ
罠に囲まれあやうし道も
などかおそるべき
弱き我をみそなわせるは
天なる母マリア

リブは理解した。この世すべてが、さすらいの地なんだ。そして生命が与える興味、満足のすべてが、天なる国へとひた急ぐ魂に仕掛けられた、疎まれるべき罠なのだ。だけど、罠はここにある。この糞尿と血液、頭髪と乳でこしらえられたこの小屋こそが——少女を閉じこめ、ぼろぼろにしている罠そのものだ。

「神の祝福を」サデウス神父はアナにそう言った。「また明日、来るからね」

この男の最善がこれ？　賛美歌と祝福で終わり？

オドネル夫妻とキティが神父についていった。

＊＊＊

スピリット食糧雑貨店にバーンの姿はない。リブが彼の部屋をノックしたときも、返事はなかった。キスのことを後悔しているのだろうか？

午後じゅう、リブはベッドに横になっていた。目が紙のように乾いている。睡眠は、どこか遠い異国のもののように思えた。

〝地球が回る限り、義務を果たし続けなさい〟。リブの師の言葉だ。

アナのために、リブがすべきことは何だろう？　〝苦しめる者の手から助け出してください〟とアナは祈っていた。彼女にとって、リブは救世主？　それとも敵？　〝どこまでも、行きます〟。リブは確かにそう言った。しかし、助けられることを拒否している子供をどうやって救えというのだろう？

七時、リブは自分を奮い立たせ、階下に行き、夕食をとった。体に力が入らなかったからだ。そしてリブの腹に収まった茹でた野ウサギの肉は、鉛のように感じられた。

八月の息苦しい夜だった。リブが小屋に到着するころ、真っ暗な地平線が太陽をのみこもうとしていた。リブは恐れに身を硬くしながら、ドアをノックした。非番の間に、アナが昏睡状態に陥っているかもしれない。

キッチンからはオートミールと永久に燃え続ける炎の匂いがした。「アナの具合は？」リブはロザリーン・オドネルに聞いた。

「変わりないよ。天使みたいだね」

天使じゃない。人間の子だ。

アナはだらりとかけられたシーツの上で、少し黄色がかって見えた。

「こんばんは、アナ。瞳を見せてもらってもいいですか？」

アナは目を開けた。まばたきしている。

リブは片方の目の下の皮膚を引き、確認した。やっぱり。白目がスイセンのようなバター色だ。リブはシスター・マイケルを見た。

「黄疸《おうだん》が出ていると、午後の往診で言われました」と外套の前を閉めながら修道女が小声で言った。

リブはドア口に立っているロザリーン・オドネルに顔を向けた。「アナの全身の機能がかなり衰弱しているしるしなのですよ」

母親は何も言わなかった。異国の戦況か、嵐の知らせでも耳にしているかのようだ。しびんは乾いている。リブは傾けてみた。

修道女が首を横にふった。

排尿がまったくない、ということだ。すべての数字が指し示すことはひとつしかない。アナの中にあるすべてが、ゆっくりと動きを止めようとしている。

「明日、夜の八時から特志ミサになったよ」とロザリーン・オドネルが言った。

「特志？」とリブが聞き返す。

「特別の意向で執り行われるミサです」とシスター・マイケルがささやくように言う。

「アナのためだって。ペット、うれしいねえ？」と母親が言った。「サデウスさんが特別なミサをあんたのために行ってくれるんだよ。あんたが元気になるように。みんな来てくれるそうだよ」

「すてき」アナは息を吸った。全神経を集中させないと息ができないみたいだ。

リブは聴診器を用意し、ふたりが退室するのを待った。

アナの心音が、それまでとちがって聞こえた。脈が飛んでいる。リブが想像しているだけ？耳をすます。また聞こえた。いつもはトントンなのに、トトトン。

それからリブは呼吸数を数えた。一分間に二十九回。速くなっている。体温もより低いような気がする。ここ二日間、暑い日が続いたにもかかわらず。

リブは座り、アナのかさかさした手をとった。「脈が飛ぶようになってきましたね。自分でも感じますか？」少女の寝方がどこか気になる。両腕と両足をまったく動かさない。「痛いところがありますか」

「痛みという言葉はいやなの」とアナがささやいた。

「何と呼んだらいいですか？」

「シスターが教えてくれたよ。神さまのキス」

「何がですか？」リブは尋ねた。

「どこか痛いとき。それは、十字架にすごく近づいているから、神さまがかがんでキスしてくれているのだって」

修道女はアナを慰めようと言ったのだろうけれど、リブは背筋がぞっとした。

喘鳴。「あとどれくらい、かかるのかなぁ」

リブが聞き返す。「死ぬまで、ということですか？」

少女はうなずいた。

「あなたの年では、楽にいくということはないでしょうね。子供というのは、生命力にあふれていますから」リブにとって、患者とのもっとも奇妙な会話かもしれない。「怖いですか？」

アナはためらいがちに小さくうなずいた。

「あなたがほんとうに死を望んでいるとは、わたしには思えません」

アナの顔に深い苦悩が浮かんだ。はじめて見せる表情だ。「〝み心が行われますように〟」と彼女はささやき、十字を切った。

「これは神のみ心で行われてはいません」とリブは言った。「アナ、これはあなたの行いです」

アナのまぶたがあがり、さがりし、やがて閉じた。大きな呼吸音が小さくなり、穏やかになった。

リブはそのむくんだ手を握り続けた。睡眠。しばしの休息だ。一晩じゅう、眠りが続くことをリブは願った。

壁の向こうで、ロザリオの祈りがはじまった。あまり聞こえない。かなり声を落として唱えているようだ。リブは祈りが終わるのを待った。小屋が静かになり、オドネル夫妻が壁の穴に引っこみ、キティがキッチンの長椅子で眠るまで待った。小さな音がやがてすべて、消えた。

さあ、この小屋で目が覚めているのはリブだけだ。見張り人。〝ひとときだけでも、ともに見守ってくれないのか？〟。

リブはなぜ、アナに生きていてほしいのか自問する。この金曜日の夜、明日、その先の夜もずっと、生きていてほしいと願うのはなぜ？　同情の観点から言うならば、すべてが終わればいいと願うべきなのではないだろうか？　だって結局、アナによかれと思ってやったことはすべて——水を飲ませたり、枕を持ってこさせたり——ただ彼女の苦しみを長引かせているだけだ。

その瞬間、リブはすべてを終えることを想像していた。毛布を手にし、たたみ、少女の顔を覆い、全体重をかけて押しつける。難しいことはない。数分しかかからない。それこそ、慈悲深い行い。

殺人。

どうしてリブは患者を殺すことを考えているの？

リブは睡眠不足と見通しの悪さのせいにした。すべてが混沌としている。沼の荒れ地をさまよう迷子。リブはよろめきながら、あとを追う。

〝失望するなかれ〟。リブは自分に言い聞かせた。失望することは、ゆるされない罪のひとつではなかった？　天使と一晩じゅう格闘し、何度投げ飛ばされてもなお向かっていく男の話を、リブは思い出した。勝つことはない。でも、あきらめもしない。

考えろ、考えろ。リブは看護の訓練を受けた頭を何とかしぼる。〝あの子にどんな過去が？〟。ロザリーン・オドネルは一日目の朝の質問にそう答えた。だけど、どんな病にも、はじまり、中、終わりがある。アナのこの病をはじまりまでさかのぼるとしたら？

リブは部屋を見渡した。そしてアナの宝箱を見たとき、割ってしまったろうそく立てのことを思い出した。暗い色の頭髪の束。アナの兄、パット・オドネル。瞳が描きこまれた写真の顔しか知らない人物。なぜアナは、彼の魂と自分の命を引き換えにしなければならないと思いこんだのだろう？

リブは自分なりに、アナの苦悩を理解しようとした。大昔の物語を額面通りに信じる少女の身になって考えようとした。四カ月半、断食を続けている。ただの少年が犯した罪を償うのに、それでも足りないなんてことがあるだろうか？

「アナ」リブがささやいた。少し大きな声で「アナ！」

アナは目覚めようともがいている。

「アナ！」

重いまぶたが開いた。

リブは少女の耳に唇を近づけた。「パットは悪いことをしたのですか？」

答えはない。

「だれかに話したことはありますか？」

リブは待った。閉じて、また開くまぶたをじっと見ていた。なるようにしかならない、とリブは自分に言い聞かせた。疲労感に襲われる。これを知ったからといって何になるというのだろう？

「彼は大丈夫だと言ったの」アナは声にならない声で言った。目は閉じられたままだ。夢の中にいるみたい。

リブは息をひそめ、待った。

「ふたつになるって言ったの」

リブはどうにか紐解こうとした。「何がふたつになるのですか？」

「愛《ラヴ》」舌で軽く触れて出したラの音は、ただの呼気。下唇に上の前歯をあててヴ、

〃わたしの愛はわたしのもの、そしてわたしは彼のもの〃。アナの口ずさんだ賛美歌だ。「どういう意味ですか？」

アナの目はしっかりと開いていた。「夜、彼がわたしを娶《めと》ったの」

リブはまばたきした。一度、もう一度。部屋は静かなままだった。しかし世界は、その周りを旋回し、落ちていく。

眠るとすぐに〝彼がわたしに入ってきます〟。アナはそう言った。あれは、キリストのことではなかったのだ。〝彼はわたしを求めています〟。

「わたしは彼の妹で、花嫁」と少女がささやいた。「ふたつ」

リブは吐きそうになった。寝室はここだけだ。兄と妹はこの部屋でいっしょに寝ていたんだ。あの衝立、初日に部屋の外に出したあれが、パットのベッド――このベッド、彼の死の床――と床に敷かれたアナのマットレスを隔てていた。「いつ、でしたか?」リブは尋ねた。言葉が、喉を引っかいた。

アナは小さく肩をすくめた。

「そのとき、パットは何歳だったのですか?」

「十三歳、かな」

「あなたは?」

「ここのつ」

リブは顔をしかめた。「アナ、それは一回だけのことですか――一度きり? それとも……」

「結婚はえいいえん」

ああ、無垢な子よ。リブは小さな声で、話し続けるよう促した。

「兄と妹が結婚するのは、聖なる謎なの。だから、秘密。天国とわたしたちだけの秘密。そう、パットが言ったの。それなのに、死んじゃった」とアナが言った。貝のように割れる声。じっと、リブを見つめている。「パットはまちがっていたのかなって」

リブはうなずいた。

「わたしたちがいけないことをしたから、神さまはパットを連れていってしまった。そんなのおかしい。パットがぜんぶの罰を受けなければならないなんて」

リブは唇を固く閉じた。少女に話してほしかった。

「そしてあの伝道の――」そう言ってアナは一度だけ、大きなうめき声をあげた。「ベルギーから来た宣教師さまが説教で、兄と妹、それは大罪で、七つの大罪でも二番目に悪いのだと言って……かわいそうなパットはそうとも知らず！」

そのかわいそうなパットは、ギラギラしたクモの巣を張り巡らせ、毎晩、毎晩、妹に何かをするくらいは、知っていた。

「あっという間に死んじゃった」少女はわめいた。「告白もできずに、そのまま地獄に落ちたのかも」光の中で、濡れた瞳が緑っぽく見えた。言葉はせきを切って流れる。「地獄の炎は清めるためじゃなくて、痛めつけるためのもの。これからもずっと」

「アナ」もう、じゅうぶんだ。

「パットを出してあげられるかは分からないけれど、神さまはきっとひとりくらい――」

「アナ！　あなたは何もまちがったことをしなかった」

「でも、したよ」

「あなたは知らなかったのです」リブは強く言った。「お兄さんが、あなたにいけないことをしたのです」

アナは首を横にふった。「わたしもパットをふたつ分、愛していたから」

言葉がない。

「もし神さまがゆるしてくださるなら、またいっしょになれる。でももう体はいや。結婚はしたくない」とアナが懇願した。「ただの兄と妹がいい。もういっかい」

「アナ、聞いていられません。わたしは――」リブはベッドの端でうずくまっていた。何も見えない。部屋が水中に沈む。

「泣かないで、リブさん」か細い腕が伸びてきて、リブの頭を包んだ。「大好きなリブさん」毛布で声を殺して、リブは泣いた。骨張った少女の膝。ぜんぶひっくり返っている――子供に慰められるなんて。しかも、この子に。

「心配しないで。大丈夫だよ」アナがささやいた。

「そんなわけないでしょう！」

「ぜんぶ、うまくいく。きっと、うまくいく」

この子を助けて。リブは信じもしない神に、祈っていた。わたしを助けて。わたしたちみんなを、助けて。

　聞こえたのは、静寂だけだ。


　真夜中――リブはもう待てなかった――手探りでキッチンを進み、長椅子に眠る下女のそばを通り過ぎた。涙でリブの頬は白く、塩辛く、乾いている。アウトショットへのぎざぎざのカーテンに指が触れたとき、リブはささやいた。「オドネル夫人」

　かすかな動き。「アナがどうかしたのかい？」ロザリーンがしわがれた声で尋ねた。

「いいえ、ぐっすり眠っています。お話があります」

「何だい」

「ふたりだけで」とリブ。「お願いします」

　リブは何時間も考えあぐねた結果、アナの秘密を明かさねばならないという結論にたどり着いた。しかし、打ち明ける相手はただひとり。くしくもリブがもっとも信頼しない人物、ロザリーン・オドネルだ。リブは真実を伝えることでロザリーンが目を覚まし、苦しむ少女を慈しむ気持ちを見せてくれるのではないかと願っていた。この秘密は家庭で起こったことであり、パットとアナの母親は知る必要がある。ほかのだれでもなく、彼女だけは、子供のひとりがもうひとりに行ったことを知らされるべきだ。

　リブの頭の中で聖母マリアへの賛美歌が響いていた。〝うるわしみ母、かえりみたまえ〟。

ロザリーン・オドネルはカーテンを押し開け、小さな部屋から出てきた。彼女の目は赤い炉火を映し、不気味に光る。

リブの合図に従い、ロザリーンは硬い土の床をリブについて進んだ。リブが表のドアを開けると、一瞬ためらったが、リブのあとから外に出た。

ふたりの後ろでドアが閉まった。リブは早口で話した。決心が揺らぎそうだったからだ。「マナのこと、知っています」とリブは言った。会話の主導権を握るために。

ロザリーンはリブを見つめた。まばたきすらしない。

「でも委員会には報告していません。この数カ月間、どのようにアナが生きてきたのか世界に説明する必要はありません。重要なのはアナが生きることです。オドネル夫人、娘さんを愛しているのなら、なぜ自分のできるあらゆる手を尽くして食べさせようとしないのですか？」

一言も返ってこない。しばらくして、とても小さな声。「選んだ」

「選んだ？」リブはあぜんとして繰り返した。「神が、ということですか？　十一歳で殉教者になるように、アナを選んだと？」

ロザリーンはリブを正した。「あの子が選んだんだ」

あまりの愚かしさにリブは喉が締めつけられた。「アナの必死さがあなたには見えませんか？　罪の意識に苛まれているのが？」これをアナが選んだと言うのは、泥炭堀の穴に落ちた人に自分で選んで落ちたのだと責めるのと同じだ。

沈黙。

「アナは無傷ではありません」遠回しな表現がやけにとりすましたように聞こえる。

ロザリーンは目を細めた。

「アナがいたずらをされていたということをお伝えしなければなりません。あなたの息子さんに」言葉は明白で、容赦ない。「はじまったのはアナが九歳のときです」

「ライト夫人」と女が言った。「これ以上の侮辱はゆるさないよ」

あまりのおぞましさに、信じられないのだろうか？　リブが作り話をしていると信じたいのだろうか？

「パットの葬式のあとに、アナが言ったでたらめと同じじゃないか」ロザリーンは言った。「だからあの子にも、哀れな兄のことを悪く言うもんじゃないよって叱ったんだ」

リブはざらざらした小屋の外壁に寄りかかった。この女はずっと、知っていたんだ。言わず、とも母は子を知る、と言っていなかった？　それでも、アナは母親に伝えたんだ。去年の十一月、兄を失った大きな悲しみに耐え切れず、母親に恥を忍んで話したんだ。それなのに、ロザリーンはアナをうそつき呼ばわりし、その言葉を撤回することなくずっと、そして今もそのまま、娘が憔悴《しょうすい》するのを見ている。

「あんたと話すことなんてないよ」ロザリーンが威嚇《いかく》した。「悪魔に食われちまえ」そう言い残して、彼女は小屋に入った。

土曜日の朝六時すぎ、リブはバーンの部屋のドア下から手紙を滑りこませた。

そしてスピリット食料雑貨店を出て、消えゆく月がかかる泥の道を急いだ。ここは地獄の王国だ。天国への軌道には、もう戻れない。

聖なる泉のサンザシが、リブの目の前にあった。暖かい風に、朽ちゆくぼろ布が躍っている。そのときリブは、迷信にかける人たちの気持ちが分かった。アナを救うための儀式があるならば、リブだってやったはずだ。木でも、岩でも、彫りこまれたカブでもいいから、あの子のためにこうべを垂れたかった。何世紀もの間、この木を訪れ、去った人たちに思いをはせた。悲しみや痛みもろとも置いていけると信じた人たちに。その中には、何年過ぎてもまだ引かない痛みに、きっとあの布がまだ朽ちていないからだと、なおもすがった人だっていたはずだ。

アナは自分の体から抜け出したかったのだ。〝古いジャケットを脱ぐみたいに〟。しわしわの肌、名前、傷ついた過去、それを捨て去るために。そして、そう。リブだって、あの子に同じこと、いや、それ以上を望んでいた――もう一度、生まれ変わってほしい。遠い東の人たちが信じているように。明日目が覚めると、別人になっている。無傷の女の子。何の借りもなく、腹いっぱい食べられる。

稲妻の走る空を背景に、人影がこちらに急ぎ向かってくる。その姿を見た瞬間、リブはそれまで知りえなかったことを悟った。体は、うそをつかない。

ウィリアム・バーンの巻き毛は蛇のようで、チョッキのボタンはかけちがえていた。リブの手紙を握りしめている。

「起こしてしまいましたか?」ばつが悪そうにリブが尋ねた。

「目は覚めていました」とバーンは言って、リブの手を握った。

こんな状況でも、リブは温かさに包まれた。

「昨晩、ライアンの宿では」と彼が言った。「アナの話で持ちきりでした。彼女がかなり衰弱していることをあなたが証言したといううわさが広まっているのです。ミサには、おそらく村のほとんどの連中が参列するでしょう」

村人たちは全員で、この狂気に身を投じるというのか?「あの子が自殺することが、そんなに心配なのであれば」とリブは語気を強める。「なぜ小屋に押しかけないのです?」

バーンは大きく肩をすくめた。「アイルランド人には、あきらめの才能があるんですよ。諦観の才とでも呼ぶべきでしょうか」

バーンはリブの腕を自分の腕に絡め、ふたりは木々の間を歩いた。太陽がのぼり、今日もまた恐ろしいほど美しい日になりそうだ。

「昨日、ぼくはアスローンに行ったのですが」とバーンは言った。「警察官と口論になったんです。マスケット銃を担いで帽子をかぶっただけで、威張り散らすやからだ――口ひげをなでながらこう言うんですよ。警察官の出る幕はない、なぜなら状況は非常に繊細で、犯罪だという証拠もないのに神聖な家庭に踏みこむわけにはいかないと」

リブはうなずいた。そして実際のところ、警察官に何ができるというのだろう？　それでも、バーンが動いてくれたこと、どんなことでもいいからやってみてくれたことが、リブはうれしかった。

昨晩リブが知ったことを、バーンにすべて伝えられたらどんなにいいだろう。ただ話して楽になりたいからではなく、バーンもまた、リブのように心からアナのことを思っていると彼女は感じたからだ。

でもそうすればあの小さな体に秘め続け、打ち明けなかった彼女へのひどい仕打ちになる。男には、どんな男にでも、もっとも敬愛する男にすら伝えてはならない。もしこのことを知ったら、バーンはこれまでと同じ目で、あの子を見ることができるだろうか？　リブはアナのために、絶対に口外しないことを誓った。

リブはだれにも言うべきではない。アナの母親が彼女をうそつき呼ばわりするのなら、おそらく世間もそうするだろう。医師による検査で彼女の体を傷つけたくもない。あの体はもうすでに、じゅうぶんすぎる検査に耐えてきた。それに、事実が証明されたとしても、リブが近親相姦《そうかん》と呼ぶものを、多くの人はアナがそそのかしただけだと言うだろう。いつだって少女たちは——どんなに年若い女の子であっても——その容姿で性加害者を刺激したのだと責められてきたではないか。

「とても重大な結論に至りました」とリブがバーンに言った。「アナはあの家族といっしょにいるべきではありません」

バーンの眉間にしわが寄る。「だけど、彼女にはだれもいない。あの家族が彼女にとってすべてです。孤児になれと？」

〝スズメには巣があればじゅうぶん〟。そうロザリーン・オドネルは誇らしげに言い放った。だけどもし、ひながその羽にそぐわない巣にいるとしたら？　そして母鳥から鋭いくちばしでつつかれているとしたら？「信じてください。あれは家族なんかじゃない」とリブは言った。「アナを救おうなどとは、微塵《みじん》も考えていない人たちです」

バーンはうなずいた。

納得したのだろうか？「子供が死ぬところを見ました」とリブは言った。「もう二度と、いやです」

「あなたの仕事上――」

「ちがうんです。死んだのは、わたしの子供。わたしの娘です」

バーンはただ、リブを見つめていた。彼の腕に力が入る。

「三週間と三日、娘はがんばりました」ヤギのような鳴き声、咳。おそらくリブの母乳に何らかの問題があったのだろう。赤ん坊はそっぽ向き、吐き出した。少しだけ飲んだものの、どんどん衰弱した。まるで、縮み薬でも飲んだみたいに。

バーンはよくあることですよ、とは言わなかった。リブの喪失など人類の痛みの大海に集まる一滴にすぎないと指摘もしなかった。「そしてライト氏が去ったのですか？」

リブはうなずいた。「ここにいる理由がない、とあの人は言いました」そして言葉を継ぐ。「でも、あのときのわたしには、もうどうでもよかった」

バーンはうなり声をあげた。「あなたにはふさわしくない男だ」

ああ、でも、ふさわしいとかふさわしくないとか、そういう問題ではないのだ。だって、リブも子供を失うのにふさわしくはなかったはずだから。いちばん苦しかった時期でも、リブは知っていた。リブは何もまちがったことはしていないと。ライト氏は残酷なほのめかしをしたけれど、彼女がすべきことで、なされていないことはひとつもなかった。

運命には顔がない。無作為な命。〝白痴《ばか》が話す話〟。

だけどまれに、今みたいに、事態を打開するためにもがく方法を見つけられるときもある。

リブの頭の中で、N女史が尋ねる。〝突破口目がけて、身を投げる覚悟はありますか？〟。

リブはバーンの腕がロープであるかのようにしがみついた。その瞬間、リブの心は決まった。

彼女は口を開いた。「わたしがアナを連れ去ります」

「連れ去るってどこへ？」

「ここではないどこかへ」リブの目が地平線の上をさまよう。「遠ければ遠いほどいい」

バーンはリブと向き合った。「そうすれば、アナが食べると？」

「分かりません。そして詳しい理由をお伝えすることもできません。だけど、アナがここから離れ、あの人たちから離れなければならないのは確かです」

からかうようにバーンが言った。「またあなたは、スプーンを買うのですね」

一瞬、リブには何のことだか分からなかった。だけどすぐにスクタリで買った百本のスプーンを思い出し、少し頬がゆるんだ。

「誤解のないよう、確認したいのですが」と丁重な口調に戻ってバーンが言う。「あなたは子供を誘拐するおつもりなのですね」

「そう呼ばれる行為をするつもりです」とリブ。恐れに声が震えている。「しかし、無理強いはしません」

「では、アナが自ら進んであなたについてくると？」

「そうしてくれるかもしれない。もし正しく伝えることができれば」

バーンは気を使ったのか、そうなる可能性の低さは指摘しなかった。「どうやって移動するのです？　御者を雇いますか？　越境する前に捕まってしまいますよ」

疲れがリブの体にのしかかる。「おそらくわたしは刑務所に入れられ、アナは死に、何の意味もないかもしれない」

「それでも、やろうというのですか」

リブは答えに詰まった。「〝浜辺にただ突っ立っているくらいなら、沖で溺れて死ぬほうがましです〟」N女史の言葉を繰り返すなんて、ばかげている。きっと彼女は、看護婦が少女を誘拐して捕まったと聞いたら卒倒するだろう。でも、教わったことが、教師が知る以上の力を持つときもある。

バーンが返した言葉に、リブは息をのんだ。「決行するなら、今夜しかないでしょう」

リブが小屋に着いたのは、一時。寝室のドアは閉まっていた。シスター・マイケル、キティ、そしてオドネル夫妻はキッチンにひざまずいていた。マラキは帽子を片手に持っている。

リブはドアのハンドルに手をかけた。

「やめな」とロザリーンがとげとげしく言った。「サデウスさんがゆるしの秘跡をお与えになっている最中だよ」

ゆるし、つまり告解が行われているということ？

「最後の秘跡のうちのひとつです」とシスター・マイケルがリブに言った。

アナは死ぬ寸前？　リブの足元がふらつき、そのまま倒れそうになった。

「患者がボナ・モルスを得るためのものです」と修道女が安心させるかのように言う。

「何ですか？」

「良い死、という意味です。危険な状態にある人に対して行われるものです。これにより、健やかさが戻るときもあります。すべて、神のおぼしめしのまま」

またおとぎ話だ。

ベルの高い音が寝室から響き、サデウス神父がドアを開けた。「終油《しゅうゆ》を施すので、みなさんお入りください」

一同が立ちあがり、リブのあとから部屋に入った。

アナは毛布のない状態で横になっていた。たんすには白い布がかけてあり、その上に、寸胴な白いろうそくと、磔の十字架、金皿、乾燥した何かの葉、小さな白い球体、パンのかけら、水の入った小鉢と、油の入った小皿、そして白い粉。

サデウス神父は右手の親指を油に浸し、「ペリスタム・サンクタム・ウンクチオネム・エト・スアム・ピシマ・ミセリコルディアム」と神父は唱えた。「インダルジアト・ティビ・ドミナス・クイドクイド・ペル・ヴィスム・オウディタム・グスタム・オドラタム・タクタム・エト・ロキュテイオネム・グレサム・デリクイスティ」〔ラテン語で「この聖油と神の神聖な慈悲により、そのみ目に触れるすべてに恵みを与えてください。聞くこと、味わうこと、匂いを嗅ぐこと、触れること、話すこと、歩くことへのご慈悲を」〕それからサデウス神父はアナのまぶた、耳、唇、両手、そして変わり果てた足のかかとに触れた。

「何が行われているのですか？」リブはシスター・マイケルに尋ねた。

「あざを消しているのです。体のそれぞれの場所が犯した罪とともに」修道女はリブの耳元でささやいた。従順に、神父から目は離さずに。

リブの胸に怒りがわきあがる。アナに対して、犯された罪はどうなるの？

そして神父は白い小球の皿を持って、それぞれの油の円に、ひとつひとつ浸していく。あの球はコットン？　皿を置くと、神父は親指をパンにこすりつけた。「この終油が慰めと安らぎをもたらしますように」と彼は言った。「覚えていてください。〝神は涙をことごとくぬぐいとってくださる〟」

「神のご加護を」とロザリーン・オドネル。

「ほんの少し、もしくは長い間の別れでも」と彼は朗々と言った。「また再会し、もう二度と別れなくてよい日が来ます。悲しみも別離もすべてが終わった世界で」

「〝アーメン〟」

神父は鉢の水で両手を洗い、布で拭いた。

マラキ・オドネルがかがみこんだ。まるで娘の額にキスをするかのように。しかし、思いとどまったようだ。アナは今や聖なる存在で、触れてはならないとでもいうように。「ペット、何かいるかい？」

「父さん、毛布をちょうだい」歯をがちがちと震わせながら、アナが答えた。

父親は毛布をアナのあごまでかぶせた。

サデウス神父はすべての道具をカバンにしまい、ロザリーンに促されてドアを出た。

「お待ちください」とリブが歩みだしながら呼びかけた。「お話があります」

ロザリーン・オドネルがあまりに強くリブの袖口を引くので、縫い目が開いた。「聖体祭儀を行われているときに、つまらないことでお呼び止めするもんじゃないよ」

リブはロザリーンをふり払い、神父を追った。

敷地の外で、リブは呼んだ。「サデウスさん！」

「何事だね」神父は立ち止まり、芝をついばんでいためんどりを蹴って追い払った。

アナがパット魂の救済と自分の死を引き換えにしようとしている計画を告白したのか、リブは知りたかった。「アナはお兄さんについて何か話しましたか？」

神父の顔がこわばった。「ライト夫人、あなたはわたしたちの信仰について無知なふりをして、告解の秘密厳守を破らせるつもりだね」

「では、ご存じなのですね」

「あのような惨事は家庭の外に出されるべきではないよ」と神父は言った。「ましてや世間に言いふらすべきではない。アナはあなたに話してはいけなかったのに」

「しかしもし、サデウスさんが順序立てて話をして、アナに神は絶対に——」

神父はリブの言葉をさえぎった。「何カ月も言い続けてきたよ。彼女の罪はゆるされたと。それに、死んだ者のことは悪く言うべきではないとね」

リブは神父を見つめた。死んだ者。この男は、アナが自身の命を兄の贖罪と交換しようとしていることを言っているのではない。この男は、アナの罪について話しているのだ。パットがアナにしたことについて。〃何カ月も彼女に言い続けてきたよ〃。ということは、春の伝道師の説教を聞いたアナは、神父に聖なる結婚についての混乱、そして彼女のすべての苦悩について包み隠さず告白したはずだ。そしてロザリーン・オドネルとはちがい、この神父はアナの主張を信じた。それなのにこの男は、彼女の罪はゆるされたと慰め、もう二度と口外するべきではないと言ったのだ！

リブが心を落ち着かせたときにはもう、小道の半ばまで神父は歩を進めていた。垣根の後ろに神父が消えるのを、リブはじっと見つめた。ここにあるいくつの家庭でこういう惨事が行われ、サデウスさんによって覆い隠されてきたのだろう？　それで子供の痛みに応えているつもりなのだろうか。

煙の立ちこめる小屋で、キティが小皿の中身を火に投げ入れていた。塩、パン、水までも。蒸気があがる。

「何をしているのですか」とリブ。

「聖油がちょっとでも入ってたらさ」と下女が説明する。「埋めるか燃やすかしなきゃいけないんだよ」

水を燃やそうとするのは、きっとこの国に住む人くらいだ。

ロザリーン・オドネルは、砂糖と茶葉の缶を、壁にしつらえられた紙の仕切りのある棚にしまっているところだった。

「マクブレティ先生は？」とリブは尋ねた。「神父の前に医師に来てもらうべきではなかったのですか？」

「今朝いらっしゃったよ」ロザリーンはふり向くことなく答えた。

キティは忙しく手を動かし、焦げついたオートミールを桶の中でこそぎとっている。

リブはあきらめない。「それで、先生はアナについて何とおっしゃったのですか？」

「神の手の内にあると」

キティが小さな声を漏らした。泣いている？

「あたしらはみんな、そうだけどね」とロザリーンが言った。

怒りがまるで電流のように、リブの体を流れた。医師、母親、下女、委員会のやつらへの憤怒。

しかし、わたしには使命がある、とリブは自分に言い聞かせた。そこからそれるようなことはしてはならない。「今夜の特別なミサは八時半からですよね」とリブはできる限り穏やかな声でキティに尋ねた。「どのくらい長く、こういった式は続くのですか？」

「さあね」

「いつものミサよりも長いのですか？」

「そうさ、ずっと長いよ」とキティ。「二、三時間くらいかかるときもある」

リブは感心したようにうなずいた。「シスターがみなさんとごいっしょできるように、今夜は少しだけ長く残ろうと思うのですが」

「そのような必要はありません」と修道女が寝室のドア口で言った。

「しかしシスター――」リブの焦りが喉を締めつける。その場しのぎでリブは、炉の近くで新聞を鬱々《うつうつ》と眺めているマラキ・オドネルのほうを向いた。「シスター・マイケルがミサに参列なさるほうがいいですよね？　アナはシスターのことを慕っていますから」

「そりゃあ、もちろん」

修道女は眉をひそめ、躊躇している。

「そうですよ、どうかいっしょにおいでになってくださいよ、シスター」とロザリーン・オドネル。「喜んで」「支えてもらわなきゃ」

「喜んで」と言った修道女の表情は、まだ困惑していた。

リブは彼らが心変わりすることを恐れて、急ぎ寝室に入った。「こんにちは、アナ」遅くまで残れるように約束をとりつけた安堵《あんど》で、リブの声が妙に明るい。

アナの顔は痩せこけ、黄ばんでいる。「こんにちは、リブさん」ときどき激しく震えるものの、体はだらりとしたままで、太くなった足首は彼女とベッドをつなぐ足かせのようだ。喘鳴が聞こえる。

「水はいりますか？」

アナが首を横にふった。

リブはキティを呼び、毛布をもう一枚持ってくるように頼んだ。毛布を手渡す下女の表情は硬い。

もうちょっとですよ、とリブはアナの耳元でささやきたかった。もうちょっと待っていてください。今夜まで持ちこたえてください、と。しかし、まだ何も伝えるべきときではない。まだだ。

リブの人生で、この日以上に時間がゆっくりと進んだ日があっただろうか。しかし、小屋はある種の高揚感に包まれていた。オドネル夫婦と下女はキッチンにいて、憂鬱《ゆううつ》な低い声で話していた。ときどきアナの様子を見に来た。リブはいつも通り仕事をした。枕を積みあげてアナの上体を起こし、乾いた唇に濡れた布をあてた。リブ自身の呼吸が速く、浅い。

四時にキティが、碗に入った野菜のごった煮のようなものを出した。リブは無理やりスプーンで口に運んだ。

「ペット、何かいる?」と下女が場に似つかわしくない明るい声で尋ねた。「お気に入りのこれは?」キティがソーマトロープを持ちあげた。

「見せて、キティ」

下女が紐を回すと、鳥が籠の中に閉じこめられ、そして自由の身になって飛んでいった。

アナはつらそうに息を吐くと、言った。「キティにあげる」

下女の顔が沈む。しかしアナにその真意は尋ねず、おもちゃを置いた。「宝箱を膝に置こうか？」

アナは首を横にふった。

リブは積み重ねた枕を使って、アナの上体をしっかり起こさせた。「水は？」

首を横にふった。

窓際に立つキティが言った。「写真の人だ」

リブは急いで立ちあがり、下女の肩越しに〈ライリー・アンド・サンズ写真館〉と書いてある馬車を見た。ひづめの音など聞こえなかった。死の床の写真を撮るために、ライリーが巧みに、みなを整列させるところがリブには容易に想像できた。側面から柔らかい光をあて、アナの周りにひざまずく家族。その後ろにこうべを垂れて立っている制服姿の看護婦。「立ち去るように言ってください」

キティは驚いた顔をしたが、反論はせず部屋から出ていった。

「祈りのカードと本とかは」宝箱を見ながらアナが言った。

「見たいですか？」とリブ。

アナは首を横にふった。「母さんにあげてください。あとで」

リブはうなずいた。子供の肉体の代わりに、紙でできた聖人を与える。そこに詩的な正義があるような気がした。ロザリーン・オドネルはこの少女を墓場へと、じりじり追い詰めてきたのだろうか——去年十一月のパットの死からずっと？

アナがいなくなってはじめて、あの母親はアナに愛を注ぐのだろう。生きている娘とはちがい、死んだ娘は非の打ちどころがない。ロザリーン・オドネルが選んだのだ。そうリブは自分に言い聞かせた。あの女は、ふたりの天使を悼む、悲しみに暮れる母親になりたいのだ。

五分後、ライリーの馬車がゆっくりと出発した。リブは窓の外を見つめながら考える。彼はまた戻ってくる。死後のほうが、容易にポーズをとらせることができるだろう。

一時間後、マラキ・オドネルが部屋に来て、娘が眠るベッドの横にどしりとひざまずいた。彼は両手を組んだ――赤い肌に手の関節が白く浮かぶ――そして主祷文を唱えた。

男の曲がった背中と白髪を見ながら、リブの心にためらいが生じた。この男には、母親のような邪悪さがない。彼なりの控えめなやり方で、アナを愛している。もし彼がまひ状態から浮上し、わが子のために闘うのなら……最後のチャンスに賭けてみるべきではないか？

リブはベッドを回って彼のそばまで行き、耳元でささやいた。「娘さんが目を覚ましたら」とリブが言った。「食べるよう乞うてください。あなた自身のためにも」

マラキは反論しなかった。ただ頭を横にふった。「喉に詰まらせてしまうよ」

「一口のミルクが喉に詰まりますか？　水と同じです」

「わたしにはできない」

「なぜですか？」とリブは強い口調で尋ねた。

「あなたのようなご夫人に、分かるわけはないよ」

「教えてください！」

マラキは深く、疲れ果てたため息をついた。「約束したんだよ」

リブはじっと見ている。「食べるよう言わないことをですか？　いつのことですか？」

「何カ月も前に」

賢い子だ。大好きな父親の両手を縛っていたのだ。「でも、そのときはアナが食べずに生きることができると思われていたはずです。そうですよね？」

父親は陰鬱な表情でうなずいた。

「頼んだのは元気なアナだったはずです。でも、今の姿を見てください」とリブが言った。

「分かっとる」とマラキ・オドネル。「分かっとる。けど、約束は約束だ」

こんなふうに約束にしがみつくなんて、何という愚か者だろう？　しかしこの父親を侮辱したところでどうにもならない、とリブは自分に言い聞かせた。今だけに集中しよう。「その約束のせいで娘さんが死んでしまいます。約束はいったん、やめにしましょう」

マラキは顔をしかめた。「あれは神聖な秘密の誓約で、聖書に誓ったものだから。ライト夫人、この話をわたしがするのは、あんたに責められんためだよ」

「責めます」とリブ。「あなたたち全員を、わたしは責めます」

マラキは頭をがくりと落とした。その重みに、首が耐えられないみたいに。まるで行き場のない去勢された雄牛のようだ。

彼なりに筋を通そうとしているというのか。娘との約束を破るくらいなら、どんな結果でも引き受けようとしている。アナをがっかりさせる前に、死なせてしまうというのに。

涙が、ひげ面の頬を伝った。「まだ希望はある」とマラキは言った。

どんな希望？　急にアナが食べ物を求めるとでも？

「昔、ベッドで石のようになって死んだコリーンがいた。その娘も十一歳でな」

近所の人の話？　とリブは思った。それとも新聞で読んだのか？

「神がその娘の父親に何と言われたかご存じかな」とマラキ。ほほえんでいるような表情だ。

「〝恐れることはない。恐れることはない。ただ信じなさい。そうすれば、娘は救われる〟」

リブは強烈な嫌悪に顔を背けた。

「娘はただ眠っていると神は言い、娘の手をとった」とマラキは続ける。「そして娘は起きあがり、夕食を食べた」

この男は夢の奥にいて、リブの声は届かない。無知にしがみつき、知ること、聞くこと、考えること、アナとの誓約を疑うこと、そのすべてを拒否している。親は行動するものではないのか。正しくても、まちがっていても、子供のためなら何かせずにはいられないものではないのか。奇跡をただ待っているだけなどありえるのか？　この男は妻にはまったく似ていないけれど、とリブは思った。母親と同様に、娘を失うのにふさわしい。

うっすらとした太陽が空の低い位置にあった。永遠に沈まないのだろうか？

八時。アナは震えている。「あとどれくらい」と彼女はつぶやいた。「〝なりますように。なりますように〟」

リブはキティに頼んでフランネルをキッチンの炉で温めてもらい、アナにかけた。少女の体側に入れこむ。つんとする臭い。ねえアナ、とリブは胸の中で語りかけた。あなたのぼろぼろで、痩せこけているそのすべて。それに、むくんでいるところもぜんぶ、あなたが生きている、生きている女の子だという証。アナ、あなたのすべてがいとおしいです。

「ペット、あたしたちが特志ミサに行っても大丈夫かい？」とロザリーン・オドネルが部屋に入り、娘を見おろしながら尋ねた。

アナがうなずいた。

「ほんとうかい？」父親がドア口から聞く。

「行って」とアナが息を吐いた。

出ていけ、出ていけ。リブは心で唱える。

しかし思案したあと、ふたりを追いかけた。「お別れを」カラスが小さく鳴くような声でリブは言った。

オドネル夫妻は、驚いた表情でリブを見た。

リブはささやく。「いつ亡くなっても、おかしくありません」

「でも――」

「分かりやすい前触れがあるわけではないのです」

ロザリーンの顔は割れたお面《マスク》のようになり、彼女はベッドに戻った。「ペット、やっぱり今夜はうちにいようかね」

リブは自分を呪った。一度しかないチャンスだったのに。リブの向こう見ずな計画を実行に移す唯一の好機を、台無しにしてしまったのか。弱気になっていたのか？ちがう。罪悪感からではなく、これからリブがしようとしていることがあったからこそ呼び止めたのだ。オドネル夫妻は、この子をきちんと手放さなければならない、そのことをリブは知っていた。

「母さん、行って」アナは弱々しく頭を少し持ちあげた。「わたしのために、行ってきて」

「そうかい？」

「キスを」アナはむくんだ両手を、母親の頭に伸ばした。

ロザリーンはアナの手に導かれるままに、娘の額にキスをした。「さよなら、かわいい子」

リブはオール・ザ・イヤー・ラウンド誌のページを読みもせずにただめくり、早く別れのあいさつが終わるよう願っているのを悟られないようにした。

マラキは妻と子のもとに身をかがめた。

「父さん、わたしのために祈って」

「そうするとも」と父親はぼそぼそと返した。「またあとでな」

アナはうなずき、枕に頭を沈めた。

リブは彼らがキッチンに行くのをじっと待った。ふたりの声、キティの声、表のドアがばたんと閉まるのを聞いた。憐みの静寂。

さて、はじめよう。

リブはアナの胸が上下するのを見ていた。肺から聞こえるかすれたような音にも、耳をすませた。

リブはだれもいないキッチンに急ぎ、ミルクの缶を見つけた。匂いを嗅いで新鮮であることを確認し、清潔な瓶を手にとった。その半分までミルクをつぎ、コルクで栓をし、ボーンスプーンも拝借した。残り物のオーツ麦のケーキを見つけたので、それも拾いあげ、少しだけちぎった。すべてを、ナプキンに包んだ。

寝室に戻り、椅子をアナにうんと近づけた。だれもが失敗したことなのに、自分だったら成功できると思うのはリブのうぬぼれだろうか？　もっと時間がほしい、とリブは思った。説得する力がほしい。ああ神よ、もし神なるものが存在するというのなら、どうかわたしに、天使の言葉を教えてください。

「アナ」とリブが言った。「よく聞いてください。伝言があります」

「だれから？」

リブは上を指した。視線もそれを追う。まるで幻でも見えているかのように。

「でも信じていないのに？」とアナ。

「あなたに会って変わったのです」とリブは言った。うそではなかった。「神さまはだれでも選ぶことができると、言いましたね？」

「はい」

「では、伝言です。あなた以外の女の子になれるとしたら、どうしますか？」

アナが目を見開いた。

「目が覚めると、だれか別の女の子になっています。悪いことはしていない小さな女の子です。どうですか？」

アナはとても小さい子供のようにうなずいた。

「では、ここに聖なるミルクがあります」リブは神父が説教台でふるまうように厳かに瓶を持ちあげた。「神からの特別な贈り物です」

少女は目を凝らしている。

リブの語りが真実味を帯びていたのは、彼女自身が信じていたからだ。聖なる日の光を吸収した聖なる草。聖なる牛が、聖なる草を食む。聖なるミルクを、聖なる子牛に与える、そうでしょう？　それはすべて、贈り物でしょう？　乳房の奥がうずく。娘が泣くたびに母乳が滲んだあの感覚を、リブは痛いくらいに覚えている。

「このミルクを飲めば」とリブは続けた。「あなたはもうアナ・オドネルではありません。今夜、アナは死ぬのです。そして神はアナをいけにえとして受けとり、アナとパットを天国に迎え入れます」

少女はぴくりとも動かない。無表情だ。

「あなたはまったく別の女の子になる。新しい女の子です。聖なるミルクをひとさじでも口にすれば——あまりに強力なゆえ、新しい人生がはじまります」とリブ。早く話そうとして、言葉につかえる。「あなたの名前はナン。八歳で、遠い遠いところに住んでいます」

アナの瞳は暗い。

さあ、ここでばらばらになってしまうのだろうか。この子は賢くて、ぜんぶ作り話だと見抜くだろう。もしアナがその気になれば簡単に見破ることができるはずだ。リブが賭けたのは、アナが胸のどこかで抜け出したいと切望し、別の筋書きを求めているという可能性だ。奇跡の木にぼろ布を巻きつけるのと同じくらい、ありえない方法を試しているのだということくらいリブにも分かっていた。

沈黙、沈黙、そして沈黙。リブは息を止めている。

そのときアナの濁った瞳が、打ちあげ花火のようにぱっと輝いた。「はい」

「準備はいいですか?」

「アナは死ぬ」と少女はささやく。「約束?」

リブはうなずいた。「アナ・オドネルは、今夜死にます」そのときふと、リブは思った。この子は——あらゆることにおいて筋を通す子だ——リブが毒を飲ませようとしていると思っているのではないだろうか。

「パットとアナは天国でいっしょ？」

「そうです」とリブ。パットなんて、ただの愚かで孤独な男の子以外の何者でもなかったでしょう？　〝さすらう哀れなエバの子らよ〟。

「ナン」とアナが言った。深い喜びとともに、ゆっくりと声に出す。「八歳で、遠い遠い国」

「そうです」リブは自分が死の床にいる少女の弱みにつけこんでいることは、痛いほどわかっていた。リブは友達などではない。見知らぬ教師だ。「わたしを信じてください」

リブが瓶からミルクをさじにとったとき、アナは顔をかすかに背けた。

やさしくしている場合ではない。厳しさが必要。「これしか方法がないのです」バーンは移民することについて、何と言っていた？　「新しい命への代償です。わたしがやって差しあげます。口を開けなさい」リブは悪魔、冒涜者、魔女だ。このミルクはアナに災いを及ぼす。彼女の魂をふたたび、鎖で肉体につなぎ留めるのだ。あの欲望、切望、苦痛、危険、後悔、この罪深い人生の混沌に。

「待って」と少女は片手をあげた。

リブは恐れに打ち震える。〝今も、死を迎えるときも〟。

「お祈りを」とアナが言った。「お祈りをさせてください」

食べるための祈り。リブは神父がアナが食べるための恩寵を授かるよう祈っていたことを思い出した。

アナはこうべを垂れた。「〝主よ、み心よりわたしがたまわるこの糧を祝福してください、アーメン〟」

ついに彼女のぼろぼろの唇が開き、スプーンを受け入れた。いとも簡単に。

リブは液体を少女の口に入れたとき、一言も発しなかった。喉が波のように動く。むせたり、吐いたり、痛がったり、けいれんしたり、いろいろなことをリブは想定していた。

アナは飲みこんだ。そんなふうにして、断食は破られた。

「オーツ麦のケーキを少し」リブの親指と人さし指と中指でつまんだくらいの量だ。紫色の舌にのせ、消えるのを待った。

「死んだ」アナがささやいた。

「そう。アナは亡くなりました」衝動的にリブは手のひらを少女の顔にのせ、はれたまぶたを閉じさせた。

しばらくの間、そのままでいた。「ナン、起きなさい。新しい人生の時間ですよ」

子供の濡れた目が、ぱちりと開いた。

〝わたしの怠りによって、わたしの怠りによって〟。この輝かしい少女を、逃亡者たちの地に連れ戻した責めは、リブがすべて負う。少女の魂を引きずりおろし、汚れた地上につなぎ留めたのだ。

リブはもっと食べ物を与えたかった。縮んだ体に、四カ月分の食べ物を詰めこみたかった。しかし、急に腹に負担をかけすぎることの危険性を、彼女は理解していた。だから瓶とスプーンを前掛けのポケットに入れ、オーツ麦のケーキもナプキンに包み直して押しこんだ。少しずつでいい。炭鉱から出るためには、入ってきたときと同じだけの距離を歩かねばならないのだから。リブはそっと少女の額をなでた。「旅立ちの時間です」

少女は震えている。残してゆく家族のことを考えているのだろうか？　そして少女はうなずいた。

リブはたんすから暖かい外套を出して、少女をくるんだ。変形した足に靴下と、兄の革靴を履かせた。手袋をはめさせ、三枚の肩掛けを巻きつけると、黒っぽいずんぐりとした人影になった。

キッチンへのドアを開け、上下二枚に分かれている表のドアも開けた。西の空を太陽が、血のような赤で染めている。暖かい夜だ。家の前でめんどりが一羽、鳴いた。

リブは寝室に戻り、少女を抱きかかえた。とても軽い（リブは自分の娘のことを思い出した。腕に抱いたとき、一斤のパンのように軽かった）。しかし、少女を家の脇まで抱えていくと、自分の両足ががくがくと震えていることに気づいた。

そこにウィリアム・バーンが現れた。馬といっしょに、ぬっと姿を現した。彼の姿を捜していたのに、リブはびくりとした。彼が約束を破って来ないかもしれないと疑っていたのだろうか。

バーンが言った。「こんばんは、お嬢さん――」

「ナンです」古い名前が呼ばれてすべてが台無しになることを恐れ、リブはすかさず言った。「この子の名前はナンです」もう引き返すことはできない。

「こんばんは、ナン」と状況を察したバーンが言った。「ポリーにのせてもらおう。ポリーには会ったことがあるよね。怖くないよ」

大きな瞳。少女は何も言わず、ぜえぜえと息をし、リブの肩にしがみついた。

「大丈夫よ、ナン」とリブが言った。「バーンさんは信じて大丈夫」リブはバーンの目を見つめた。「安全なところに連れていってくれるから。わたしもあとで行くから、待っていてね」

ほんとうだろうか？　リブは心からそう言った。言葉にすれば実現すると信じているかのように。彼女は心から、そうなればいいと願っていた。

バーンは鞍に飛びのり、少女に手を伸ばした。

リブは馬の匂いの漂う空気を、深く吸う。「あなたは今日の午後、村を出たことになっているのですよね？」とリブは少女を引き渡さずに言った。

バーンはうなずいた。彼のカバンを軽くたたきながら。「鞍をつけているときに、ライアンに文句を言っておきましたよ。ダブリンから呼び出しがかかって急ぎ帰らなければいけなくなったってね」

ついにリブはその荷を差し出した。

少女はリブにぎゅっとしがみついてから、手を離した。

バーンは自分の前に少女を座らせた。「大丈夫だよ、ナン」

彼は片手に手綱を持ち、リブにこれまでとは異なるまなざしを向けた。まるで彼女をはじめて見たみたいに。ちがう、とリブは気づく——これで彼女を見るのは最後かもしれないと、目に焼きつけているのだ。もし計画が失敗すれば、ふたりは二度と会うことはないかもしれない。

リブは彼のカバンに食べ物を入れた。

食べましたか?とバーンが口だけ動かした。

リブはうなずいた。

彼の笑顔が、暮れなずむ空を明るく照らした。

「一時間後にもうひとさじ」とリブがささやいた。そしてつま先立ちして、届く高さにキスをした。温かい彼の手の甲に。そして毛布の上から少女をなでた。「すぐに会いに行くからね、ナン」リブは踵を返した。

バーンが舌を鳴らし、ポリーが平野を進む——村から離れていく——リブは振り向いて彼らを見た。一瞬、まるで絵画のようだと思った。馬、乗馬者たち、木々、西に消えゆく筋雲。水たまりだらけの泥炭地。この死ぬほど真ん中も、まあ、美しい。

部屋に急ぎ戻りながらリブは、前掛けのポケットに触れて手帳が入っていることを確認した。

まずリブは寝室の椅子を二脚とも倒し、彼女の道具の入ったカバンを蹴って椅子に寄せた。心を鬼にして、『看護覚え書』もその上に投げた。まるで鳥の羽のように開いたまま本は着地した。彼女の物語が真実味を持つためには、何も残してはならない。今大事なのは、看護とは真逆のこと。手早く混沌を創るのだ。

キッチンに行き、炉火のとなりの棚にあったウイスキーの瓶を持ってきた。そして枕やそこらじゅうにふりまくと、瓶を床に落とした。液体燃料の入った缶を手にし、ベッド、床、壁、ドレッサーとそこにあったふたが少し開いたままの箱——宝箱——に一滴残さずふりかけた。缶のふたを閉めた。とてもゆるく。

リブの手には燃料の臭いが染みついていた。そのことについては、どう説明しよう？　前掛けで手についた液体をぬぐった。あとのことなど、どうでもいい。準備は整った？

〝恐れることはない。ただ信じなさい。そうすれば、娘は救われる〟。

リブはレース模様に飾り切りされたカードを宝箱からとり出し——見知らぬ聖人だ——そしてランプの火屋《ほや》の中に入れ火をつけた。燃え移り、聖人の後ろに炎が輪を描く。

〝火で、火によってのみ！〟。

リブはそのカードでマットレスに触れた。生き生きと大きな炎があがる。古い藁がぱちぱちと音を立てる。ベッドが燃えている。パステル画で描かれた奇跡のように。顔に迫る熱に、リブはガイ・フォークス・ナイトのたき火を思い出した。

だけどこれで部屋がちゃんと燃える？　もしリブとバーンがだまし切れるとするなら、燃やし尽くさなければならない。屋根は三日間の晴天で乾き切っているだろうか？　リブは低い天井をにらみつけた。古い梁は頑丈だ。厚い壁もびくともしないだろう。狙うとしたら、あそこしかない。彼女の手にしたランプが揺れた。リブは思い切り、垂木《たるき》にランプを投げつけた。

ガラスの破片と火の粉が、雨のように降り注ぐ。

リブは外に出て、走った。燃える前掛けが顔にかかる。しつこく追ってくるドラゴンのようだ。リブは両手で炎を叩いた。自分の声とは思えない金切り声が響く。小道でつまずき、そのままリブは、泥炭の濡れた抱擁に身を任せた。

一晩じゅう、雨が降り続いたらしい。アスローンから、警察官がふたり派遣された。安息日だというのに。彼らは今、オドネル家の小屋のどろどろした焼け跡を調べているそうだ。

スピリット食料雑貨店の裏の通りでリブは待っていた。彼女の焼けた両手には包帯が巻かれ、軟こうの匂いがした。すべて雨次第だ、とリブは疲労の波に揺られながら思った。昨晩のいつの時点で雨が降りだしたのだろう？　梁が落ちる前に、火は消されてしまったのだろうか？あの狭い寝室は判別不能な炭と灰に化した？　それとも火を見るよりも明らかだろうか――子供がいなくなったということが？

痛み。けれど、リブの手のひらにあったものは、それではなかった。恐れ——彼女自身の身を案じているのももちろんだったが、それ以上に、少女を思って恐れていた(ナン、と頭の中でリブは少女を呼んだ。新しい名前に、早く慣れたかった)。飢餓には、もう戻ってこられない段階がある。体がどう食べ物を処理すべきか、忘れてしまうのだ。器官が萎縮してしまう。それから、あの子の小さな肺には長いこと負担がかかっていたし、心臓も弱っていた。お願いだから、今朝、目を覚ましますように。ウィリアム・バーンがそばにいて、面倒を見てくれる。アスローンの裏通りにある、もっとも人目につかない宿の一室にいるはずだ。そこまでのことしか、リブとバーンは計画していなかった。ナン、お願いだから、もう一口飲んで。もう一口、食べて。

二週間が過ぎたのだ。日曜日は看護婦が委員会に報告する日だ。二週間前、到着したてのリブは、綿密な報告をして村の者たちを感心させてやろうと目論んでいた。だが、今の姿はどうだ。灰まみれで、傷ついて、震えている。

委員たちがたどり着くであろう結論を、リブは楽観視していなかった。異国の人をスケープゴートにする願ってもないチャンスだ。しかし、何の罪に問われるのだろう? 怠慢? 放火? 殺人? それとも——もし警察が炭と泥の中に死体の形跡すらないことに気づいたら——誘拐と詐欺。

明日かあさってにはアスローンで会いましょう、とリブはバーンに言った。自信たっぷりにふるまったリブの言葉を、バーンは信じただろうか？　おそらく信じなかっただろう。彼女と同じように、バーンも勇敢な顔をしていた。だけどほんとうは、リブが刑務所に入れられる可能性がとても高いことを、彼も知っていたはずだ。父と子として、バーンと少女は出航する。そしてリブは、けっして彼らの目的地を口外しない。

　焼けて真っ黒になった手帳の表紙に目を落とす。最後の記録を信じてもらえるだろうか？

〈八月二十日　土曜日　午後八時三十二分〉
〈脈拍　一三九回〉
〈呼吸　三五回　湿っぽい喘鳴〉
〈排尿なし〉
〈水はまったく飲まない〉
〈うつろ〉
〈八時四十七分　せん妄〉
〈八時五十九分　呼吸困難、不整脈〉
〈九時七分　死亡〉

「ライト夫人」

リブは手帳を慌てて閉じた。

修道女がとなりにいた。目の下にくまがある。「やけどの具合はどうですか」

「たいしたことありません」とリブ。

特志ミサから戻ってきて泥炭の中に倒れているリブを見つけ、彼女を引っぱり出し、村に連れ戻し、包帯で手当てをしてくれたのは、シスター・マイケルだった。リブはひどい状態だったので、演技する必要もなかった。

「シスター、どのようにお礼を申しあげたらよいか」

修道女は首を横にふり、目線を落とした。

修道女の親切に、残酷さで応えることは、リブの良心が咎めることのひとつだった。シスター・マイケルは残りの人生を、ふたりのせいであの子が死んだ、そうは思わずとも、アナ・オドネルの死を阻止することができなかったと信じて生きていくだろう。

しかし、それもまた仕方ない。大事なのは、あの子だ。

リブはそのときはじめて、母親たちのオオカミのような貪欲さが理解できた。何らかの奇跡によって今日の裁判を切り抜け、アスローンの宿に、ウィリアム・バーンの待つ場所に行き着くことができたなら、リブは少女の母親、もしくは母親にもっとも近い存在になる。

〝わたしを汝が子にしてください〟。そんな賛美歌があったような気がする。やがてときが来て、ナンが――昔のアナが――だれかを責めるとき、その相手はリブだ。それがきっと、母親であるということなのかもしれない、とリブは思った。責任を負い、暖かな暗闇から子を押し出す。恐ろしくもまばゆい新しい人生へと。

そのとき、サデウス神父が通り過ぎた。オフラハティもいっしょだ。神父の輝きは失われ、急に老けこんで見えた。どんよりと物思いにふけった表情で、看護婦たちに会釈した。

「委員会はあなたに質問せずともよいと思います」とリブは修道女に言った。「あなたは何も知らないのですから」あまりにも冷たい言い方になってしまった。「つまり、小屋にいらっしゃらなかったので――教会にいらして――最後は」

シスター・マイケルが十字を切った。「神よ、あの子をお守りください」

准男爵のために、ふたりは道を開けた。

「みなさんをお待たせしてはいけません」そう言ってリブは、奥の部屋に進もうとした。

しかし修道女はリブの腕に、その巻かれた包帯に触れた。「発言を求められるまで、絶対に口を開いてはなりません。謙虚さが大切ですよ、ライト夫人。そして、悔い改める心を忘れずに」

リブは目をしばたたいた。「悔い改める?」声を荒げる。「彼らこそ、悔い改めるべきでは?」

シスター・マイケルは人さし指を立て、リブを黙らせた。「従順な者が祝福されるのです」

「しかしわたしは三日前にあの人たちに――」とリブ。

修道女はリブにうんと近づいた。リブの耳に、彼女の唇が触れそうなくらい。「ライト夫人、従順にふるまいなさい。そうすれば、彼らはあなたを自由の身にするかもしれない」

健全な忠告だ。リブは口をつぐんだ。

ジョン・フリンが大股で通った。険しいしわが顔に刻まれている。

リブはシスター・マイケルにどんな慰めを与えられるだろう？「アナは――先日シスターがおっしゃったように――良い死を迎えました」

「安らかにいきましたか？抗わずに？」大きな青い瞳の輝きが、何か引っかかる。リブが想像しているだけだろうか？悲しみだけではない。怪しんでいる？疑っている？

リブの喉が緊張した。「とても安らかに」と修道女に言った。「準備はできていましたから」

マクブレティ医師が、廊下を大急ぎでやってきた。やつれ顔だ。走ってきたかのように息切れしている。通り過ぎるとき、ちらりとふたりを見た。

「ごめんなさい、シスター」とリブ。声が震えている。「ほんとうに、ごめんなさい」

「しーっ」と修道女が言った。子供にするようにやさしく。「あなたとわたくしだけの秘密です。わたくしはお告げを見たのです」

「お告げ？」

「白昼夢のようなものです。わたくしは昨日、教会を早く出ました。アナのことがとても心配だったのです」

リブの心臓が早鐘のように打った。

「小道を歩いていたとき、見たような気がしたのです……天使が子供を連れて馬を駆る姿を」

リブはあぜんとした。知っているんだ。頭がぐらぐらする。わたしたちの運命は彼女の手の中にある。シスター・マイケルは、従順を誓った人だ。彼女が委員会に報告しないわけがない。

「わたくしが見たお告げは、ほんとうだったと思いますか？」

リブはただ、うなずくことしかできなかった。

恐ろしい沈黙。「主のおぼしめしは、神秘に包まれています」

「ほんとうに」とリブはかすれ声で答えた。

「あの子はより良い場所に行ったのでしょうか――それだけ、教えていただけますか？」

リブはうなずいた。

「ライト夫人」とライアンが指で合図した。「時間だ」

リブはさよならも言わず、修道女と別れた。リブにはとても信じられなかった。おそらく怒鳴り散らされ、責められるだろうと身構えていた。だけど、修道女はそうしなかった。リブはさっと振り向いて修道女を見た。修道女はただ両手を組み、こうべを垂れている。自由を願ってくれているんだ。

奥の部屋に入ると、委員たちが座る急ごしらえの机の前に、背もたれもない小さな椅子が置かれていた。しかしリブはその椅子には座らず、立ったままでいた。シスター・マイケルの忠告通り、謙虚に見えるように。

マクブレティは後ろ手にドアを閉めた。

「オトウェイ様」丁重にそう言ったのは、酒場の主だ。

准男爵はのろのろと動いた。「吾輩は執政官としてここにいるのではなく、私人として同席しているからして――」

「では、わたしがはじめようではないか」とフリンがクマのような声で言った。「ライト看護婦」

「みなさん」リブは消え入りそうな声で言った。無理に声を震わす必要もなかった。

「業火の説明をしたまえ」

業火？　リブは笑い飛ばしたかった。フリンは、業火という言葉の意味を考えたことがあるのだろうか？

リブは手首の包帯を少し引っぱった。痛みで仕切り直す。目を閉じて、打ち負かされたかのように体を曲げ、大声で泣いてみせた。

「ご夫人、そのようなふるまいは、良いことにはなりませんぞ」准男爵の声色にいら立ちが滲む。

良いこと、というのは、法的に？　それともリブの体に？

「昨晩、あの少女に何があったのか話せばよい」とフリン。

リブはわめいた。「昨晩のアナは、あの子は、どんどん弱々しくなっていき――わたしの手帳を」リブはマクブレティのほうに進み、手帳を彼の前に広げた。単語と数字が記録された最後のページだ。「あんなに早く死んでしまうなんて。震えて息苦しそうにして――急に動かなくなって」リブは息を吸おうとあえいだ。この六人の男たちに、少女の最期の吐息を想像してもらおう。「助けを求めて大声で叫びましたが、だれも聞こえるところにはいなかったのだと思います。みなさん教会に行っていたみたいで。それで、アナの口にウイスキーを含ませようと思いついたのですが、混乱していたため何もかもが分からなくなり」

ナイチンゲールに訓練されていた看護婦のことを彼らが少しでも知っていたならば、リブの話がありえないということにすぐさま気づくだろう。リブは急いだ。「それで彼女を抱きかかえ、椅子まで運ぼうと思ったんです。村まで連れていけば、そう、先生、マクブレティ先生にお任せすれば、あの子がよみがえるかもしれないと思って」マクブレティの目を、リブはじっと見つめる。そして彼女は自分がこう言うのを聞いた。「あの子は石みたいに死んでいましたが、希望は捨ててはならないと思いました」

医師は片手で口を押さえた。吐き気をもよおしたかのように。

「でもランプに――スカートがつかえてしまって、ランプが倒れたんです。炎が腰まであがってきて、火の手があがったのだと気づきました」リブのミイラのような両手がずきずき痛んだ。そしてリブはその両手を高くあげ、証拠として見せつけた。「そのときにはもう、毛布にも燃え移り、それであの子を何とか外に出そうとしたのですが、力が及ばず。するとそのとき、炎が缶に――」

「何の缶だね」とオフラハティが尋ねた。

「液体燃料です」とサデウス神父が答えた。

「あれは凶器だ」とフリンがうめいた。「家で使うなど、愚かなことを」

「ずっとランプにつぎ足していたんです。部屋を明るくしてあの子の様子がちゃんと見えるように。一分一秒でも休まず見張れるようにと」リブの泣き声がいっそう大きくなった。おかしなことに、リブはこのことをもっとも覚えておきたくなかった。あの小さな眠る子を、照らし続けたこと。「爆発すると、わたしには分かりました。だから、逃げました。神さま、おゆるしください」かなりの脚色だ。涙があごを伝う。真実とうそが混ざり合って、境目が分からない。「小屋から走り出ました。背後で爆発が起こり恐ろしい大きな音が聞こえ、わたしはふり返らず、ただ命からがら逃げたのです」

　リブの頭に、その場面が鮮明に描かれる。リブはほんとうに経験したような気がしていた。しかし、この男たちは信じるだろうか？

　リブは両手で顔を覆い、彼らの反応に備えた。今ごろ警察が、梁をてこであげているかもしれないし、ベッドとたんすを検証しているかもしれないし、すすけた木材の周りを掘っているかもしれない。怠け心に負けてあきらめますように。小さなすすけた骨は焼け跡で判別不能だと、そう結論づけますように。

　准男爵が沈黙を破った。「ライト夫人、君が極度に不注意であったばかりに、真相が闇に葬られたではないか」

不注意――リブが責められているのはそれだけ？　真相――というのは子供の死の？

「死後の検査を行えば、消化された食べ物が腸内にあるかどうかは判明したはずである」と准男爵が言った。「ちがうかね、マクブレティ医師？」

ここで問題にされているのは、世間の好奇心を満たすために切り刻む必要がある女の子がいなくなったということなのだ。

マクブレティはただうなずいた。舌をなくしてしまったようだ。

「あったに決まってるだろ」とライアンが言った。「奇跡なんてのはばかげているんだよ」

「その逆で、もしアナの腸内から何も見つからなかったら」とジョン・フリンがまくし立てた。

「オドネル家の汚名をすすぐことができたというのに。善いキリスト教徒が最後の子まで亡くすなんて。小さな殉職者を！――そしてここにいる愚か者は一家の無実の証拠を台無しにしたんだ」

リブは下を向いた。

「しかし、この看護婦に子供の死の責任はないはずです」口を開いたのは、サデウス神父だ。

「それは確かです」とマクブレティ医師もやっと発言した。「看護婦たちは委員会に仕えていただけですから。あの子の主治医であるわたしの指示を受けて」

神父と医師は、リブと修道女が思考能力のないただの雇い人だと主張することで、ふたりに向けられた非難をそらそうとしているようだった。リブは口をつぐんだままでいた。とるに足らないことだ。

「この看護婦には給金の全額を支給すべきではないでしょうな。火事のことがありますから」と教師が言った。

リブは叫びたかった。もしもこの男たちがユダの銀貨一枚でもリブに渡そうものなら、顔面に投げつけてやる。「みなさん、わたしはいかなる給金にもふさわしくありません」

イングリッシュ＆アイリッシュ　電報会社
以下の電報は一九八五年八月二十三日に受信
送り主　ウィリアム・バーン
送付先　アイリッシュ・タイムズ紙　編集長
コーカサスの紳士の私用秘書を務めることになったため、これが最後の記事となる。急なご報告謹んでおわびする。感謝をこめて。W．B．

〈アイルランドの断食少女についての最終報告である。

昨晩、土曜日午後九時七分、村じゅうのローマカトリック教徒が小さな礼拝堂に打ち集う最中、アナ・オドネルは死去した——餓死と考えられる。この件の恐ろしい幕切れにより、死後解剖での死因特定は不可能である。

経緯《いきさつ》について、最終委員会参加者から証言を得た。

会合に出席した看護婦は次のように証言している。昨晩、少女の急逝に大変な衝撃を受け、蘇生しようと試みるうちに、誤ってランプを転倒させた。隣人からの借用物であったこのランプは本来鯨油が使用されるべきだが、当時、液体燃料またはカンフィンと呼ばれる安価な燃料で代用されていた（アルコールとテルペンチンを四対一の比率で含有したものに少量のエーテルを合わせた混合物。可燃性がかなり高く、アメリカ合衆国では汽車・汽船の事故を合わせた死者数よりも多い犠牲を出しているともいわれる）。床にランプが落下し、看護婦の決死の消火活動もむなしく、寝具と児童の遺体が炎に包まれた。看護婦は深刻なやけどを負ったようである。燃料の缶は爆発し、看護婦は地獄の炎からの脱出を余儀なくされた。

焼け跡からアナ・オドネルの遺体は発見されず、翌日、イン・アブセンシア、つまり不在の死と宣告された。警察によると、罪に問われる関係者はいないという。

これでこの件が終わりというわけではない。詐欺と呼ぶべきであろうが、身体的不調のない女児が自らを飢え死にさせることを黙認する——いや、迷信によってそうするよう促す——ことなどあってはならない。しかも、ヴィクトリア女王の豊穣《ほうじょう》の時代において、このようなことが起こったにもかかわらず、何人も罪に問われないとはいかなることか。法的、そして道徳的責任を放棄した父親、自然の摂理に抗い小さなわが子が餓死するのをただ見ていた母親はどうか。少女を衰弱させるだけの七十歳代の風変わりな医師、彼女の主治医と呼ばれた人物はどうか。少女の死を回避するために教会の上層部に働きかけることのできる権限を使わなかった神父、そして自薦観察委員会なるものを立ちあげ、少女が死にかけているという証拠を突きつけられても信じなかった委員たちすら、罪に問われずともよいというのか。

心焉《ここ》に在らざれば視《み》れども見えずという格言があるが、同様のことが、小屋の焼け跡に花や弔いを手向ける地元民にもいえる。彼らもまた、子供に対するおぞましい殺人が行われていることから目を背け、無垢の陰に隠れ、アナ・オドネルをその地の聖人としてあがめることを選んだのだから。

二週間前の観察開始と同時に、死の時計のゼンマイが巻かれたという事実に反論できる者はいないだろう。より正確に言うのなら、ひそやかに行われていた食事を与える方法が、観察開始により不可能になり、少女を破滅させたのだ。委員会の最後の仕事は、少女の死が神の手によるものであると宣言することだろう。つまり、自然の死である。しかし、人間の手によって引き起こされたことの責任の所在を、神や自然に求めるべきではない。〉

親愛なる看護婦長、

派遣先での悲劇的な顛末について、おそらくお聞き及びと存じます。率直に申しあげて、わたくし自身、大きな衝撃を受け――体調もすこぶる悪く――病院勤務に復帰することは不可能と存じます。北部にいる親戚のもとに身を寄せることにいたします。

心をこめて、

エリザベス・ライト

アナ・マリー・オドネル

1848.4.7 – 1859.8.20

家路《ゴーン・ホーム》につく

エピローグ

　南緯一六度。十月末の穏やかな日の光に包まれて、イライザ・レイト夫人は牧師の前で名前を書いていた。やけど痕の残る手にいつもつけている手袋を整えながら。

　牧師は書かれた名前を読み、「ウィルキー・バーンズの職業は？」と尋ねた。

「つい最近まで、印刷会社を経営しておりました」と女は答えた。

「そうですか。ニューサウスウェールズでも会社をお開きになられるかもしれませんね。鉱夫たちのための新聞などよいかもしれん」

　彼女は淑女らしく肩をすくめた。「そうかもしれませんね」

「未亡人と男やもめ」牧師は書き記しながら、小声で言った。東の遠い波間を見ている。「新天地でこれまで積もった悲しみのほこりは、ゆっくり払うとよろしい」と牧師はもったいぶって言った。

　イライザはうっすらとほほえみ、うなずいた。

「イギリス臣民で、イングランド国教会――」

「バーンズ氏と彼の娘は、ローマカトリック教徒です」とイライザが言った。「到着してから、もう一度式を挙げる予定です」

　イライザは牧師が失望の色を見せるかと思ったが、彼はただ穏やかな表情でうなずいただけだった。牧師は船の名前、日付、正確な緯度と経度を記入する。イライザはその文字を牧師の肩越しに見つめた（一カ月前に波間に手帳を落としたことを思い出していた）。ふたりは、何をもたもたしているのだろう？

「そして、ナン・バーンズ」と牧師が言った。「腹痛と気持ちのふさぎこみは、よくなってきたかな？」

「海の風が助けになっているようです」と彼女は穏やかな声で答えた。

「あなたという母親も見つけたしね！　何とも喜ばしいことだ。船の上の図書館であなたと少女が偶然出会い、仲良くなって。船での作法はとてもおおらかだからね、それであっという間に……」

イライザは、ほほえんだ。慎み深く、口はつぐんでいる。

そのとき甲板に、ひげ面のアイルランド男性がおり立った。短く切りそろえた赤髪の男が、少女の手を引いている。ナンはガラス製のロザリオビーズと、紙の花束を握りしめている。花束は彼女が作ったらしく、絵の具がまだ乾いていない。

イライザはたまらず、泣きだしそうになった。涙はだめ。彼女は自分に言い聞かせる。今日だけは。

牧師は高らかに言った。「ナン嬢、最初に君を祝おう」

恥ずかしがり屋のその子は、イライザのドレスに顔をうずめた。

イライザは少女をきつく抱きしめた。この子のためなら、皮を剥がされ足の骨を抜きとられたって耐えてみせる、と心から思う。

「この快速帆船《クリッパー》は気に入ってくれたかな？」と牧師が尋ねた。三人の頭上を指さしている。

「十万キロメートルの航海。想像してごらん！　乗員乗客二百五十人！」

ナンはうなずいた。

「将来のおうちが待ち遠しいかい。オーストラリアでいちばん楽しみにしているものは何かね？」

イライザは小さな耳に向かってささやいた。「教えて差しあげたら？」

「新しい星です」とナンが答えた。

牧師は満足げだ。

ウィルキー・バーンズがその温かな手でイライザの手をとった。待ち切れずにいる。しかし、イライザほどではない。彼女は未来を渇望している。

「花嫁さんに言っていたんですよ、バーンズ殿。この船が舞台のあなた方のロマンスを出版することも考えてみたらよろしい！」

花婿はにっこり笑って、首を横にふった。

「いろいろなことを考えると」とイライザ。「書き記されない日々を生きていきたいと思っております」

ウィルキーは目を落とし、子供と目を合わせ、それからイライザを見つめた。「では、はじめましょうか？」

著者あとがき

『The Wonder』はフィクションですが、およそ五十にものぼる断食少女（Fasting Girls）についての実在の記録を基にしています。この少女たちは、長期間食べ物なしで生存したことで名をはせ、グレートブリテン島、西ヨーロッパ、北アメリカで六世紀から十二世紀にわたって存在したようです。年齢も生い立ちもそれぞれ異なり、宗教的な動機があった人（プロテスタントでもカトリック教徒でも）もいましたが、そうでない人の数が多かったようです。かなり少数ではありますが、男性の場合もありました。断食者の中には、数週間の監視下に置かれた者もあり、説得、投獄、入院、強制摂食などを受け、ふたたび食べた人もいました。命を落とした人もいます。その一方、数十年間断食をした状態で生き、食べ物は必要ないと主張し続けた人もいます。

エージェントのキャスリーン・アンダーソンとキャロライン・デビッドソン、ハーパーコリンズ・カナダのアイリス・タフォルム、リトルブラウンのジュディ・クレイン、ピカドールのポール・バガリーは素晴らしい助言をくれました。タナ・ウォーレンとコーマック・キンセラはアイルランド英語とイングランド英語を使い分ける手助けをしてくれました。トレーシー・ローの校正は質においても価格においても、とても助かりました。ダブリンにあるアート・アンド・デザイン国立大学（National College of Art and Design in Dublin）のリサ・ゴッドソン博士は十九世紀のカトリック教徒たちが使用した祭具についての見識をくださいました。友人のシネド・マクブレティとキャサリン・オドネルはファミリーネームを登場人物に使うことを許可してくれました。そして、マギー・ライアンという名は、〈Kaleidoscope Trust〉〔LGBTQ＋の人々の人権のための非営利団体〕の募金募集担当者である、とてもやさしいマギー・ライアンの名前をお借りしました。

著者について

一九六九年ダブリン生まれ。エマ・ドナヒューは今まで二度にわたり「移民」になる経験をしている。一度目は、イギリスのケンブリッジに移った。十八世紀の文学で博士号を取得するために八年間を過ごした。二度目はカナダのオンタリオ州ロンドン。現在、著者がパートナーとふたりの子供たちと暮らす地である。執筆の上でも、ジャンルを超えて動き回り、文学史、伝記、ラジオ劇や舞台の脚本、おとぎ話や短編など多岐にわたる。世界的ベストセラーの『ルーム』（『部屋』講談社　土屋京子訳　二〇一一年単行本刊行、『部屋　上・インサイド』『部屋　下・アウトサイド』講談社　土屋京子訳　二〇一四年文庫版刊行）は二〇一〇年ニューヨークタイムズベストセラーになり、マン・ブッカー賞、コモンウェルス賞、オレンジ賞の最終候補に選ばれた。また、映画化されインディペンデント・スピリット賞脚本新人賞を受賞。アカデミー賞脚色賞にもノミネートされた。

訳者あとがき

『聖なる証』はエマ・ドナヒュー著『*The Wonder*』の完訳である。わたしがドナヒュー作品を訳すのは幸運にも二回目だが、またしても、巧みな密室と視点のマジックを使ったストーリーテリングに心をわしづかみにされた。彼女は、原作・脚本を執筆した『部屋』（土屋京子訳、講談社）が映画化、アカデミー賞にノミネートされ一躍有名になったが、この作品と、スペイン風邪大流行下での看護師の奮闘を描く拙訳書『星のせいにして』（河出書房新社）も密室の物語だ。新作の『*Haven*』（未邦訳）では、七世紀アイルランドのシュケリッグ・ヴィヒル島を見事に「密室」に仕立てあげた。『聖なる証』も、おもな舞台は少女の部屋である。看護師と少女の対話により、秘密が暴かれる過程は、あらゆる方向から読む者の心を揺さぶる。二〇二二年十一月にセバスチャン・レリオ監督により映画化され（ドナヒューも共同脚本で参加）、プレミア上映から世界各地で高い評価を得ている。

さて、本作の舞台は、一八五九年のアイルランドの中部地方《ミッドランズ》にある、（実在しない）小さな村だ。湿っぽく、どんよりした風景に、イングランドからひとりの看護師が到着する。主人公のエリザベス《リブ》・ライトだ。彼女は、クリミア戦争の従軍看護師であり、かのフローレンス・ナイチンゲールに鍛えられた誇り高いイングランド女性だ。そんな彼女がアイルランドの村に送りこまれた理由は、四カ月間食べずとも生きている「奇跡」の少女を見張るためだった。少女の名前はアナ・オドネル。敬虔なカトリック教徒で、聖書や賛美歌を暗唱し、花や鳥の名前にも興味津々の聡明な子供だ。宗教よりも科学を信じているリブは、アナは奇跡の存在などではなく、ただのうそつきだと断定し、そのからくりを暴くために観察の任を引き受ける。

特筆すべきは、この物語がジャガイモ飢饉の爪痕を残す時代に設定されている点だ。ジャガイモ飢饉は、ジャガイモ疫病菌の流行をきっかけにアイルランドで起こり、約百万人の犠牲を出した（政治的原因についてはバーンが少し明らかにしている）。作中で、ジャーナリストのウィリアム・バーンが「一八四五年に不作になり、戻ってきたのが一八五二年」と言及している。そして、この物語が起こるのは一八五九年である。つまり、ドナヒューは、「食べない少女」の物語を、「食べることができない」ことで受けたトラウマに苦しむコミュニティを舞台に、描いたことになる。

本作は、「語りの力」についての物語といえるだろう。アナ・オドネルという少女に対する、さまざまな視点からの語りが描かれる。つまり、リブから見たアナ、ジャーナリストのバーンから見たアナ、医師のマクブレティ、神父のサデウス、母のロザリーン、下女のキティ、そしてシスター・マイケル。すべての人たちが、アナという少女の物語を勝手に作りあげていく。少女の実際の姿にはかかわりなく、彼女が、それこそ妖精であるかのようにそれぞれの頭の中で舞い踊る。そのため、それぞれの人物が持つ偏見を表現するために差別的表現も使用して訳出する判断をした。そして、本作に登場する「語り」の中で、もっとも大きいのは聖書や祈り、賛美歌といった宗教の語りではないだろうか。オドネル家で唱えられる祈りの言葉が、リブの頭の中で反すうされる。まったくちがう響きを持って。

ドナヒューはあとがきで実際の記録を参考にこの物語を書いたと述べているが、断食少女本人の証言は見つけられなかったそうだ。そこでドナヒューは、見つけられなかった物語を書くことにした。声を持たず、観察され記録される少女の声を紡ぐことにしたのだ。密室の物語を執筆する理由を彼女は、女性たちは歴史的に部屋に閉じこめられ、隠され、声を聞かれてこなかったが、確かに声は存在したからだと、あるインタビューで述べている。また、「ヒステリー」がジェンダー化された「疾患」であり、フェミニズムの視点から議論が行われてきたことも特記しておきたい。

そして本作は、名前についての物語でもあるように思える。エマ・ドナヒューは、名前で遊ぶ作家だ。例えば、リブ・ライトという名前はLive right（正しく生きる）というふうにも、Live, write（生きて、書く）というふうにも聞こえる。作中登場するドイツの昔話『ルンペルシュティルツヒェン』のように、リブもアナも、お互いの正しい名前を探している。名づけるのはだれなのか、その名を生きるのはだれなのか。名前もまた物語なのだ。「名前」を選びとっていく過程に、血縁によらない確固たる関係性の構築の描写が説得力を与える。「家族」とは何なのか。その根底を、ドナヒューの作品はいつも読者に問いかける。

さて、主人公の看護師リブと、ジャーナリストのバーンの職業についても言及しておきたい。

この当時、看護師という仕事は職業として確立されていく過程にあった。クリミア戦争でのフローレンス・ナイチンゲールの活動とその後の彼女の尽力も、看護師という職業のあり方、見られ方をがらりと変えた。看護師とジャーナリストという一見まったくちがうふたつの職業に、大きな共通点がある。それは、両者とも観察し、報告するという点だ。どんなにつらい状況でも、目を凝らしそれを伝えなければならない。そしてしばしばその中で、観察対象者への愛着がわき、愛情と職責の間で揺れ動く。そしてふたりの職責を通して、「中立」であることのおぼつかなさ、「見ているだけ」でいる者たちの責任も、本作は問う。

翻訳にあたり、聖書の引用部分は、適宜、新共同訳の聖書を参考にした。シェイクスピアの引用は坪内逍遥による訳文である。その他の参考資料は巻末を参照してほしい。ただ、既訳や定訳があっても、原文の単語との相違でドナヒューの言葉遣いと整合性がとれないときは、訳者が原文に沿って訳出した。引用部は原書ではすべてイタリック体だが、邦訳では〝〟とし、手紙、新聞記事や本のページ上の文字は〈〉内に入れた。

アイルランドの、死ぬほど真ん中にある泥炭地。その風景を美しいと感じる人たちと、劣っていると感じる看護師。景色ひとつとっても、見る人の数だけ、物語が作られていく。読者のみなさんはどんな景色を思い描くだろうか、そんなことを考えながら、あとがきを書いている。

最後に、ドナヒュー作品に注目し、本作の翻訳をお声がけくださったオークラ出版の高島いづみさま、そしてドナヒュー作品がもっと読みたいと声をかけてくださった読者のみなさん、心から感謝申しあげます。また、訳者の個人的なことになりますが、本書を訳しているとき、今は亡き恩師である牟田泰明先生のことをたくさん考えました。牟田先生はわたしに、祈ることについて教えてくれた人です。ほんとうに、ありがとうございました。

二〇二三年冬　吉田育未

【引用、参考資料】

『海潮音』収録「春の朝」ロバアト・ブラウニング著、上田敏訳（新潮文庫、一九五二年）

『カトリック聖歌集』第十九版（光明社、二〇〇五年）

『看護覚え書』第二版　フローレンス・ナイチンゲール著、小玉香津子訳（現代社、一九七五年）

『キリストにならいて』トマス・ア・ケンピス著、大沢章・呉茂一訳（岩波文庫、一九六〇年）

『七十人訳ギリシア語聖書 詩篇』　秦剛平著（青土社、二〇二二年）

『日々の祈り』改訂版第二版（カトリック中央協議会、二〇一一年）

世界中で愛されている
とっておきの現代ファンタジー

セルリアンブルー 海が見える家　上

著：T.J.クルーン　訳：金井真弓

原題：The House in the Cerulean Sea
魔法青少年担当省のケースワーカー
として働くライナスは、きちょうめんで
まじめな中年男性。重要任務で
マーシャス島にある児童保護施設を
視察することに…！

定価：1,150円＋税

ISBN：978-4-7755-2997-3

セルリアンブルー 海が見える家　下

著：T.J.クルーン　訳：金井真弓

原題：The House in the Cerulean Sea
施設長アーサーと個性豊かな子どもたち
に翻弄されながらも、彼らと向き合い、
理解を深めるライナス。
マーシャス島での出会いが、孤独だった
毎日を変えていく――

定価：1,150円＋税

ISBN：978-4-7755-2998-0

大ヒット映画の原作小説と
待望の続編

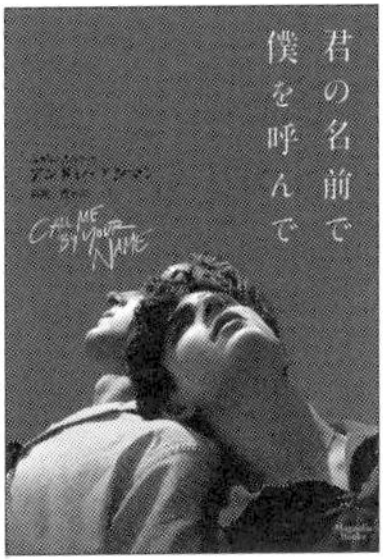

君の名前で僕を呼んで

著　アンドレ・アシマン　訳　高岡香

原題：Call Me By Your Name
十七歳のあの夏、エリオがオリヴァーと過ごした日々は、鮮やかな記憶として今も消えずに残っている。切なくも甘いひと夏の恋を描いた青春小説。

定価：950円＋税

ISBN 978-4-7755-2761-0

Find me

著 アンドレ・アシマン　訳 市ノ瀬美麗

原題：Find me
エリオとオリヴァーが愛を重ねた、
十七歳のあの夏の日から数年後。
出会い、別れ、そして再会。
『君の名前で僕を呼んで』待望の続編。

定価：970円＋税

ISBN 978-4-7755-2936-2

運命の相手はきっと見つけられる。

王子と騎士

著　ダニエル・ハーク　絵　スティーヴィー・ルイス

原題：Prince & Knight
花嫁さがしの旅に出た王子は
多くの娘たちと出会いますが
心の奥ではわかっていました。
自分が求めるのは
もっとべつの存在だと――。

定価：1,700円＋税
ISBN 978-4-7755-2877-8

真実の愛はきっとすぐそばにある。

村娘と王女

著　ダニエル・ハーク＆イザベル・ギャルーポ
絵　ベッカ・ヒューマン

原題：Maiden & Princess
王子の花嫁さがしのための舞踏会に
村娘は参加しました。
いちばんの花嫁候補と思われていた
その娘には、王子との未来を想像することが
どうしてもできなくて――。

定価：1,700円＋税
ISBN 978-4-7755-2878-5

自分の幼いころを
思い出さずにはいられない。

愛されすぎたぬいぐるみたち

著　マーク・ニクソン　訳　金井真弓

原題：MUCH LOVED
愛の重みを一身に受けた
ぬいぐるみたちの写真と
笑いや涙の思い出が
詰まったエピソード。
巻末にお持ちのぬいぐるみの
プロフィールを書くページ付き。

定価：1,700円＋税
ISBN 978-4-7755-2669-9

どんな映画にも、忘れがたいシーンと
セリフが登場する。

みんなの映画100選

絵　長場雄　文　鍵和田啓介

イラストレーター長場雄による
なめらかな黒い線で表現される映画の
ワンシーンと、その映画にでてくる
セリフを紹介、解説していく
絵本のような書籍。

定価：2,500円＋税
ISBN 978-4-7755-2545-6

聖なる証

2023年4月27日　初版発行

著　者　　　　　エマ・ドナヒュー
訳　者　　　　　吉田育未
カバーデザイン　根本佐知子（梔図案室）
発行人　　　　　長嶋うつぎ
発　行　　　　　株式会社オークラ出版
　　　　　　　　〒153-0051　東京都目黒区上目黒1-18-6　NMビル
営　業　　　　　TEL：03-3792-2411　FAX：03-3793-7048
編　集　　　　　TEL：03-3793-8012　FAX：03-5722-7626
郵便振替　　　　00170-7-581612（加入者名：オークランド）

印　刷　　中央精版印刷株式会社

定価はカバーに表示してあります。
乱丁・落丁はお取り替えいたします。当社営業部までお送りください。

ISBN978-4-7755-3013-9